György Konrád
Der dritte Blick

Betrachtungen eines Antipolitischen

Aus dem Ungarischen
von Hans-Henning Paetzke

Suhrkamp

edition suhrkamp 2233
Erste Auflage 2001

Deutsche Erstausgabe

Satz: Jung Crossmedia, Lahnau
Druck: Nomos Verlagsgesellschaft, Baden-Baden
Umschlag gestaltet nach einem Konzept
von Willy Fleckhaus: Rolf Staudt
Printed in Germany

1 2 3 4 5 6 – 06 05 04 03 02 01

Inhalt

Es war einmal eine Revolution

Am Vormittag des 23. Oktober 1956 saß ich in einer sonnenhellen Eckmansarde, im dritten Stock der Budapester Andrássy út, allein in der Redaktion der gerade gegründeten und ziemlich oppositionellen Zeitschrift *Életképek* (Lebensbilder), vor mir ein stetig anwachsender Berg von schrecklichen Gedichten emsiger Dilettanten, denen ich, ein dreiundzwanzigjähriger Ungarischlehrer und frischgebackener Volontär, schon längst höfliche Ablehnungsbriefe hätte schreiben müssen, doch irgendwie war mir nicht danach, mich damit zu befassen, weshalb ich lieber zum Telefonhörer griff, um Freundschafts- und Liebeskonservation zu treiben, wodurch ich halbstündlich über die neuesten politischen Entwicklungen ins Bild gesetzt wurde, denn die geplante Großdemonstration der Studenten wurde in ständigem Wechsel verboten und genehmigt.

Daß die Studenten demonstrieren wollten, das war mir sympathisch, doch der Umzug als solcher lockte mich nicht sonderlich. An den alljährlichen obligatorischen Umzügen zum 1. Mai hatte ich mit meinen Schulkameraden schon zur Genüge teilgenommen. Ich fand mich am verabredeten Sammelplatz ein und war darauf bedacht, mir ja keine Fahne in die Hand drücken zu lassen, um mich im rechten Moment aus dem Staub machen zu können. Mit einer Fahne an die Donau, um mit den Freunden zu rudern, das wäre unbequem gewesen, die Fahne einem anderen aufzuschwatzen, eine verzeihliche Schweinerei zwar, am ehesten aber schien es geraten, der Gefahr, in peinliche Situationen verstrickt zu werden, von vornherein in großem Bogen auszuweichen.

Jetzt verhielt sich das irgendwie anders, das gebe ich zu, doch nach der Fahne griff ich auch jetzt nicht, dafür allerdings auf die unruhig vibrierende Schulter einer winzigen, jedoch geistreichen Studienkollegin, als ich sie im Demonstrationszug entdeckte, den ich gelassen mit der Straßenbahn ansteuerte, nachdem ich mir ausgerechnet hatte, wo sich die Marschkolonne gerade voranwälzen könnte. So also schritten wir gemeinsam über die Margaretenbrücke. Und als es darum ging, das Wappen der Volksrepublik aus der Mitte der Fahnen herauszuschneiden, wofür sich genügend Interessenten bereitwillig zur Verfügung stellten, erwies ich mich ebenfalls nicht als allzu eifrig.

Solche, die sich bereitwillig zur Verfügung stellen, gibt es zu allen Zeiten stets zur Genüge. In der Schule wurden sie »Streber« genannt, in der Politik »Hurrapatrioten«. Ich habe nie zu ihnen gehört.

Beim Aufmarsch fuhren die Bereitwilligen vielleicht auf Motorrädern an der Seite der Marschierenden vorbei, oder im Laufschritt hin und her, andere anrempelnd, vom Lautsprecherwagen herab verschiedene Losungen in die Menge schleudernd oder begeistert ein Lied anstimmend. Daß ich teils dieselben Gesichter zu sehen bekam, an die ich mich schon in meiner Gymnasialzeit gewöhnt hatte, wunderte mich nicht sonderlich.

Nachts, als ich mich mit meiner neugierigen Begleiterin vom Rundfunkgebäude, wo draußen wie drinnen Schüsse und Gebrüll zu vernehmen waren, entfernte und an einem ruhigen Ort Abschied von ihr nahm, ging ich nach Hause und erklärte meiner Frau, auf dem Balkon dem fernen Kugelhagel lauschend, daß ich mich an diesen Schießereien nicht beteiligen werde, da es keinen Menschen gebe, den ich zu erschießen wünschte.

Die Eskalation ging außerordentlich schnell vonstatten, die Regierung verfügte nur über grobe Mittel. Gummiknüppel und Wasserwerfer gab es noch nicht, lediglich scharfe Munition oder als Alternative Stillhalten; Blut und

Eisen. Als schließlich ein junger Dichter und Übersetzer über die Flure der Universität fegte und lautstark fragte, wer eine Maschinenpistole haben wolle, meldete ich mich, und bald darauf fand ich mich auf einem offenen Lastwagen wieder, als Angehöriger der aus Studenten gebildeten Nationalgarde mit der umgehängten Maschinenpistole die Ellenbogen auf das Kabinendach stützend.

Geschossen habe ich mit dieser Trommelmagazinwaffe, die, ohne nachgeladen zu werden, zweiundsiebzig Schuß abfeuern konnte, auf niemanden, ich schleppte sie einfach nur so mit mir umher wie einen Regenschirm, hängte sie immer wieder an den Kleiderhaken, und das hatte eine wohltuende Wirkung, hätte doch die erste Nummer unserer Zeitschrift in fünfzigtausend Exemplaren erscheinen können, gemeinsam mit meinen um die zwanzig Jahre zählenden Schriftstellerkollegen hätten wir von den Alten, die alle über dreißig waren, die Redaktion übernehmen können, mein Chefredakteur war auf den Sessel des Bürgermeisters gewechselt, das Mehrparteiensystem war begründet worden, aus dem Warschauer Pakt waren wir ausgetreten, und es hatte schon den Anschein, als ob auch die sowjetischen Truppen abziehen würden, bis die Rote Armee sich plötzlich eines Besseren besann und viertausend Panzer ins Land schickte, und mit ihren Kanonen erwiderten sie die ihnen geltenden Salven der ungarischen Maschinenpistolenschützen, aber sie schossen auch, einfach nur so, wenn sie von niemandem direkt bedroht wurden.

Die ungarische Revolution von 1956 ist eine gewaltige Frechheit gewesen. Die Maus stellte sich auf die Hinterbeine und verpaßte der Katze einen Nasenstüber, und die war eine Weile verblüfft.

Die Menschen nahmen sich Freiheiten heraus, die für sie bisher kaum denkbar gewesen waren, in den Straßen scharten sie sich in Gruppen zusammen, hörten einander zu, flanierten, sahen sich um, ein Generalstreik wurde ausgerufen, es herrschte kontinuierliche Ferienstimmung, die ganze Stadt glich einem großen Theater, in das auch das Publikum einbezogen war.

Wenn sich ein junger Mann oder eine junge Frau unerwartet mit einer Waffe oder Bahre in der Hand wiederfanden, kam ihnen die Zukunft nicht in den Sinn, sie lebten in einer verdichteten Gegenwart, weder an Ruhm noch an Gefängnis dachten sie.

Möglicherweise ist das Jahr 1956 das denkwürdigste meiner Jugend: die plötzliche Abnahme des Erschrockenseins und die überraschende Ermutigung.

Die im Bergwerk arbeitenden Sträflinge erwiesen sich unter den Kämpfenden vielleicht als die mutigsten. Und im allgemeinen diejenigen, die aus den Zuchthäusern befreit worden waren und manchmal noch nicht einmal die Gelegenheit gehabt hatten, die gestreifte Kluft abzulegen. Und einige Jungen und Mädchen vom Platz, aus den Heimen nach Hause zurückgekehrte Kinder der staatlichen Fürsorgeerziehung. Viele von ihnen würden heute als Obdachlose angesehen.

Gehpelze, Wintermäntel mit Persianerkragen, eventuell mit Litzen und Tressen besetzt, alte Offiziersuniformen, im Vorzimmer des Oberbürgermeisters tummelte sich einfach alles. Natürlich fanden sich auch Lodenmäntel ein. Alle wollten sie in den Genuß von irgendwelchen staatlichen Mitteln gelangen. Honigsüßes Lob spendeten sie der Jugend, die zu den Waffen gegriffen hatte, dem blutjungen redaktionellen Mitarbeiter, der seine Maschinenpistole unter dem Stuhl plaziert hatte und der geduldig auf den drinnen sitzenden Machthaber wartete, auf seinen Chefredakteur, den das Schicksal auf diesen Posten gehievt hatte, reden wollte er mit ihm über die gemeinsame literarische Zeitschrift.

Die Herren bekamen ihren Stempel, sie konnten die erträumte Gründung einer Partei in Angriff nehmen, die Besetzung eines Bürogebäudes, die Beschlagnahme eines Autos. Und der Student der philosophischen Fakultät konnte Betrachtungen darüber anstellen, welche Rhetorik zu welchem Mantel paßte. Ohne die halsstarrige Verwegenheit der tollkühnen Straßenjungen hätten die Herren dort nicht so hoffnungsvoll antichambrieren können.

Viel mußten die Familienväter ertragen haben, bevor sie sich plötzlich als Straßenkämpfer wiederfanden. Die Bevölkerung wollte endlich in Ruhe gelassen, sie wollte nicht mehr gequält und schikaniert werden, sie wollte keine Angst mehr haben müssen.

Zu diesem Tag gehören auch die Szenen vor der Budapester Zentrale der kommunistischen Partei, der Partei der Ungarischen Werktätigen: auf dem Boden liegende, halbnackte, mit den Füßen traktierte und bespuckte Leichname wurden aufgehängt, mit dem Kopf nach unten. Am Ort des Geschehens traf ich ein, als jene, die toter nicht mehr sein konnten, gehenkt wurden.

Bei den Opfern der Lynchjustiz handelte es sich meist um Angehörige der Staatssicherheit. Um einen symbolischen Zorn gegen das Herzstück der Gewalt ging es; die zufällig getöteten Staatssicherheitsdienstler mußten dafür bezahlen, daß ihre Zentrale, ihre Uniform so viel Schrecken verbreitet hatten. Doch als ich den Toten ins Gesicht sah, ergab diese Sicht der Dinge keinen Sinn.

Abends begab ich mich, die Maschinenpistole geschultert, die Armbinde der Nationalgarde sichtbar, auf den Weg nach Hause, mehrere Weibsbilder baten mich um die Freundlichkeit, dort im zweiten oder dritten Stock diesen oder jenen umzulegen, ja, genau dort in der Eckwohnung.

Wir begaben uns zu meinen Eltern zum Mittagessen, Straßenbahnen verkehrten keine, bei einer Tasse Kaffee politisierten wir, wie gewöhnlich, mit meinem Vater, dann war Eile angezeigt, um noch vor dem Ausgehverbot unsere Wohnung zu erreichen.

Am 3. November 1956 hatten wir einen Familienabend, die neue Wirklichkeit war im Begriff, sich herauszubilden, Parteien, Zeitungen und Politiker gab es bereits in den verschiedensten Schattierungen, das Ganze schien schon wie von selbst zu funktionieren, im Aufbau begriffen war der Rechtsstaat, irgendwie hatte ich das Gefühl, meine Maschinenpistole nicht mehr zu brauchen, dennoch beruhigte es mich, daß sie sich dort im Bettkasten befand (damit sich das Kind daran nicht zu schaffen machen konnte), vorläufig hatte ich nicht die Absicht, sie irgendwo abzugeben.

Am Abend einen Blick in die Vergangenheit riskierend: Die Leichtigkeit seines Zerfalls hatte das Regime in meinen Augen zu einer Fieberphantasie werden lassen. Sozusagen eines einzigen Nachmittags nur hatte es bedurft, um das System zu stürzen. Vieles hatte ich gesehen, und ich stellte mir vor, dereinst Geschichten zu erzählen, wie wir vom Fieber erfaßt worden waren.

Dann, am 4. November 1956, holte der Stärkere zum Gegenschlag aus, und zusammen mit den Maschinenpistolen wurde der provozierende Geist begraben. Die Eltern versuchten, ihre Kinder von der Promenade auf den Zentralfriedhof umbetten zu lassen. Zweihunderttausend verließen das Land in Richtung Westen, zumeist über eine gute Schulbildung verfügende junge Menschen, die Hälfte meiner Klassenkameraden ging weg, die überwiegende Mehrheit meiner Freunde und Freundinnen, ich blieb, ich bin schwerfällig, ein Schriftsteller soll keine großen Sprünge machen, er soll schreiben. Nach 1957 gab es schon niemanden mehr, der seine Gedanken auf einem Blatt Papier an die Wand geklebt hätte. Die Seele hatte sich zur Wand gedreht und die Bettdecke über die Ohren gezogen. Der größere Teil der Erinnerungen ist gestorben, war es doch nicht von Vorteil, sie am Leben zu erhalten. Realpolitik und Opportunismus traten an die Stelle der Dreistigkeit. Wenn er über den Gefängnisflur geführt wurde, verschränkte der Strafgefangene vorschriftsmäßig die Hände hinter dem Rücken. Die große Masse hatte der Freiheit entsagt, im Tausch dafür aber eine gewisse Sicherheit erhalten, sogar zu bescheidenem Wohlstand hatte sie es bringen können. Es vollzog sich die kleinbürgerliche Entwicklung des Staatssozialismus, es reiften die kleine Hofwirtschaft und die kleine Freiheit heran. Dann wurde nicht mehr erwartet, daß jemand unbedingt in die Partei eintreten wollte. Um voranzukommen und reisen zu dürfen, genügte es, wenn er die Gesten offener Illoyalität vermied. Mehr als drei Jahrzehnte galt die Revolution nicht als vernünftig. Das verlieh ihr die Poesie. Im Rückblick erweist sich die Revolution heute als vernünftig. Ja, sogar klassisch ist sie geworden. Vielleicht haben wir es hierbei mit dem einzigen Ereignis von welthistorischem Rang zu tun, das wir Ungarn in diesem Jahrhundert vorzuzeigen haben, und das um so mehr, als es eine Fortsetzung, einen Sinn gegeben hat, ein zweites Kapitel: 1989. Auch das haben wir im großen und ganzen selbst bewerkstelligt, auf unsere eigene Weise, gemäß den Inspirationen einer Ära, die schon mehr durchzusetzen vermochte, diesmal erfolgreich und ohne jegliches Blutvergießen. Auf dem Höhepunkt der Revolution hatte Imre Nagy, unser gemäßigter und vorsichtiger Ministerpräsident, den Willen der Nation artikuliert: Souveränität, Demokratie und Selbstverwaltung, wie sie auch von allen Flugblättern und Manifesten gefordert worden waren. Und da er sich unter keinen Umständen bereitfand, sein gegebenes Wort zurückzunehmen, hängten sie ihn zwei Jahre später auf. Diese unsere Revolution war eine expressionistische, eine symbolhafte: auf den Barrikaden Arbeiter gegen ein Regime, das sich auf sie berief. Durch die ungarische Revolution wurde die Überzeugungskraft der kommunistischen Parteien des Westens gebrochen. In den sechziger und siebziger Jahren entdeckte die Jugend des Westens Lenin und Lukács, wir waren darüber schon hinweg, hier war alles schneller vonstatten gegangen.

Wem gehört die Revolution? Sowohl denen, die sie gemacht haben, als auch denen, die sich mit Kopfkissen und Bettdecke bewaffnet in die Luftschutzkeller zurückgezogen haben. Dem Kind, das aus dem Fenster gesehen und erstmals im Leben einen Toten erblickt hat. Einem jeden, der um irgendeinen seiner Angehörigen trauert, gleich auf welcher Seite er gestorben sein mag. Der frischgebackenen Ehefrau, die den bewaffneten Ehemann, der sich aus der Stadt telefonisch gemeldet hat, zum Nachhausekommen aufgefordert hat, um eine warme Suppe zu essen, und jener jungen Frau, die nachdenklich mit einer alten Flinte in der Hand den Bürgersteig entlanggegangen ist, Ungarn und Ausländern, die Blutkonserven ins Land gebracht und Nachrichten mit über die Grenzen genommen haben, und jener langen Menschenschlange, die sich im darauffolgenden Winter durch Schnee den Weg zu den Haftarbeitslagern bahnte, um die hinter Stacheldraht Eingesperrten treffen zu können. Und natürlich den heutigen Studenten, die sich in Prüfungen zur Revolution äußern müssen, zu 1956 ebenso wie zu 1948, den Beginn der Eiszeit, zu diesen alten Geschichten eben.

Die Erweiterung der Mitte

Was ist aus Mitteleuropa geworden? Länder, die dem Weg des Westens folgen? Zurückgebliebene Westeuropäer? Rand des Westens? Marginales Europa? Treffpunkt von Östlicherem und Südlicherem. Der Weg von West nach Ost führt über Mitteleuropa.

Nach 1989 ist Mitteleuropa gewachsen. Wenn zwischen Wien und Budapest, Berlin und Prag kein Eiserner Vorhang die Landschaft verunstaltet, wenn die beiden Teile Mitteleuropas früher oder später in dieselben Vereinigungen integriert sein, wenn wir alle zu den Ländern der Europäischen Union gehören werden, dann werden uns die Vergangenheit und der Horizont wieder miteinander verbinden, und das gestrige Getrenntsein wird an Bedeutung verlieren.

Das Ethos mitteleuropäischen Zusammenhalts zu fördern liegt im Interesse von Berlin und Wien, um so mehr, als sie in sich selbst das Mitteleuropäische erkennen können. Der Zusammenbruch der kommunistischen Regime verstärkte lediglich das Gefühl der Diskontinuität als eines Charakteristikums des Mitteleuropäischen.

Mitteleuropäer ist in dieser Region ein jeder, der sich als relativer Neuling die Spielregeln der Demokratie aneignet. Mitteleuropäisch ist ein Land, in dem keine bürgerliche demokratische Revolution stattgefunden hat. Westlich sind in Wirklichkeit nur jene Länder, die aus eigener Kraft eine demokratische Verfassung verabschiedet und einen Rechtsstaat aufgebaut haben. Das eine Deutschland hat mit dem Erlernen der Demokratie nach dem Zweiten Weltkrieg begonnen, das andere Deutschland erst gleichzeitig mit uns in den neunziger Jahren.

Eigentlich handelt es sich dabei nur um eine gewisse Zeitverschiebung. Die Engländer und die Niederländer haben früher damit angefangen, die Polen und die Ungarn später, andere weiter östlich noch später. Welche Demokratie ist besser? Die ältere oder die jüngere? Jedenfalls dringt diese bürgerliche Entwicklung, die ihren Anfang im Westen genommen hat, nach Osten vor, bis hin nach Sibirien, und mit einiger Verspätung auch auf den Balkan. Mit einem Wort, in Westeuropa selbst liegt die »Wende« noch nicht so lange zurück. Samt und sonders experimentieren wir, und der eigenen zivilisatorischen Werte können wir uns nicht allzu sicher sein. Wenn auch auf verschiedene Weise, so kann man doch in jedem Land sein Glück machen oder Gründe finden, um Angst zu haben. Welche Art von Angst jemand bevorzugt, das ist eine Sache des Geschmacks.

Die mitteleuropäischen Länder erinnern an ihren früheren Absolutismus, dessen Spuren ihnen anzusehen sind, und sei es dadurch, daß sie sich ihm widersetzt und Widerstands- oder Überlebensstrategien entwickelt haben.

Die Eltern geben die Prägung durch jene Herrschaft, der sie sich angepaßt, mit der sie sich arrangiert oder die sie zu täuschen versucht haben, an ihre Kinder weiter. Mitteleuropa ist in ihnen, den Mitteleuropäern, die dadurch welche sind, daß sie unter Besatzungen gelebt haben und auf diese Weise allmählich zu Besessenen geworden sind. Die Übermacht des kaiserlich-sultanisch-zaristischen Reichs, die auf den Individuen lastete, hielt in diesen das Gefühl des Ausgeliefertseins an ein unbezwingbares Schicksal wach.

Josef K. ist eine typisch mitteleuropäische Figur. In Colorado Springs habe ich für Neunzehnjährige ein Seminar zu Franz Kafkas Roman *Der Prozeß* veranstaltet. Ein Student merkte an: »Dieser Josef K. ist ein Idiot, denn noch kann er kommen und gehen, wie es ihm beliebt, woraufhin er, statt schnell nach Amerika auszuwandern, auf obskuren Ämtern sein Recht durchsetzen will.«

Dieser Josef K. ist tatsächlich ein hoffnungsloser Mitteleuropäer, die Umgebung stellt sich ihm als unberechenbares Schicksal dar, gegen welches das Ich sein Recht einzufordern versucht. Josef K. ist geblieben, er experimentierte, beispielsweise mit verlorenen Revolutionen. Oder mit den konfliktreichen, dramatischen Modellen von Gesellschaft und Seele, Musik und Dichtung.

Diese Zweiheit, diese Dualität und Paradoxie, betrachte ich als etwas Mitteleuropäisches: die geschundene und manchmal pathologische Dialektik von Oben und Unten, Schein und Sein, Phänomen und Wesentlichem, Überbau und Basis, Bewußtem und Unbewußtem, Staat und Volk, Geist und Instinkt, Repression und Emanzipation.

In einer anständigen Demokratie existiert, was zu sehen ist, und was existiert, das ist auch zu sehen. Mit dieser langweiligen Gleichung umzugehen, lernen die Mitteleuropäer seit 1989.

Warum eigentlich halten sie an dieser Welt fest, was preisen sie daran? Daß das Leben weniger rational, organisiert und geregelt ist, daß es der Natur mehr Freiräume gewährt, daß der Beton noch nicht endgültig gesiegt hat?

Hierzulande gehen die Menschen mit der Zeit weniger sparsam um als weiter westlich, doch langsam setzt das hektische Treiben ein. Diejenigen Länder, die sich am energischsten aus Osteuropa herausgearbeitet haben, arbeiten sich jetzt nach Westeuropa vor. Die Mitteleuropäer sind die besten Schüler, brave Jungen, die sich nicht auf Schießereien einlassen und bei denen die Alternanz funktioniert.

Unser früheres Selbst ist keineswegs so leicht zu vergessen, denn die Vergangenheit ist unseren Erfahrungen gemäß ein enorm zähes und beharrliches Wesen, sie wirkt in uns, auch wenn wir uns ihrer entledigen oder entledigen wollen. Die Vergangenheit besitzt einen Willen.

Hierzulande gibt es irgendeine verwandtschaftliche Sentimentalität, intensive, leidenschaftliche, streitsüchtige Beziehungen, die Menschen hier sind nicht so einsam, sie haben Gesprächspartner, auch die politischen Gruppierungen sind Gesinnungsgemeinschaften, die sich jetzt vertraut machen mit den gesetzlichen und vernünftigen Spielregeln, mit der bürgerlichen Zuverlässigkeit.

Den organischen Stoffen sind wir enger verbunden, unsere Texte sind sinnlicher, die Natur müssen wir nicht wiederentdecken, denn noch ist sie nicht ganz verschwunden, nur schonungsvoller müssen wir mit ihr umgehen, noch ist nicht zu erkennen, daß sich der Mensch der Landschaft total bemächtigt hätte, des Nachts finden sich auf der Landkarte noch große dunkle Flecken.

Wenn Diskontinuität für Mitteleuropa bezeichnend ist, ein rhapsodischer Geschichtsverlauf, dann wird dadurch der Hunger nach Werten, die Neugier darauf, provoziert. Wir brauchen eine schöne kleine Universalität, irgendein Plus an Ideen, irgendeine Ideologie, religiöse Hingabe, um uns an etwas klammern zu können, etwas Sicheres, um über uns Sterne zu sehen.

Der Entstehung der europäischen Nation, der Wende zum Ende des zweiten Jahrtausends, kommt keine geringere Bedeutung zu als der Herausbildung des christlichen Europa am Ende des ersten Jahrtausends.

Die europäische Integration ist eine Stufe auf dem Weg zur Universalisierung. Die Europäische Union, die als Entwicklungsprozeß zu interpretieren ist, wird im vorangeschrittenen Stadium die Rechte der Staatsbürger schützen und die Souveränität der einzelnen Staaten im Interesse der Bürger einschränken. Die Vereinigung Europas wird durch die westliche Demokratie ermöglicht.

Zu unserem Glück haben die atlantischen Verbündeten die Idee des Rechtsstaats und den europäischen Humanismus sowohl gegen die Nationalsozialisten als auch gegen die kommunistischen Sozialisten verteidigt.

Zum Ende des zweiten Jahrtausends hat sich die Bevölkerung auf diesem Kontinent für die Demokratie entschieden, praktiziert sie und übt sich darin.

Europa wird entweder demokratisch sein oder als politische Union nicht existieren.

Das Überleben insgesamt gegenüber jeglicher von Menschen verursachten Gewalt zu garantieren, darin besteht die natürliche Aufgabe eines Erdteils.

Nirgendwo auf der Welt sollte auch nur ein einziger Mensch vor den Kapricen der Gewalt zittern müssen; das ist unser radikalstes Ideal.

Das Wesen der europäischen Assoziierung besteht darin, die Politik im Namen des europäischen Humanismus zu disziplinieren, damit Kriege nicht mehr möglich sein werden.

Populistischer Romantik darf es fürderhin nicht erlaubt sein, einen Nationalstaat aus dieser Disziplin herauszulösen und unter dem Vorwand, die eigene Souveränität zu verteidigen, erneutes Morden zu legitimieren.

Was bedeutet Europa? Daß keiner es beherrschen kann.

Den Versuch, die Macht an sich zu reißen, haben schon viele unternommen, über einen längeren Zeitraum gelungen aber ist es noch niemandem.

Auf dem europäischen Kontinent sind viele autonome Kräfte wirksam, und die europäischen Individuen sind stärker als die zentralistischen und auf den gesamten Erdteil sich erstreckenden Herrschaftsexperimente.

Die Europäische Union ist die Demokratie der Individuen, bestimmender Faktor der Gemeinschaften ist hier die Persönlichkeit, die auf die anderen Einfluß ausüben kann.

In der europäischen Kultur spielen die als einzelne schöpferisch Tätigen eine entscheidende Rolle, was von den asiatischen und islamischen Kulturen weniger gesagt werden kann, denn dort stellt die disziplinierte Anpassung des einzelnen einen höheren Wert dar als die Selbständigkeit des Individuums.

Im Wettstreit zwischen den Erdteilen bildet die selbständige Persönlichkeit für die Europäer die sicherste Kraftquelle.

Die Aufklärung bedeutet für Europa, daß wir lernen, mit unseren Widersprüchen umzugehen, was ein klügeres Verfahren ist, als sie zu leugnen und den einen Pol um des anderen willen zu unterdrücken.

Ein Axiom des europäischen Humanismus ist im Entzug der Legitimation zur Tötung von Menschen zu sehen, was zur Abschaffung der Todesstrafe geführt hat.

Gedanken- und Pressefreiheit beziehungsweise das Verbot der Anstiftung zum Haß gegen Minderheiten sind ebenfalls hierhergehörende Axiome.

In Europa können wir uns in die Angelegenheiten des anderen einmischen, bis zu einem gewissen Grad kennen und verstehen wir uns wechselseitig, als wären wir miteinander verwandt.

Um das Leben der Europäer zu schützen, bedarf es internationaler Aufsicht.

Der Anspruch, daß sich die Bewohner dieses Kontinents nicht gegenseitig töten, besitzt einen höheren Stellenwert als der Anspruch auf ungeschmälerte nationale Souveränität.

Die Assoziierung dient dazu, daß keinem einzigen europäischen Staat die Möglichkeit gegeben wird, unter der Führung eines Tyrannen den Verstand zu verlieren und eventuell seine Kriegsgelüste zu befriedigen.

An erster Stelle ist Europa dazu berufen, sich selbst zu retten, hauptsächlich vor den eigenen Dämonen.

Die beiden Weltkriege sind vom selben hysterischen Nationalismus entfesselt worden, der auch verantwortlich ist für den Tod eines großen Teils der europäischen Juden.

Europa hat der Willkür Spielraum gewährt. Im 20. Jahrhundert sind die feudalen Privilegien wiederaufgelebt, diesmal in einer kollektivierten Variante, im Gewand des Einparteiensystems. Aufgetreten ist die faschistische Romantik vom Herrenvolk, durch die der Begriff des Adligen auf die ganze Nation ausgedehnt worden ist, die dieser Auffassung zufolge das Recht besaß, die anderen Nationen zu unterwerfen.

Die Mythen vom Herrenvolk und vom sündigen Volk bedingten und ergänzten sich wechselseitig, der eine Mythos konnte ohne den anderen nicht existieren; ohne Judenhaß hätte es kein »Drittes Reich« gegeben.

Zwei verschiedene europäische Logiken standen sich im vergangenen Jahrhundert gegenüber, und diese Konfrontation ist auch heute nicht verschwunden, sondern hat sich lediglich gewandelt.

Die eine Vorstellung beinhaltet die Vereinigung Europas unter der Herrschaft einer Nation, während die andere Konzeption die freiwillige und gleichberechtigte Assoziierung der Nationen vertritt.

Die allzu überzogene Eigenliebe der einen Gemeinschaft führt zur Erniedrigung und Vernichtung der anderen.

Der Gedanke der hierarchischen Unterscheidung von Völkern und Nationen ist äußerst abstrakt, doch der daraus folgende Massenmord scheußlich konkret.

Wie gesagt, Europa ist ein Entwicklungsprozeß, eine Aktion, eine Unternehmung, etwas, was sich in Bewegung befindet.

Überall wird der Kontinent vom Meer umgeben, ausgenommen den Osten und Südosten.

Daß sich Europa dorthin, wo jenseits seiner Grenzen Menschen leben, ausdehnen wird, ist klar, das ist sein Schicksal, die friedliche Expansion: nicht auf dem Weg der Eroberung, sondern der Aufnahme.

Die Grenzlinie des westlichen beziehungsweise östlichen Christentums stellt keinen zivilisatorischen Abgrund dar, der unüberbrückbar wäre.

Rußland ist ein Teil Europas, die russische Kultur ist eine europäische Kultur.

Europa wird zwischen den Ozeanen einen großen Raum einnehmen.

Seit 1989 gibt es in Richtung Osten, zwischen Westeuropa und Eurasien, keine Grenze, die bewaffnet verteidigt werden müßte.

Wenn das Öffnen der östlichen Schranken auch für den Westen, der auf seine Weise früher die Isolierung genossen hatte, etwas Verblüffendes gewesen ist, so ist das nicht überraschend.

Sich vorzustellen, daß die Ausdehnung Europas mit den im ersten Durchgang ausgewählten mitteleuropäischen NATO- und EU-Kandidaten abgeschlossen ist, wäre kurzsichtig.

Der Balkan und die Türkei sind Europas Brücke zum Nahen Osten; jeder zweite israelische Bürger ist europäischer Jude, ohne organische Einbeziehung des Balkans ist Europa nicht vorstellbar.

Wenn sich Europa einpuppt, wird es hinter Amerika und der Region des Stillen Ozeans zurückbleiben, eine drittklassige Rolle spielen und zum alten Eisen gelegt werden.

Nicht nur Amerika amerikanisiert Europa, sondern Europa europäisiert Amerika ebenfalls.

Eigentlich könnte der Wettbewerb auch dahingehend aufgefaßt werden, wer wohl die beiden anderen zu verführen in der Lage sein wird.

Europa darf nicht zum Stillstand kommen, denn in diesem Fall würde es sich Feinde machen, bequem werden und geistig leicht ermüden, das Große für das Kleine aufopfern, das Morgen für das Heute.

Eine geographische Expansion ist möglich, doch auch die Stärkung der inneren Kohärenz des Erdteils steht für eine Generation auf der Tagesordnung.

Wenn die Dynamik Europas abflaut, werden die Wortführer nationalistischer Separierung und der Desintegration in Mode kommen, und der große Plan wird in provinziellen Zwistigkeiten untergehen.

Der europäische Maßstab als ein zu erreichendes Ziel ist mit dem Gegenteil von Provinzialismus gleichzusetzen.

Was heißt Provinzialismus? Suspendierung allgemeiner Wettbewerbsvorschriften, komplizenhafte Verflechtungen, zum Schweigen gebrachte öffentliche Meinung, Servilität der Experten, Herrschaft offizieller Prozeduren über das zivile Leben, Mangel an markanten Persönlichkeiten, grotesker Hierarchiekult.

Gut ist die europäische Integration auch dafür, daß es nicht möglich sein wird, durch einen als revolutionär ausgegebenen Putsch, mit Hilfe von Gardisten, auf Lastwagen verfrachtet, und bewaffneten Armbindenträgern an die Macht zu gelangen, wodurch die Schriftsteller dann gezwungen wären, sich dem neuen Regime anzupassen und entweder zu schreiben, was die Gardisten von ihnen erwarten, oder zu schweigen, da sie die Risiken ungebührlichen Redens aus der Sicht der neuen Machthaber kennen, oder eventuell jenen Sachverhalt, daß sie eigentlich nichts sagen, vorsichtig zu umschreiben.

Eines disziplinierenden und übernationalen Bündnisses bedarf es auch deshalb, um zu verhindern, daß rotbraune ethnobolschewistische Kaderdiktaturen entstehen und die Politik der Kultur wieder im Nacken sitzt.

Es kann unser Wille sein, und wir können erreichen, daß keinerlei Terror in Europa – weder staatlicher noch religiöser, weder ideologischer noch ethnischer, noch krimineller – Legitimation, Billigung und Nachsicht erfahren wird.

Die Frage, wie eine Gesellschaft mit der eigenen Aggression umgehen kann, bleibt offen. Auch dahingehend ließe sich die Gesellschaft charakterisieren oder gar qualifizieren, wie groß in ihr das Potential an Angst und Gewalt ist.

Der Mensch des 20. Jahrhunderts neigte dazu, sich krampfhaft und kämpferisch in Konfrontation zu anderen Menschengruppen, als deren Feind, als irgendein »Anti«, zu definieren. Zu Anfang unseres Jahrhunderts fühlten sich die jungen Leute vom Gestus des radikalen Bruchs angezogen, von einer radikalen Abrechnung mit dem 19. Jahrhundert. Heute nicht. Wir wollen seine Erfahrungen nicht unbedingt ignorieren und denken an das 19. Jahrhundert mit einer gewissen Wertschätzung.

Man kann auch ohne einen Feind leben; dies ist die erste Lektion des Humanismus. Wenn die Europäer im anderen das gemeinsame Menschliche sehen, wird das wechselseitige Töten vielleicht aufhören.

Ein kriegerisches Jahrtausend verlassend, könnten wir eine utopische Hoffnung hegen, daß nämlich der Mensch des dritten Jahrtausends der eigenen starren, disqualifizierenden und argwöhnisch feindseligen Denkweise überdrüssig werden und flexibles, verständnisvolles, brückenbauendes, abenteuer- und dialogbereites Denken höher schätzen könnte.

Der Krieger ist nicht mehr angesagt, es kommt der Spieler, der Mensch der Phantasie, es kommen die Künstler der verschiedensten Berufe, die das jenseits des Bürgers Gelegene mit dem Bürgerlichen vereinen. Am Ende des zweiten Jahrtausends tritt ein neues anthropologisches Ideal seinen Siegeszug an, das Ideal des dienenden Soldaten wird vom Ideal des denkenden, initiativen, verantwortungsvollen, zivilen Spielleiters abgelöst.

Was ist in Mitteleuropa von Mitteleuropa geblieben? Die Folklore? Was ist diese mitteleuropäische Identität? Ein Kuriosum, das jetzt zum Ausverkauf ansteht, das feilgeboten wird, um Touristen anzulocken? Kafka auf einer Tasse, der Speisekarte und einem T-Shirt. Nun ja, ein solch ironischer postumer Ruhm ist, sagen wir, auch van Gogh beschieden. Das Geheimnisvolle wird nicht nur in Prag, sondern auch in Amsterdam verramscht. Was verkauft werden kann, wird verkauft.

Mitteleuropa ist jener Raum, in welchem die Staatsbürokratie, die Armee und die Intelligenz stärker gewesen sind als das Besitzbürgertum, das sein Selbstbewußtsein aus seiner Habe bezieht, daraus, was es zu einem entsprechenden Preis veräußern kann. Den gebildeteren Schichten in dieser Region diente als Existenzgrundlage vor allem der Staat und nicht der Markt, doch der war vorhanden und neigte dazu, die Rahmenbedingungen des übermächtigen Staats zu sprengen. Hier erwarten die Bürger auch heute noch vieles, allzu vieles von der Regierung, derentwegen sie glücklich oder unglücklich sind, in ihr suchen sie nach dem omnipotenten Urgrund für ihre Sorgen und Hoffnungen. Der hilflose, verunsicherte Bürger ist erfüllt von Nostalgie nach dem fürsorglichen, gerechten, jedoch strengen Parteistaat, der gelegentlich freilich die Verbrecher aufknüpft. In ihrer Wahlrhetorik nutzen die linken Parteien ebenso wie die rechten diese Nostalgie für ihre Zwecke aus. Die mitteleuropäischen Musterschüler verzichten allerdings auf den Galgen, auf die Möglichkeit des Todesurteils, wenn dies Europa nun einmal wünscht. Alles für Europa!

Ob sie es will oder nicht, die Elite befindet sich im Zug, der nach Westen rollt, sie übt sich im gemeinsamen euro-amerikanischen Wertesystem wie ein kleiner Hund im Bellen. Die euro-amerikanische Wertegemeinschaft verleiht der Politik eine kohärente Ordnung, innerhalb deren radikal andere Grundprinzipien nicht verfolgt werden. Diese Prinzipien sind erlernbar, und da die Mitteleuropäer gelehrig sind, werden sie sich diese aneignen. Unter anderem werden sie begreifen, daß sie von den Politikern nicht allzuviel erwarten dürfen, daß ihr Leben nicht von dieser Berufsgruppe abhängt und daß dem auch etwas Gutes abzugewinnen ist. Sie werden sich daran gewöhnen, daß sie um so freier sind, je geringer ihre Abhängigkeit vom Staat ist.

Die Politik in Europa ist auf Disziplin festgelegt. Wer dazugehört oder dazugehören will, der muß sich disziplinieren. Die historischen Fehler des vergangenen Jahrhunderts dürfen nicht wiederholt werden, man kann nicht Mitglied der europäischen Gemeinschaft sein und zugleich die Menschenrechte verletzen. Ein Todesurteil darf nicht einmal dann gefällt werden, wenn es von der Mehrheit der Bevölkerung bevorzugt wird. Auch wenn Mitteleuropa jener Raum ist, in dem meist die Erfahrung zu machen war, daß nicht vertragschließende Vernunft, sondern blinde Gewalt das Sagen hatte, müssen nationalistische Demagogien und Unverträglichkeit fortan ausgeschlossen werden. Mitteleuropa ist jener Teil Osteuropas, der die Sprache der Argumente, des Dialogs akzeptiert und sich um Kompromisse bemüht, obwohl es auch an sich selbst, innerhalb der eigenen Kreise, jenes intransigente Element wahrnimmt, das an den selbstgefälligen Fiktionen des kollektiven Ich festhält. Mit wem es möglich ist, in der Sprache der demokratischen

Vernunft zu reden, und mit wem nicht, zwischen diesen beiden verläuft die Wasserscheide. Wer es nicht schafft, diese Sprache zu erlernen, bleibt draußen vor der Tür.

Mit der Entscheidung für europäische Werte gehen eine größere Achtung vor dem irdischen, dem weltlichen Leben der Individuen sowie ein Euro-Humanismus einher, der sich aus komplexen Elementen zusammensetzt und der Vielfalt gegenüber Sensibilität beweist, was infolge der im 20. Jahrhundert gesammelten Erfahrungen eine verinnerlichte Ablehnung diktatorischer Gewalt und nervöses Reagieren auf nationalistische Querelen bedeutet. Dieser Humanismus versucht, auf Zeit zu setzen, doch wenn die Situation reif geworden ist, unternimmt er Schritte. Er kann warten wie handeln.

Die Erfahrungen und die Interessen veranlassen die Europäer zur Vorsicht. Sie waren gezwungen, aus ihren Fehlern zu lernen. Es hat sich erwiesen, daß sich eine aggressive Politik, die auf Herrschaft und Sieg über die andere Seite ausgerichtet ist, rächt und daß Unmenschlichkeit auf längere Sicht nicht erfolgreich sein kann. Deshalb sind die Europäer gezwungen, sich wechselseitiger Kontrolle zu unterwerfen.

Die Deutschen haben gelernt, daß sie Europa nicht beherrschen können, daß die Ausdehnung ihres Machtbereichs auf wirtschaftlich schwächere Gebiete nur in einem freundschaftlichen und gesetzlichen Rahmen möglich ist und daß sie immer und überall die gemeinsamen europäischen Normen beachten müssen. Auf nichts dürfen die Deutschen Anspruch erheben, was die Franzosen oder Engländer mißbilligen würden, und das trifft auch umgekehrt zu: Die Nationen halten sich – zum Glück für die Bürger – gegenseitig in Schach. Zentral- oder Mitteleuropa wird kein Deutsch-Europa sein, auch wenn deutsches Kapital und deutsche Verbindungen darin beträchtlich sind, doch die Präsenz amerikanischen Kapitals ist noch beträchtlicher, und die japanische, französische, österreichische, niederländische, russische und italienische sind ebenfalls nicht zu vernachlässigen. Die Mitteleuropäer sind an einer multilateralen Abhängigkeit interessiert, sie ist der Schlüssel für eine relative Unabhängigkeit.

Keine einzige Nation kann über Europa oder Mitteleuropa herrschen. Darin besteht die neue Wirklichkeit, die nicht zuletzt ein Werk der Bewohner dieser Region ist. Wozu die großen Nationen keine Möglichkeit haben, das verfolgen sie auch nicht mehr als Ziel. Es liegt in ihrem beständigen Eigeninteresse, von freundlichen Nachbarn umgeben zu sein. Von den Nachbarn gehaßt zu werden verheißt nichts Gutes. Auch der Stärkere also muß sich in gewissem Maße vor dem Schwächeren verneigen. Eine gekränkte Nation ist ein schwieriger Nachbar, die Beleidigung schlägt zurück.

Es gibt bereits eine europäische öffentliche Meinung, und es gilt auf sie Rücksicht zu nehmen. Wenn ein europäischer Politiker radikalen Blödsinn von sich gibt, wird dies mit hochgezogenen Augenbrauen wahrgenommen. Wer sich gegen die politisch korrekte Rede vergangen hat, wird erst nach längerer Bewährung nicht mehr argwöhnisch beäugt.

Die Europäische Union, die euro-amerikanische politische Gemeinschaft, hat vor dem Kommunismus, denn der hat ausgespielt und kann nicht mehr auferstehen, keine Angst, sondern vor jener Kraft, der auch bei der Zerschlagung des Kommunismus eine wichtige Rolle zugefallen ist, dem Nationalismus, denn es kann nicht ernsthaft behauptet werden, daß der latente Liberalismus den Kommunismus ohne den latenten Nationalismus hätte besiegen können. Der Kommunismus stellt heute keine Kriegsgefahr dar, der Nationalismus dagegen sehr wohl.

Die Osterweiterung der westlichen Assoziierung, das allmähliche Hinübergleiten der sogenannten Reformländer nach Westen, macht eine erneute Spaltung in Europa unmöglich. Diese Vereinigung ist Ausdruck der Interessenlage und des Wegs nach Rußland und zum Balkan. Immer weitere und weitere Länder gelangen auf die Tagesordnung. Unter den Wartenden finden sich stets solche, die den Normen relativ am ehesten entsprechen. Der Prozeß der Erweiterung läßt Europa zusehends ein zusammengesetztes Gebilde werden, in dessen Grenzen intimere und familiärere Beziehungen möglich sind, Regionen sich herausbilden wie beispielsweise Mitteleuropa beziehungsweise jener Teil Osteuropas, der in souveräner und freier Entscheidung die disziplinarischen Konsequenzen der europäischen Vereinigung akzeptiert hat – was vor allem zu bedeuten hat, daß die Menschen- und Bürgerrechte seiner Bewohner selbstverständlich zu beachten sind. Die Alternative zu diesen Normen besteht in einer Serie blutiger nationalistischer Konflikte.

Die Ungarn haben die Klasse gewechselt. Im Ostblock gehörten wir zu den Besseren, in der Gesellschaft des Westens zu den Schwächeren. Die bürgerliche Entwicklung haben wir verspätet durchlaufen, die Spuren der ideologischen Diktaturen sind uns anzusehen.

Mitteleuropa liegt in der Mitte, weshalb es eben nicht ganz dies oder nicht ganz jenes ist. Es ist bemüht, den Weg der Rationalisierung zu beschreiten, allerdings ohne sich ihr ganz hinzugeben. Noch etwas anderes ist dieser Gegend eigen, etwas Heidnisches, nicht wirklich Christliches, etwas, was sich in keinerlei Religion oder Weltanschauung einordnen läßt. Eine volkstümliche Reaktion auf die Welt als gefährliche Falle. Das ist die Art und Weise, wie Agrargesellschaften auf die Zwänge der Großstädte und der weiten Welt reagieren. Es ist ihnen nicht beizukommen, von ihrem Argwohn sind sie nicht abzubringen, sie leben ihr eigenes Leben.

1989 hat eigentlich unsere erste erfolgreiche bürgerlich-demokratische Revolution stattgefunden. Zuvor hatte es mehrere gescheiterte Revolutionen gegeben, und unsere Kultur trug nicht nur das Stigma des Versuchs, sondern auch das der Niederlage an sich. Mehr als ein Jahrzehnt Demokratie, das ist in Ungarn bisher noch nicht vorgekommen, noch nie zuvor hat die Bevölkerung dreimal hintereinander die legitimen Regierungen abgewählt. Mitteleuropa genießt das Gefühl, mit einem kleinen Kreuz auf einem Zettel die Oberhand über Regierungsgrößen gewinnen zu können. Da die Regierungschefs bisher meist anmaßend gewesen sind, verschaffte es den Menschen eine gewisse Genugtuung, sie darauf aufmerksam zu machen, daß man in der Partie auch verlieren kann.

Große Umschulungen und Umstrukturierungen gehen in Mitteleuropa vor sich, die Zahl der Universitätsabsolventen und Auslandsstudenten nimmt zu, die Gruppe derer, die über einen europäischen Horizont verfügen. Der Wechsel kann auch kreativ sein, Neuerungen tauchen auf, es wächst der Wissenschafts-, Kultur- und Kunstexport, die Region ist interessant, denn sie entdeckt, überdenkt, macht sich ans Werk und experimentiert.

Zustande gekommen sind Netzwerk und Wertegemeinschaft übernational funktionierenden Geistes, internationale Strömungen stehen den denkenden Menschen offen, die europäische Integration installiert überstaatliche interpersonale Zusammenschlüsse, wodurch unser Verstand von lokaler Befangenheit, vom provinziell verbindlichen Kult der Pseudowerte befreit wird, sich die öffentliche Meinung verselbständigt, in der Verteidigung gegen die Zensur Hilfe geboten, die Pressefreiheit unterstützt und gegenüber der Willkür von Regierungen eine Appellationsgrundlage geschaffen wird.

Von Übersee aus wirkt unser Erdteil wie eine kleine bunte Halbinsel, wie die witzige Nase des großen Eurasien. Als praktizierende Relativisten können wir unser Haus in seiner Verhältnismäßigkeit betrachten, unsere Heimat auch als winzige Sprenkel, doch die Sprenkel auch als Universum.

Wenn der Mensch die Erde erobert hat, besitzt er die Möglichkeit und das Recht, jeden Menschen, jeden Säugling für einen göttlichen Wert zu halten. Daran, daß der irdische Humanismus mit seinem Anthropozentrismus eine ziemlich narzißtische und beängstigend egoistische Weltanschauung ist, besteht kein Zweifel. Etwas anderes wäre verlogen, denn der Mensch kann nicht die Welt der Pflanzen, Tiere oder Sterne in den Mittelpunkt seines Denkens stellen.

Doch wenn wir schon so beschränkt sind, wenn wir im Mittelpunkt des Weltalls diesen bloßen Affen sehen, unsere Liebe und unser Spiegelbild, dann sollten wir wenigstens *ihn* würdigen, dieses splitternackte und ausgelieferte Wesen, den einzelnen Menschen in seiner Hilflosigkeit, einzig deshalb, weil er da ist. Denn wozu der Mensch geschaffen ist, das ist keine Frage. Zu nichts anderem als zu dem, was er selbst ist. Jedenfalls ist er nicht dazu bestimmt, daß man ihn tötet und ihm die Goldzähne herausbricht.

Der Wert des Lebens eines einzelnen Menschen ist in seinem Existieren zu sehen. Kein einziger Mensch darf sich über den Sinn des Lebens eines anderen Menschen setzen. Ein jeder stellt einen Selbstwert dar und ist nicht auf Rechtfertigung angewiesen, das Sein ist nicht um eines anderen willen.

Zivilisation ist die Art und Weise, wie wir uns aufeinander abstimmen. Die humane Qualität einer Gesellschaft kann daran gemessen werden, wie häufig Menschen durch den Menschen erniedrigt werden, oder umgekehrt, wie intensiv die heitere Kooperation betrieben wird. Dieser irdische

Humanismus ist die Philosophie des nüchternen morgendlichen Rausches, die Philosophie des Erwachens, des Bewußtwerdens, welches nicht nur verkleinert, sondern auch vergrößert.

Die Integrität der menschlichen Person ist jene Forderung, auf die sich die moralischen Urteile gründen lassen. Es findet gegenwärtig eine personenbezogen-humanistische Interpretation der Religionen und der geistigen Traditionen statt, damit jedermann den Schutz der Person mit seinem religiösen Glauben für vereinbar hält. Europa ist dort, wo man sich um den einzelnen Menschen kümmert. Europa ist dort, wo das Individuum durch die Rechtsordnung vor der Willkür und den Übergriffen der Behörden geschützt wird.

Es verbreitet sich das Ideal der aktiven, helfenden und lernenden Selbstbeherrschung. Es vollzieht sich die Individualisierung der Verantwortung. Das Individuum kann sich auch so verhalten, als wäre es Gesandter einer Großmacht. In Wirklichkeit ist es selbst diese Großmacht, es redet und handelt im Namen seines Einpersonenkönigreichs.

Wir suchen nach der Weltanschauung der Menschheit, einem latenten und ironischen Humanismus des zweiten Millenniums, der auf die Würde des Individuums im Namen keines einzigen als höher gepriesenen Ideals zu verzichten bereit ist. Geboren werden soll ein neuer, mündiger und kosmopolitischer Humanismus, den auszutragen Wien und Budapest, Berlin und Warschau, Prag und Bukarest, diese mitteleuropäischen Treffpunkte zwischen West und Ost, gute Chancen haben.

Überall in Europa ist die metropolitane Gesellschaft der Lernenden im Entstehen begriffen, deren kulturelles Interesse trotz aller beängstigenden Nachrichten Bestand hat, sich, so könnte man sagen, als physisches Bedürfnis erweist.

Wir bemühen uns, der Verschiedenartigkeit der Menschen größtes Verständnis entgegenzubringen, uns amüsieren die eigenen Ambivalenzen, wir mischen die Lebensform der Großstadt mit der des Dorfes und versuchen, die Gegenwart als Geschichte zu begreifen, für die auch wir verantwortlich sind.

Daß es früher oder später eine europäische Konföderation geben wird, eine europäische Verfassung, eine europäische Regierung und daß sich der europäische Präsident auf der internationalen Bühne großen Ansehens erfreuen wird, davon gehe ich aus.

Die europäische Nation wird sich ebenso aus den Nationalstaaten zusammensetzen, wie in der jüngsten historischen Vergangenheit die Nationalstaaten aus den Provinzen entstanden sind. Die Autonomie der Fürsten und Herzöge war durch den Nationalstaat eingeschränkt worden. Konzipiert werden wird die europäische Verfassung, die über den heute geltenden Gesetzen der jeweiligen Nationen und über den Beschlüssen der nationalen Parlamente stehen wird. Die Politiker werden ebenso gezwungen sein, eine gemeinsame Verfassung zu verabschieden, wie sie nicht umhin können, der gemeinsamen Währung zuzustimmen. Wenn die Einheitswährung kommt und all das, was damit verbunden ist, wird sich für die Mehrheit herausstellen, daß es auch eine Kultur gibt, die unser aller Besitz ist.

Der europäische Humanismus läßt sich am ehesten aus unserer mehrere tausend Jahre alten Literatur und Kunst ablesen. Um von einer europäischen Literatur sprechen zu können, mußten wir nicht auf die Baumeister der Europäischen Union warten. Die Schriftsteller und die Künstler verstehen sich auf persönlich-intuitive Empathie, die Grundlage des Schutzes der Menschenrechte, des europäischen Humanismus. Krieg gegeneinander haben die Literaturen nicht geführt, doch wenn die schwächeren Autoren derartiges dennoch taten, wurde dies von den anderen für literaturfeindlich gehalten.

Zu Recht können wir von einer Kontinuität der europäischen Kultur reden. Schon die Großen der Antike wußten voneinander, und der Geist überwindet auch seither die Grenzsperren. Vom Altertum angefangen betrachten wir die europäische Literatur als Grundtext unserer Identität, als weltliches Heiligtum.

Am besten geht es uns, wenn wir in die Fänge der Meisterwerke geraten; über Jahrhunderte vermitteln sie gültige Botschaften. Es gibt eine europäische Kommunität, die keinerlei institutionelle Form besitzt: die im verborgenen wirkende Assoziierung der Leser. Wer von verschiedenen Autoren einige Bücher liest, hat sich mit den anderen Lesern auf eine geistige Verwandtschaft eingelassen.

Europa steht im Bücherkonsum an erster Stelle in der Welt. Ein Rekord, der gehalten werden muß. Geistigen Reichtum besitzt dasjenige Land, welches bereitwillig und neugierig importiert und integriert. Die Begegnung von Publikum und bedeutenden Werken ist ein Wert an sich. Die sogenannte Hochkultur ist ein strategisch wichtiger Entwicklungszweig, die damit verbundenen Investitionen rentieren sich vielfach.

Pseudodemokratische Populisten wenden sich gegen die Subventionierung der Kultur; sie schützen das Volk vor etwas, was ihm langfristig den größten Nutzen bringt.

Stark ist Europa durch seine Geschichte, dadurch, daß es in allen Ecken und Winkeln Werte aus allen Epochen bewahrt.

Durch Überlegenheit mimende Gleichgültigkeit können langlebige Traditionen verkümmern. Jene Frage, ob die Übersetzung von Weltliteratur notwendig sei, ist gleichbedeutend mit der Frage, ob das Fest, die Liebe oder die Trauer notwendig seien. Die Schrift besitzt weiterhin ihre Bedeutung, gleich auf welche Weise wir sie anwenden, denn schriftlich festzuhalten, was uns in den Sinn kommt, ist Ausdruck größter Freiheit.

Die staatlichen Haushalte und die europäischen Budgets müssen den Export und Import der Werke sowie die Übersetzungsaktivitäten zu ihrer Sache machen, sofern die heute so allgemeine Europarhetorik ernst zu nehmen und nicht nur als leere Höflichkeitsformel zu betrachten ist. Die Belebung der Kultur wäre für die Staatsbeamten eine ähnliche Aufgabe, wie ein funktionierendes Gesundheits- und Schulwesen. Kultur ist im Gegensatz zu letzteren eher selbsttätig und auf Unterstützung durch Mäzene der öffentlichen und privaten Hand weniger angewiesen, auch wenn sie nicht vollkommen unabhängig ist. Für Bildung Finanzmittel aufzuwenden lohnt, denn im reifen und denkenden Bürger, dessen Blick durch Wissen geschärft ist, liegt die größte Stärke der Staaten und Unionen.

Auf den Bücherregalen umgibt uns die Menschheit. Edelstes und beständigstes Weltreich ist die Weltliteratur. Die Klassiker der Weltliteratur sind unverwüstlich, fortwährend erstehen sie zu neuem Leben. Sie sind es, die sich in den Turbulenzen menschlichen Wollens mehr oder weniger zurechtfinden. Sie sind unsere Orientierungspunkte, die Heiler unserer Unsicherheit und amorphen Verzweiflung.

Die Fähigkeit der Europäer, die inneren Widersprüche zu kennen und damit umzugehen und nicht etwa zu meinen, sie seien für alle Zeiten zu lösen – denn die Paradoxien des Lebens treten immer wieder auf, in anderem Gewand und Wortgebrauch, sie sind unsterblich –, verkörpert sich am ehesten in den Künstlern. So können wir dank den Künstlern im typisch Heutigen das ewig Wiederkehrende, das schon tausendfach Gewesene erkennen, was den proteischen Überfluß und Variantenreichtum des Lebens noch schätzenswerter macht.

Ein Budapester in Washington über Berlin

Wenn ich in Budapest den Fernsehsender der Deutschen Welle einstelle, um mir die Nachrichten anzusehen, teilt der Ansager mit, er befinde sich in Berlin, in der Mitte Europas.

Okay, sage ich, letztlich habe ich das ebenfalls geschrieben, auch die Deutschen sind seit 1989 Mitteleuropäer geworden. Der Mitteleuropabegriff ist keineswegs verschwunden, sondern hat sich seither vielmehr erweitert.

Mit dem Abriß des Eisernen Vorhangs sind Berlin und Wien, die beiden ursprünglich mitteleuropäischen Großstädte, an ihren dem Erdteil und der Kultur entsprechenden Platz zurückgekehrt, das heißt nach Mitteleuropa.

Sollte jemand behaupten, er spreche von der Mitte Europas oder, wenn man so will, vom Nabel des Kontinents, dann würde eine solche Prahlerei in Budapest glaubwürdiger klingen, eventuell in Wien, na, auch in Prag oder Krakau, doch unsere Berliner Kollegen und auch die ethnischen und sprachlichen Verwandten der Ungarn in Tallinn wären beleidigt, keinen Anteil an diesem Mittelpunktnarzißmus zu haben.

Natürlich will jeder gern in der Mitte sein, in der Gegend des Herzens, zwischen rechtem und linkem Arm, jeder wäre gern der lärmenden Vergänglichkeit der Extremitäten enthoben.

Wenn es nicht darum geht, wer über die meisten Panzer verfügt, wenn die Mitte kein militärischer und politischer Begriff ist, sondern ein geographisch-demographisch-soziologisch-künstlerischer, wenn nicht die Macht- oder Wertehierarchie das Thema ist, wenn wir von den Städten nicht in wechselseitiger Feindseligkeit reden, dann trifft es zu, daß Berlin, obwohl es sich auf der Nord-Süd-Achse eher nördlich der Mitte befindet, auf der West-Ost-Achse tatsächlich in der Mitte liegt, auch wenn in Moskau viele der Meinung sind, daß sie es seien, die auf der Achse London-Peking die Mitte bildeten.

Der Zentrismus ist in unseren Tagen eine politische Mode geworden. Auch der neue deutsche Bundeskanzler hat »von der Mitte aus« gesiegt. Und die neue Opposition bereitet sich auf die Rückeroberung der Mitte vor. Die erfolgreichen Parteien stilisieren sich im allgemeinen als Mitte, und der Gefahr des Rands, dem Hinausgedrängtwerden aus dem Ring, leisten sie wie die Sumo-Kämpfer entschiedenen Widerstand.

Diesen Zentrismus, zu dem sich gewohnheitsgemäß vernünftige Vorsicht und überlegte Initiative gesellen, halten wir für eine ebensolche läßliche Schwäche wie die, daß jeder kleine Junge König und jedes kleine Mädchen Königin sein möchte.

Halten wir uns die Tatsachen vor Augen, dann steht Berlin an der Schwelle zum neuen Jahrhundert hinsichtlich Anziehungskraft, Interessantheit und Entwicklungsmöglichkeiten nicht schlecht da.

Da die Bevölkerung der Stadt ein höherer und weiterwirkender Wert ist als die Infrastruktur, halte ich die Vereinigung der beiden Teile Berlins gerade dank der Unterschiede für einen menschlichen Gewinn. Daß die Wessis und die Ossis anderes gelesen und gelernt haben und diese Dinge jetzt zusammengeführt werden, auch darin ist ein Vorteil zu sehen.

Als Budapester beispielsweise freue ich mich darüber, daß viele Berliner, ehemalige DDR-Bürger, meine Stadt kennen, noch dazu angenehme Erinnerungen an sie knüpfen, denn zu der Zeit, da die Mauer gestanden hat, sind sie gern in die relativ bunteste und reichste Hauptstadt des gesamten Sowjetblocks gereist, die im Zweiten Weltkrieg nicht zerstört worden ist und in der man eine gewisse Energie, die nach ihrem Platz zu suchen schien, spüren konnte.

Diese beiden Städte, das ist wahrscheinlich und logisch, werden zusehends lebhaftere und ausgedehntere Beziehungen zueinander unterhalten. Als die zwei größten Städte in Mitteleuropa werden Berlin und Budapest entsprechende wirtschaftliche und kulturelle Aktivitäten entwickeln.

Der Nachbar des Nachbarn genießt im allgemeinen größere Sympathien als der unmittelbare Nachbar. Zwischen Berlin und Budapest bestehen keine Ressentiments.

Für gewöhnlich gefällt den Budapestern Berlin und umgekehrt den Berlinern Budapest. In der jeweils anderen Stadt finden wir Freunde, denn irgendwie verstehen wir uns, im Humor gibt es Berührungspunkte.

Berlins Einzugsbereich ist gewaltig gewachsen.

Auch ich bin ein Ingázó (sprich: ingahsoh), ein Commuter, ein Pendler, ein Gastpräsident, monatlich ein bis zweimal fliege ich zwischen Budapest und Berlin hin und her, morgens halb sieben besteige ich in Budapest das Taxi, und dreieinhalb Stunden später sitze ich bereits in Berlin an meinem Schreibtisch.

Ein mehr und mehr normales Phänomen, und wenn die Umständlichkeit des Grenzübertritts verschwindet, wenn sich die Europäische Union ausdehnt, wenn nur die physische Distanz bleibt, unser grundlegendes Wertesystem gemeinsam ist und wir uns in den Netzwerken auskennen, wenn wir mehrere Sprachen sprechen, mit einem Wort, wenn wir damit beginnen, daß wir Europa erlernen, benutzen und leben, dann ist es logisch, daß Europa ein polyzentrischer Erdteil ist, auf dem großes Wimmeln um mehrere Zentren herum herrscht, auf dem mehrere Flughäfen und Bahnhöfe einen großen Verkehr abwickeln, wo der Besucher von großstädtischen oder eben metropolitanen Phänomenen umgeben wird, von Menschenansammlungen, zwischen unterschiedlichen Angeboten auswählen kann, sich dem urbanen Dschungel mit seinen Verlockungen und Gefahren, im großen Konglomerat einer Inselgruppe der »Dörfer« aussetzen kann.

Es gibt einige nationale Großstädte, Weltstädte dagegen sehr wenige, doch selbst diese haben ihren eigenen Provinzialismus, es dominiert die Erfahrung, daß angeblich immer dieselben ein öffentliches Forum erhalten, die gesellschaftliche Elite geschlossen ist, auch die Berühmtheiten in den Weltstädten des anderen überdrüssig sind, und wenn wir nach echten Werten suchen, scheint das Viele gelegentlich wenig zu sein.

Die Immigration in die Weltstädte ist groß, dort kommen die Glücksritter zusammen, die Karrieristen, die Umtriebigen, die Tüchtigen, die es dorthin zieht, wo etwas los ist.

Typisch ist, was wir etwa in New York, London oder Paris erleben können, die Verschiedenartigkeit von Hautfarben und Schönheiten auf der Straße, die reichliche Präsenz der Dritten Welt.

Doch wenn wir genauer hinsehen, dann haben alle Weltstädte am ehesten Immigranten aus der geographisch-politischen Umgebung angezogen, London vor allem aus den ehemaligen englischen Kolonien, Paris in erster Linie aus dem französisch sprechenden Afrika und Mittelamerika, während Berlins traditioneller Einzugsbereich Ost- und Südosteuropa gewesen ist.

Unlängst ist Karl Schlögels schönes Buch über die Russen in Berlin zwischen den beiden Kriegen erschienen, an die dreihunderttausend lebten dort, sie gehörten verschiedenen politischen Überzeugungen an, doch gemeinsam war ihnen die Herkunft aus gebildeteren Schichten. Auch jetzt gibt es Russen in Berlin, und es wird sie weiterhin geben, weil das natürlich ist. Von Petersburg oder Moskau kommend, ist Warschau oder Berlin die nächste große Station, wie in meiner Nachbarschaft Wien.

Die Masse der osteuropäischen, überwiegend slawischen Einwanderer ist weiß, weshalb Berlin hinsichtlich der Hautfarben nicht so bunt ist wie New York, London und Paris.

New York ist vielleicht die einzige Weltstadt mit einem globalen Hof, wohin die Experimentierbereiten von überall her kommen, vom ganzen Erdball.

Inwieweit die Ostdeutschen von den Westpolen zu trennen sind, ist fraglich, doch in Berlin haben diese ethnischen Farbtupfer Platz.

Wenn ich im Café Pasternak unter einem Bulgakow-Bild im Kreis von Freunden Stschi verzehre, im Prenzlauer Berg auf dem Käthe-Kollwitz-Platz, in dessen Umgebung es heutzutage ratsam ist, zum Abendessen einen Tisch reservieren zu lassen, weil die Wessis alle stimmungsvollen Orte erkunden und inzwischen nicht nur die waghalsigeren Ostberliner Intellektuellen dort zusammenkommen, dann weiß ich nicht, ob der Inhaber Prawoslawe oder Jude ist, doch gleich ob nun dieser oder jener, die Namen Pasternak, Bulgakow oder Mandelstam werden für die Firma ein Aushängeschild sein.

Womit ich sagen will, gerade diese kulturellen Inseln sind es, diese Gesellschaften, Kolonien, Freundeskreise, ethnischen Netzwerke und kriminellen Vereinigungen, die eine Weltstadt ausmachen.

In der Beherbergung von Emigrantenkulturen besitzt Berlin eine Tradition, und ich denke, sie wird sich fortsetzen.

Mit amerikanischer Billigung und Förderung ist Berlin von der Bonner Bundesrepublik bis zum Fall der Mauer subventioniert worden. Die Vereinigten Staaten haben den Bau der Freien Universität unterstützt. Die Errichtung der Akademie der Künste, deren Präsident ich gegenwärtig bin, ist durch die Schenkung eines deutschstämmigen Amerikaners gedeckt worden.

Die Militärpräsenz der westlichen Alliierten in der U-Bahn und auf den Bürgersteigen hat Westberlin eigentlich gutgetan, hat es belebt, die Atmosphäre gelöst und nicht verkrampft, gemessen an der preußischen Haltung waren jene Briten, Amerikaner und Franzosen durchaus auch Zivilisten, aufgelegt zu einem Scherz und bereit zu einem Lächeln.

Ich selbst habe als erstes die Gastfreundschaft des DAAD und als zweites die des Wissenschaftskollegs genossen, und wir, an die fünfzig ungarische Schriftsteller und Künstler, haben Berlin im Rahmen des Künstlerprogramms im Verlauf eines ein- bis zweijährigen Aufenthalts kennen- und lieben gelernt.

Für die Bundesrepublik war die Unterstützung Westberlins offensichtlich ein kostspieliger Luxus, zumal weder London noch Paris den Osteuropäern eine solche Möglichkeit geboten haben. Die damit verbundene politische Intention ist klar: Westberlin sollte zu einem internationalen Brennpunkt des Westens gemacht, die Aufmerksamkeit sollte auf die Stadt gelenkt werden, damit sie nicht mit dem Sowjetblock verschmolzen wird, einverleiben sollte sich vielmehr das westliche Berlin seinerseits die Umgebung. Doch wenn es keine Mauer mehr gibt, wenn die Bewegungsfreiheit auf natürliche Weise gewährleistet ist, dann läßt sich die Frage, wer wen schluckt, in welchem Maße und inwiefern, nur durch Vermittlung der himmlischen Mächte beantworten, denn der Sachverhalt spricht für partikuläre Integration, die einigermaßen auf Gegenseitigkeit beruht.

Der Berliner Durchschnittsbürger kauft auch heute in dem Lebensmittelgeschäft ein, in dem er es vor 1989 getan hat. Warum sollte er einen weiteren Weg zurücklegen, in eine Gegend, die ihm nicht so vertraut ist? Es bleibt also eine gewisse eigenständige Ostberliner und Westberliner Intimität bestehen.

Allerdings kommen die Menschen sowohl von hier als auch von da am Arbeitsplatz zusammen, Mitarbeiter sind sie in ein und demselben Büro, begegnen sich mit der gebotenen Höflichkeit, sind bemüht, den Vorurteilen des anderen Verständnis entgegenzubringen. Die Westler sind etwas lockerer, ironischer, die Ostler ein wenig gewichtiger, moralisierender. Doch das Leben hat eine gemeinsame Grundlage geschaffen, die keine andere als die europäische Demokratie sein kann, eine spezielle deutsche und Berliner Variante davon.

Berlin ist eine Vielheit von Städten und Subkulturen, und zur Werkstatt einer liberalen Demokratie wird es gerade dadurch, daß es diesen organisch in ihr sich bildenden Welten die gebührende Aufmerksamkeit schenkt, daß sich Toleranz gegenüber den kulturellen Mustern und zugleich ein gemeinsamer Berliner Geschmack und ein gemeinsames Interesse an menschlichen Beziehungen vorantasten.

Es ist zu beobachten, daß die stärker als anderswo vorhandene Neugier auf Kultur in der Stadt, das Bedürfnis nach Unterhaltung, ein gewisses Wohlwollen, das den von weit her kommenden Begabungen entgegengebracht wird, Grundlagen für den Aufschwung ist. Hier konzentrieren sich Menschen, die abends gern weggehen, diejenigen aber, die lieber zu Hause hocken, werden die suburbane Gegend als billiger und ruhiger empfinden, die nun entstanden und familiärer geworden ist.

Berlin und Brandenburg lernen einander kennen. Wahrscheinlich wird ein Teil der Rentner umsiedeln, aus der näheren Umgebung, aus ganz Deutschland und anderen Ländern kommen Menschen, die es ins Zentrum drängt, die Energischeren, diejenigen, die meinen, es gebe Bedarf an dem, was sie beherrschen.

Die Umsiedlung der Regierung und der politischen Klasse bringt auch die Verlegung von einigen Zentralen der Großunternehmen mit sich, einer Menge von neuen Arbeitsplätzen, die Zunahme der Anzahl von gebildeten Erwerbstätigen, die die Berliner Tradition assimilieren werden, beziehungsweise die Überlieferung wird bei den Zugezogenen eine Angleichung bewirken. Der Umzug von den westlicher gelegenen Gebieten nach Berlin wird automatisch eine östlich orientierte Erweiterung des Horizonts der Elite nach sich ziehen.

Hinter Berlin ist Budapest die größte Stadt Mitteleuropas, und tatsächlich, der höchste Anteil des nach Osteuropa strömenden westlichen Kapitals ist in die Donaumetropole geflossen. Von hier aus werden die Fühler wirtschaftlicher Orientierung und Expansion in Richtung Osten und Südosten ausgestreckt, hier läßt sich beispielsweise das israelische Kapital nieder, von hier wandert ungarisches und nichtungarisches Kapital nach Rumänien, hauptsächlich nach Siebenbürgen. Und wenn die südslawischen Verhältnisse in Ordnung kommen, dann wird Budapest in der Aufrechterhaltung ziviler Kontakte zum Balkan und im allgemeinen in der regionalen Regelung der humanökologischen Beziehungen in Europa erneut eine wichtige Rolle spielen.

Dieser Entwicklungsprozeß geht gegenwärtig in Berlin vor sich. Wenn Westberlin bis 1989 gegenüber Osteuropa den Westen repräsentiert hat, dann ist das wiedervereinte Berlin jetzt, nach Beendigung der Konfrontation, in mehrfacher Hinsicht zu einer mitteleuropäischen Großstadt geworden.

Die Mitte muß aus zwei Teilen bestehen. Dieses Kriterium wird erfüllt: Ost und West. Gelegentlich ist in Verbindung mit der Wende auch Lamentieren zu vernehmen, doch den Jüngeren und Begabteren im Osten ist der Umschwung willkommen, und zu der Frage, wann die pensionierte Lehrerin in ihrer Ostberliner Wohnung in der Neubausiedlung besser gelebt hat, früher oder jetzt, habe ich verschiedene Meinungen zu hören bekommen. Alles in allem hat es den Anschein, daß auch die alte Dame nicht schlecht gefahren ist.

Berlin murrt natürlich, und das ist durchaus in Ordnung. Doch ich habe noch keinen Berliner getroffen, der sich wegsehnt von hier, mit mehreren Nicht-Berliner Deutschen oder Budapester Künstlern allerdings, die sich zurücksehnen nach Berlin, habe ich schon gesprochen.

Die Sensibleren und Aufgeweckteren zieht es immer dorthin, wo etwas geschieht, wo gerade ein Mythos im Entstehen oder Wiederaufleben begriffen ist, wo irgendein neuartiger und heiterer Lokalpatriotismus Wurzeln schlägt, wo es sowohl dieses als auch jenes geben muß. Denn was für eine Großstadt ist das schon, wo ich nachts beispielsweise keinen Löwen kaufen kann?

Als ich vor über dreißig Jahren meinen Freund Iván Szelényi fragte, der als Fullbright-Stipendiat ein Jahr in den Vereinigten Staaten verbringen durfte und heute an der Universität in Los Angeles ein geachteter Soziologieprofessor ist, wie New York sei, lehnte der sich zurück und sagte in eine Pfeifenrauchwolke gehüllt: »Well, New York ist eine Stadt, in der du nachts einen Löwen kaufen kannst.«

Diese Antwort verklang 1965. Ich setzte meine Füße erstmals 1976 auf New Yorker Boden. Abgestiegen bin ich im Hotel Chelsea, und nachdem ich ausgepackt hatte, ging ich hinunter und sah mich um.

Beim Portier erkundigte ich mich, wo ich so gegen Mitternacht einen Löwen erwerben könnte. Inmitten verrücktester Dekorationen starrte mich der afroamerikanische Portier, der ein rotes Hemd trug und Fisch in Tomatensauße verzehrte, kopfschüttelnd an: »Man, are you fine?«

Mit anderen Worten, einen Löwen gab es nicht, sonst aber fast alles.

Auch in Berlin findet sich mancherlei, das Angebot ist ziemlich breit gefächert. Wenn man abends ausgehen will, steht einem eine bunte Palette von Möglichkeiten zur Verfügung.

Um auf dem zuverlässigen Gelände der Selbstsucht zu bleiben, auch die Interessenten in den Buchhandlungen oder zu Lesungen in den Sälen der Akademie bleiben nicht aus.

Vieles wird beachtet, die Reaktionen der Lokalsender und -blätter sind lebhaft, obschon viele der Meinung sein mögen, die Reputation könne nie groß genug sein. Ich meinerseits mache die Erfahrung, daß diejenigen, die etwas zu sagen haben, ein offenes und geistreiches Publikum erwartet.

Die Wichtigkeit des Rezipienten kann nicht überbewertet werden, die Herausforderung, die anspornende Erwartung leistet den Werken Geburts- und Erziehungshilfe. Es kann schon jetzt vorausgesagt werden, daß Berlin als Kulturkonsument im Zusammenspiel zahlreicher Faktoren die verschiedenen Interessen und Traditionen akzeptabel miteinander vermischen wird.

Medium dafür könnte auch ein Berliner Zimmer sein, in dem ein Eßtisch steht, an den sich die Erinnerung an eine Reihe von guten Gesprächen knüpft.

Daß eine der teuersten Gaststätten Berlins in einem einsamen kleinen Haus nahe von Eisenbahnschienen untergebracht ist und den Namen *Paris–Moskau* trägt, ist nicht mehr als logisch.

Der Namensgeber der Berliner Republik beschwört gern

Erinnerungen aus den kurzen goldenen zwanziger Jahren herauf, die vielleicht auch damals nur ein Traum gewesen sind, was letztlich dadurch bewiesen wird, daß all den Geschehnissen nach 1933 so wenig Widerstand entgegengesetzt wurde.

Ich glaube, die Ahnungslosigkeit gehört der Vergangenheit an.

Der Berliner von heute fühlt sich vom Militanten nicht angezogen, er ist ein Stadtbürger, ein Zivilist, der einen objektiven, scharfen Blick sowie eine spitze Zunge besitzt. Achtung vor anderen ist ihm nicht fremd, doch er hat keine Angst, Fragen zu stellen, und mit ausweichenden Antworten gibt er sich nicht zufrieden. Ich nehme ein Publikum wahr, das sich weniger übertölpeln und zum Narren halten läßt.

Am Ende des Jahrhunderts ist Berlin bürgerlicher und urbaner, als es dies in den zwanziger Jahren gewesen ist. Jene Romantik, zu deren Lebensnotwendigkeit ein äußerer und innerer Feind gehörte, scheint vergangen zu sein. Der Zauber der beiden kämpferischen Weltanschauungen, die frische Rhetorik einer nationalen und sozialen Revolution kann ich nicht wahrnehmen.

Um den Wettbewerb von Kapital, Arbeitskräften und Leistungen kommt man nicht herum, besondere Karrierefahrstühle nach oben bieten sich nicht an.

Das Verhalten ist kühl, ermutigend, jedoch nicht schwärmerisch. Der zugeworfene Ball wird aufgefangen. Alle haben zu tun.

Viele alte, auch junge Menschen sehe ich zu Rosa und Karl ziehen, sie nennen sie beim Vornamen; das Andenken an Rosa Luxemburg und Karl Liebknecht wird in diesem sonderbaren Kulturkreis von religiöser Verehrung umgeben.

Seinen Heiligen sollte ein jeder entsprechend dem eigenen Glauben den gebührenden Respekt erweisen. Jedem Kultus steht Taktgefühl zu.

In der Kulturgeschichte sind die treibenden Kräfte der Mikrogesellschaften im allgemeinen bekannt, ebenso die Tatsache, daß im Umkreis mancher Schriftstellerinnen und Hausfrauen, wie Rahel Varnhagen, Mme. de Staël, Gertrude Stein und Virginia Woolf, Literaturgeschichte ihren Anfang nahm.

Die Nachwelt aber identifiziert die Vergangenheit der Stadt mit einigen Romanen oder Berichten von einem Salon. So klingt es heute schon natürlich, wenn wir von Balzacs Paris sprechen, von Dostojewskis Petersburg, Dickens' London, Fontanes Berlin, was bei den Zeitgenossen dieser Autoren gewiß ein Stirnrunzeln hervorgerufen haben würde.

Der Entwurf eines umfassenden Bildes ist das Werk einsamer Geister, denen Freunde und Helfer zur Seite stehen. Die große Vielfalt der Kreise, Subkulturen und Gesellschaften ermöglicht den demokratischen Wertevergleich, die liberale Demokratie.

In diesem Jahrhundert ist Mitteleuropa mit der Herausforderung konfrontiert worden, die Mehrheitsdemokratie in eine liberale Demokratie zu verwandeln. Die Adenauer-Ära würde ich als Mehrheitsdemokratie bezeichnen. Auch aus dem neolinken Radikalismus der Achtundsechziger wäre unter Berufung auf die grundlegende Mehrheit ein ideologisch bestimmtes Regime entstanden. Mit wenig Toleranz gegenüber den Freiheiten der Minderheiten und den formalen Spielregeln.

Wenn wir uns dem Rausch des Optimismus hingeben, können wir die Berliner Republik als Schule der liberalen Demokratie betrachten.

Bei einem günstigen Szenario sollte sich also der jetzige Trend fortsetzen und kein größeres Unglück geschehen, wird die Suche nach einem gemeinsamen Nenner, die Konfrontation der Werte als permanente intellektuelle Praxis, auch weiterhin vor sich gehen.

Zivilisierte Reibung ist erfrischend und unvermeidlich, ebenso ein weltläufiger Umgang miteinander. Wenn die metropolitane Entwicklung die eigentliche Option ist, dann wird die Administration flexibler sein und keinen spießbürgerlichen Panzer anlegen, dann wird sich die Persönlichkeit als einmaliges Phänomen neben hierarchischen Ordnungen wachsender Achtung erfreuen.

Die Frage ist, wie großzügig Berlin zu einem Zentrum des Einkaufs und der Anlockung von Geist werden wird, oder aber ob es vor einer solchen Perspektive lieber zurückschreckt und sich für nationale Isolierung entscheidet.

Wird man Begabungen finanzieren und entsprechend binden? In deren vorübergehender Konzentration besteht das Geheimnis der goldenen Zeiten. Es bedarf dazu des Reichtums und der Großzügigkeit der Pole, der attraktiven Zentren, was natürlich beim heimischen Mittelmaß früher oder später Neid und Groll auslöst.

Absichtlich verweile ich bei diesem Thema, denn aus der Sicht der Karriere von Städten schreibe ich dem Sex-Appeal entscheidende Bedeutung zu, nicht unbedingt dessen Vorhandensein, eher dessen Vorzeichen, dessen Verheißung, denn er besitzt eine Multiplikatorfunktion.

Für Westberlin ist es eine große Herausforderung, ein großer Brocken, daß es über Ostberlin mit Ostdeutschland und ganz Osteuropa verbunden worden ist, daß es eine Drehscheibe geworden ist, daß es durch die Wende dazu gezwungen wird, ein neues und aktiveres Bild von sich zu entwerfen und sich mit der Eifersucht der anderen deutschen Länder auseinanderzusetzen, weshalb es zwecks Selbstschutz kreativ um einen nationalen Konsens bemüht sein muß, denn die Möglichkeit ist nicht auszuschließen, daß die selbstbewußten Bundesländer, die Akteure der föderalen Autonomien, die sich in der neuen Hauptstadt herausbildenden Verflechtungen zwischen Stadt und Regierung mit Argwohn betrachten.

Daß in Deutschland und in der östlich-südöstlichen Nachbarschaft rege und ambitiöse Rivalen auf den Plan getreten sind und sich gewiß auch in Zukunft melden werden, steht außer Zweifel, denn um nach Budapest, Prag und Warschau auch Bukarest, Kiew, Moskau und Petersburg als Zentren anziehend und interessant werden zu lassen, dazu bedarf es weder eines Krieges noch einer Wende, dazu sind lediglich Zeit und eine ruhige bürgerliche Entwicklung vonnöten.

Berlin kann also in diesem neuen Kontext nicht umhin, sich anders als bisher zu sehen. Im Netzwerk der europäischen Städte gehört jene Zeit, da sich irgendeine Metropole einbilden kann, als Zentrum eine entscheidende Rolle zu spielen, der Vergangenheit an. Bestimmender Faktor ist das Netzwerk. In ihm bilden sich einander ergänzende Zentren heraus.

Berlin steht vor einer Wahl: Sollte es sich aufrichten, könnte aus ihm eine Weltstadt werden, durch Abschottung nach außen würde diese Chance verspielt werden.

Was bleiben würde, das wäre die Rolle als Hauptstadt, das wäre alles. Schlecht freilich würde auch das nicht sein, doch es gibt etwas Besseres: eine Entwicklung zur Weltstadt. Und dafür spreche ich mich deshalb aus, weil dadurch keine giftigen Verletzungen produziert werden, weil dadurch kein ideologischer Haß geweckt wird. Ideologischen Haß halte ich für die Ouvertüre blutiger Konflikte und kriegerischer Verwilderung.

Wenn Berlin heiter ist, gern mit seiner Umgebung kooperiert, sich keine Feinde macht, die es auf dem Kieker haben kann, wenn es imstande ist, sich auch nur ein bißchen selbst zu lieben, worauf sich schöne Frauen und Weltstädte verstehen, wenn es nicht nur modebewußt ist, sondern Mode selbst macht, wenn es die Elite nicht durch kleinkariertes Verhalten verprellt, sondern ihr eher Hochachtung entgegenbringt, wenn es elitefeindliche rechte oder linke Populismen vermeidet, dann wird das Leben auch in Budapest angstfreier sein.

Was die Verwaltungsprinzipien des ostdeutsch-westdeutschen Kulturerbes angeht, gefällt mir die Praxis der Akademie der Künste am besten, wo der Nachlaß der west- wie der ostdeutschen Künstler und Schriftsteller gesammelt, bewahrt, betreut, aufgearbeitet und gelagert wird, mit der Begutachtung, mit Kommentaren und Kritik indes werden andere, Einzelpersönlichkeiten, beauftragt. Jedenfalls, sofern das Erbe nicht unentgeltlich überlassen werden sollte, wird für jedes Blatt Papier, das die Vergangenheit der Kunst bewahrt, der von Gutachtern festgestellte Marktwert erstattet.

Zusammenfassend ist zu sagen: Die Bonner Demokratie ist ein Rechtsstaat gewesen, eine Mehrheitsdemokratie, doch nur durch die innere Entwicklung, unter anderem die achtundsechziger Bewegungen, wird sie sich nicht zuletzt dank der Wiedervereinigung in eine liberale Demokratie verwandeln.

Für eine kapitalistische Demokratie ist ein staatssozialistisches, autoritäres Herrschaftssystem ein schwerverdauliches Gericht. Zur Herausbildung einer neuen Kultur gehört auch das parallele, unterschwellige, vielleicht nur flüsternd Kontakt aufnehmende oder sich zuzwinkernde Bewußtsein des ehemaligen ostdeutschen Staats.

Glaubenssätze, Mythen und gebündelte Erinnerungen leben nebeneinander fort. Die DDR hat sich als eine Art versunkener Erdteil in die individuellen Erinnerungswelten verlagert, und da sie nun einmal nicht mehr existiert, da sie keine bedrohliche Macht mehr ist, hat sie sich in eine Nostalgiegemeinschaft verwandelt. Nur wenigen Menschen gefällt es, die eigene Vergangenheit und Jugend für etwas Erbärmliches zu halten.

Werte und Geschmack relativieren sich, liebgewordene Beziehungen können auf einen anderen befremdlich und komisch wirken, doch gerade darin besteht die Mischung aus großstädtischem Anstand, Respekt und Humor, wodurch die liberale Demokratie Wurzeln schlägt.

Es gibt Zimmer, in denen Ossis und Wessis gemeinsam an einem Tisch sitzen und ziemlich gut miteinander auskommen, sie haben ähnliche, aber auch sehr unterschiedliche Erinnerungen, sie unterhalten sich.

Vertrauen wir darauf, daß für die Kultur des dritten Jahrtausends eher der Dialog als der Kampf bestimmend sein wird, denn das Gespräch ist einfacher als die Bewaffnung. Laßt uns dieses neugierige und verständnisvolle, dieses therapeutische und kollegiale Verhalten »Dialogismus« nennen! Manchmal ist es gut, einen neuen Ismus einzuführen. Wer sonst sollte an die Macht der Wörter glauben, wenn nicht ein Schriftsteller, der weiß, daß der Fall der Mauer nicht der Wirkung der Raketen, sondern der des Wortes zu verdanken ist.

Nun, in Berlin liegt es auf der Hand, die Verrückung des Horizonts als eine intellektuelle Herausforderung zu begreifen. Wenn die Dinge gut laufen, dann wird Berlin ein bedeutender Ort der kulturellen Begegnung werden. Die Nachwelt registriert gerührt lächelnd, welch einer geringen Anzahl von Menschen die großen Innovationen und fruchtbaren Perioden der Städte, Zeiten des Aufbruchs, sagen wir, im nachhinein gedichtete goldene Jahre, zu verdanken sind. Jeder andere als der geistige Glanz ist kostspieliger.

Die Freiheit des Erinnerns

Im Alter von elf Jahren machte ich an einem Maientag die Erfahrung, daß mein Vater nicht mir, sondern der Gestapo gehört. Zwischen ungarischen Gendarmen und deutschen Offizieren ging er zur Gartenpforte hinaus. Von der Terrasse im Obergeschoß betrachtete ich den ein wenig gebeugten Rücken meines Vaters, noch nie hatte ich ihn in Begleitung von Bajonetten gesehen.

Einige Stunden später sperrte die Gestapo auch meine Mutter, die Beschwerde eingelegt hatte, zu meinem Vater. »Frau K., steigen Sie ein!« ließ sich ein Ermittlungsbeamter auf deutsch aus dem schwarzen Auto vernehmen, das einige Schritte vor meiner Mutter an der Bordsteinkante zum Stehen gekommen war.

In der Umgebung waren Juden hier und da schon in Ghettos getrieben und in überfüllten Viehwaggons ins Ausland abtransportiert worden, das wußten wir.

Ohne Vater und Mutter, wir Kinder allein auf uns gestellt, auch so konnte man leben, doch es schien ratsam, das Dorf zu verlassen und nach Budapest zu gehen.

Mein Vater hatte mich eingeweiht, wo er sein Geld versteckt hielt, durch Vermittlung eines Rechtsanwalts gab ich alles dem Gendarmeriehauptmann und dem Oberstuhlrichter. Für den Preis eines Hauses besorgte ich für uns vier ohne Eltern zurückgebliebenen Kinder, meine ältere Schwester, meine beiden Cousins und mich, die Reisegenehmigung. Wir erhielten die Erlaubnis, zu unseren Budapester Verwandten zu fahren. Für die großmütige Entscheidung mußte ich mich bei meinem Schuldirektor bedanken.

Ich verabschiedete mich von Vera, meiner Cousine. Zwei

Wochen später ging ich am Donauufer spazieren, Vera hatten sie da schon vergast.

Daß von den zweihundert jüdischen Kindern des Dorfes nur wir vier noch am Leben waren, die wir das Dorf verlassen hatten, und zwei stille sommersprossige Zwillinge, an denen Hodenversuche durchgeführt worden waren, wußte ich nicht. Die anderen waren bereits zu Asche geworden.

Auch kindliche Unschuld kann relativ sein: Der flüchtige Überlebende ist nicht makellos, denn Tatsache ist, daß ich auf jener Rampe nicht die Hand meiner Cousine gehalten habe. Ein dunkler Schatten fällt selbst auf den, der dem gemeinsamen Verhängnis entflieht.

Für mich, der ich mich davon nicht befreien kann, ist diese Erinnerung – der sonnenglastige Abschied an der Balkontür – eine andere als für den, der sie leicht vergißt, weil sie nicht die seine ist.

Es ist wahr, Herren über unser Gedächtnis sind wir oder nicht einmal wir selbst, doch daß ein anderer – entgegen meiner Haltung und ohne meine Zustimmung – mir sagt, woran ich mich erinnern soll, das würde ich als Nonsens empfinden. Unser inneres Bilderbuch setzt sich zusammen aus entfesselten Chimären und nüchterner Selbstverteidigung.

Doch da der größere Teil des Erinnerungsvermögens in Privatbesitz ist, entscheidet der einzelne darüber, und gemeinsames Erinnern ist nur dann möglich, wenn die Regierung wie die Bürger es verlangen.

Selbst wenn er es wollte, der Mensch kann sich von den schmerzlichen Erinnerungen nicht lösen, doch wenn er öfter damit konfrontiert wird, als erträglich und annehmbar ist, reagiert er darauf mit Befremden und Verhärtung. Obschon er das Qualvolle, die Schande nicht leugnet, begegnet er dem professionellen Beschämer mit hochgezogenen Augenbrauen und schießlich Ablehnung.

Dem Schrecken ins Auge zu sehen kann kein alltägliches Erlebnis sein. Wenn es dazu wird, dann ist es bereits ein Teil vulgären Horrorkonsums. Die Fähigkeit täglicher Buße ist uns nicht gegeben, wir müssen uns darauf vorbereiten, auch der Totensonntag oder der Tag der Versöhnung finden nur einmal im Jahr statt.

Buße bedarf des ritualen, theatralischen und kathartischen Außergewöhnlichen. Die häufige Nutzung führt zu Verschleiß, ja Unglaubwürdigkeit.

Jene Entwicklung, aus der die Endlösung resultierte, war in ihren Phasen und Stufen fast normal. Von allen Seiten umzingelte sie den einzelnen, war beständig präsent, jedoch auch das Absurde scheint normal zu sein, wenn es alltäglich ist. Die herrschenden Werte der Nazi-Ära und die herrschenden Werte der Bundesrepublik sind sich diametral entgegengesetzt. Doch in den Lebensläufen gibt es eine Kontinuität, derselbe Garten, dasselbe Treppenhaus und ähnliche Unterhaltungen am Mittagstisch der Familie. Bei den Werten ist der Unterschied der Epochen akzentuierter als im Alltagsleben.

Die deutsche Nachkriegsdemokratie besitzt bereits Tradition, Selbstdisziplin, Stil und Ausgewogenheit, doch ich verspüre eine gewisse Unruhe, falls dieses Gleichgewicht in Bewegung geraten sollte. Das deutsche Nationalbewußtsein, das erkenne ich an, hat es nicht leicht, und das mag vielen Menschen schwere Stunden bereitet haben. Ohne Ironie behaupte ich, sie deshalb nicht zu bedauern, denn ich meine, dank dieser schweren Stunden sind sie verständnisvoller geworden. Es mag sein, daß die rückhaltlose Konfrontation damit, wie sich die verschiedenen Ahnen verhalten, was sie im Zweiten Weltkrieg getan haben, unter den Deutschen am weitesten gegangen ist. Die anderen europäischen Nationen identifizieren sich stärker mit ihrer Vergangenheit vor dem Zweiten Weltkrieg und während dieser Jahre. In den eigenen historischen Bestrebungen meinen sie, eine größere Kontinuität zu erkennen.

In den achtziger Jahren hielt ich es für bedauerlich, daß die deutsche Öffentlichkeit an Verhandlungen zwecks vertraglicher Regelung der deutschen Frage als eines Schlüsselproblems des kalten Kriegs kein Interesse zeigte. Eine eigenartige Nation, die in einer Angelegenheit von erstrangiger Bedeutung, deren Ungelöstheit auf deutschem Boden eine erneute Katastrophe zur Folge haben kann, nicht die Initiative ergreift. Mir war klar, solange meine Bücher verboten sein werden, solange die Berliner Mauer stehen wird, werden sowjetische Truppen in Budapest stationiert sein. Wie also könnte die Berliner Mauer ohne Blutvergießen niedergerissen werden, fragte ich ähnlich wie andere Dissidenten. Den friedlichen Abriß der Mauer konnten sich viele unserer Kollegen im Westen nicht und die Demontage mittels eines Krieges wollten sie sich nicht vorstellen. So beschäftigte sie die Sache nicht sonderlich. Nachdem die Wiedervereinigung erfolgt ist, könnte der Gedanke dominieren, die nächste nationale Aufgabe sei die Schaffung eines adäquaten nationalen Selbstbewußtseins, das hinderliche Bilder und Erzählungen nur in beschränktem Umfang berücksichtigen werde.

Wer in welchem Maße Greuel zu ertragen vermag, ist keine moralische Frage. Auch ist es moralisch nicht von Bedeutung, daß viele keine Wunden und Blut sehen können, sogar bei einer gewöhnlichen Blutabnahme die Augen schließen, auch ich gehöre zu dieser Gruppe von Menschen. Ob wir hin- oder beiseite sehen, ist Ausdruck einer spontanen inneren Regung. Die individuellen Unterschiede zwischen unseren Meßinstrumenten und Reizschwellen müssen wir respektieren. Der Lebende will lieber keinen Toten, keinen Tod sehen. Unter den Juden, so habe ich gelernt, dürfen die Kohanim, die Nachfahren der Priester, die das alleinige Recht besaßen, am Heiligtum zu Jerusalem Opfer darzubringen, nicht einmal einen Friedhof aufsuchen, damit sie mit dem Tod nicht in Berührung kommen. Daß wir sterben werden, wird uns bald deutlich, doch solange das Leben währt, wollen wir dem Tod nicht ins Auge starren.

Vermutlich wird die Aussöhnung mit der nationalen Vergangenheit auf die Tagesordnung kommen. Es ist ein Ding der Unmöglichkeit, daß ein Mensch für seinen Vater oder Großvater keine liebevollen Gefühle hegen soll. Doch unwahrscheinlich ist ebenfalls, daß sich die Nachkommen nicht dafür interessieren sollten, warum ihr Vater oder Großvater getan, was sie getan haben. Oder daß sie nicht aufstöhnen sollten: »Wie haben sie das nur tun können!« Lieben kann ich meinen Vater auch dann, wenn er sich schuldig gemacht hat, und meine Mutter ebenso, die es zwar geahnt, aber nicht daran gerührt hat. Selbstmarterung kann nicht gefordert werden von außen. Neben der Integration schritt in Europa nach dem Zweiten Weltkrieg allmählich die nationale Reidentifikation voran, und darin spielten die Sieger eine Vorreiterrolle, die Verlierer kamen später, als letzte die Deutschen. Ein jeder möchte sich in eine möglichst gefällige Vergangenheit einreihen, nötigenfalls läßt sich der prozentuale Tugendanteil in der Beschreibung der Vergangenheit steigern, der Anteil der Schuld mindern.

Die Juden können nicht vergessen, daß die Welt weggesehen hat. Die Mehrheit der Deutschen hat weggesehen, auch die Nicht-Deutschen haben dies getan, sie haben sich damit abgefunden, es hingenommen, gern haben sie es nicht gesehen, etwas dagegen getan haben sie selten. Die unterlassene Hilfe war das Allgemeine und die Hilfe die Ausnahme, denn in ihrer Mehrheit sind die Menschen eher feige als mutig, eher gleichgültig als sensibel, eher abgestumpft als wachsam. Wenn jemand sagt, er habe ein Recht darauf, gleichgültig, abgestumpft oder vorsichtig zu sein, dann müssen wir ihm dieses Recht zugestehen. Dem großen Übel, dem Unwesen der Krieger, setzt das Volk als Überlebensstrategie im allgemeinen gleichgültiges, abgestumpftes und feiges Verhalten entgegen, selbst wenn der Nachbar verschleppt wird, löst dies keine Reaktion aus, wird vielmehr widerspruchslos ertragen. Zugesehen worden ist früher wie später. In der Zeit des Kommunismus haben auch Juden zugesehen, wenn Menschen an ihrer Seite verschleppt worden sind. Wenn sie nicht gar selbst an Deportationen mitgearbeitet oder diese sogar initiiert haben. Auch Juden können wegsehen. Auch Juden mit ungarischer Staatsbürgerschaft haben weggesehen, als in Ungarn lebende Juden ohne ungarische Staatsbürgerschaft zu Anfang des Krieges in die Ukraine deportiert und dort alle hingerichtet worden sind.

Jude zu sein ist kein moralisches Privileg, verleiht keinen bevorzugter Rang. Im Lager sind die Menschen keine Heiligen geworden. Die ungarischen Deportierten, die im Juni 1944 dort eintrafen, verhältnismäßig spät also, erzählen, wie erbarmungslos die interne Organisation der bereits dort lebenden Häftlinge gewesen sei. Gemessen an ihnen, Lämmern, Juden aus der Mittelschicht, seien die polnischen Juden Wölfe gewesen. Von denen, die dort waren, sind wenige Engel geworden, mehr dafür Wölfe. Wer in Lagern, Gefängnissen erniedrigende und gnadenlose Situationen überlebt hat und wer nicht, was dafür erlitten, manchmal auch getan werden mußte, das weiß nur der am Leben Gebliebene. Jawohl, im allgemeinen haben die Häftlinge hingenommen, daß jemand von ihnen ausgewählt und vor ihren Augen hingerichtet worden ist. Höchstens die Zähne haben sie zusammengepreßt. Auf Todesmärschen hat der stärkere Bruder den schwächeren eine Weile mitgeschleppt, doch dann, wenn er es nicht mehr geschafft hat, hat er ihn zurückgelassen und ist weitergegangen, umgedreht hat er sich nicht, doch was der Pistolenknall zu bedeuten hatte, wußte er.

Der Terror beraubt die Überlebenden ihrer Unschuld. Sie wußten es, haben aber nichts dagegen unternommen, haben weggesehen: Dies war in unterschiedlichem Ausmaß die gemeinsame Sünde der Überlebenden der Terrorherrschaft, sich damit abgefunden zu haben, weitergeeilt und apathisch gewesen zu sein. Die Erfahrung entbindet uns von der Vermutung der Schuldlosigkeit und der Rolle einer moralisch gerechtfertigten Anklage. Wiederum ein Argument für die moralische Ebenbürtigkeit der Lebenden.

Die Deutschen haben die Weltkriege angefangen und eine gute Weile gebilligt, ein Grund dafür, ihre nationale Identität nicht im Gegensatz zum europäischen Geist und Interesse artikulieren zu wollen. Es ist ausgeschlossen, daß jener Geist, der zweimal zu einem Weltkrieg geführt hat, nicht unterirdisch weiterlebt und nicht nach einem Weg suchen sollte, um wieder an die Oberfläche zu treten. Ein Faktor jenes Geistes ist nationales Gekränktsein, dessen Wollust sich nur wenige Gemeinschaften entziehen können, das Verletztsein aber speist sich aus tatsächlichen Verletzungen. Erlittenes Unrecht braucht jeder, um sich als Dulder und tiefer Empfindenden ausgeben zu können. Eine Politik, die ihre Forderungen aus realen oder vermeintlichen Benachteiligungen ableitet, ist durchaus verständlich, doch ist zu befürchten, daß sie Dämonen hervorbringt. Geistige Schuld gibt es, und die demokratischen Deutschen müssen sich selbst einer Kontrolle, einer europäischen Disziplin unterwerfen.

Obwohl sie die Vernichtung der Juden in die Tat umgesetzt haben, war sie den Deutschen nicht von vornherein in das Buch des Schicksals geschrieben. Die nationalsozialistische Führung hatte sich bewußt für die Endlösung entschieden. Die Sache hätte auch einen besseren Verlauf nehmen können. Jenes halbe Prozent Juden wäre so schrecklich störend gewesen? Für den Zusammenschluß einer robusten und homogenen Nation brauchte es den Juden als Feind? Die Aktivisten einer deutschen Generation haben die Juden zu existentiellen und dadurch sich selbst zu moralischen Parias gemacht.

Wer es aber nicht getan hat, der ist auch kein Täter. Und wer Selbstachtung besitzt, der will unter den Nationen kein moralischer Paria sein. Eine kollektive Schuld gibt es nicht, Geschichtsschreibung dagegen schon, also auch ein kollektives Gedächtnis. Deshalb kann die Person von den rituellen Bildern kollektiven Erinnerns nicht so leicht absehen. Jeder entscheidet für sich, was er sich wie intensiv ansieht.

Die Juden weisen zu Recht den Antisemitismus zurück, der eine Minderwertigkeit der Juden behauptet und darauf aufbaut. Ermordet worden sind sie als minderwertige und schädliche Wesen, als Untermenschen. Doch die Leidenschaft dieser Ablehnung berechtigt niemanden zur Pose moralischer Überlegenheit. Die Tatsache, daß meine Verwandten in Auschwitz ermordet worden sind, ermächtigt mich keineswegs dazu, Anspruch auf Vorteile und gute Zensuren im Fach Moral zu erheben.

Die Menschen von damals unterschieden sich nicht so sehr von den heutigen, sie waren keine Ungeheuer, sondern nach damaligen Maßstäben normal, leben wollten sie, vorankommen, nur hatten sie eine andere Erziehung genossen, und die Staatsideologie war eine andere gewesen. Ein normaler Mensch will sich nicht für schuldig halten, wenn er kein Verbrechen begangen hat. Für die Verbrechen anderer empfindet Reue nur der, dessen moralische Sensibilität sehr stark ausgeprägt ist. Wer jedoch moralisch derart sensibel ist, der meidet die Sünde, lädt keine Schuld auf sich.

Ignatz Bubis hat recht, auf die Frage, wer Auschwitz instrumentalisiere und moralischen Druck ausübe, ist Martin Walser die Antwort schuldig geblieben. Die höchste Botschaft des Schriftstellers lautet, einige trieben Mißbrauch mit der schweren Bürde von Auschwitz und benutzten diese als moralische Keule gegen die Selbstachtung der nicht-jüdischen Deutschen. Wer? Juden? Anationale christliche Deutsche? Verfahren erwähnt er im allgemeinen, konkret beruft er sich nur auf Zeitungen, auf Autoren und Kollegen als Bedrohung, die für ihn verletzend und besorgniserregend sei.

Martin Walser sagt, in wenigstens zwanzig Fällen habe er weggesehen, als er mit den KZ-Scheußlichkeiten konfrontiert worden sei. Ich denke, im Fernsehen. Im Einvernehmen mit dem Rat von Ignatz Bubis, so ist zu vermuten, hat er auf einen anderen Kanal umgeschaltet oder den Apparat ausgestellt, und diese Geste mag ihm einige Unruhe bereitet haben. Ich nehme an, daß der Autor in keinem einzigen der zwanzig Fälle von irgendeiner Behörde am Wegsehen gehindert worden ist. Wegsehen ist erlaubt. Vor wem hat er Angst, wenn er weggesehen hat? Vor der Polizei? Vor Journalisten? Nein. Vor wem dann? Vielleicht vor einer seiner inneren Stimmen, die dieses Abwenden ebenso beanstandet, wie eine andere Stimme seines Ich jene Programmpolitik bemängelt, die ihn in eine solche Entscheidungssituation gebracht hat. Hätten sie ihm nicht jenen Anblick vorgesetzt, hätte er nicht wegsehen müssen. Ich höre die eine innere Stimme: »Also wie oft muß der Mensch um Verzeihung bitten? Wie oft soll er sich Asche auf das Haupt streuen, jemand, der gar kein Verbrechen begangen hat? Verlangen sie von uns, zumindest moralisch bis ins siebente Glied zu büßen?«

Niemand muß für die Sünden anderer büßen. Unter all den deutschen Freunden und Kollegen, die kennenzulernen ich Gelegenheit hatte, trägt an der Existenz von Auschwitz kein einziger mehr Schuld als ich. Allerdings gibt es ein Recht und die Möglichkeit, sich zur Vergangenheit seiner engeren und weiteren Gemeinschaft zu bekennen, sowohl zum Ruhm als auch zur Schande. Es besteht keine andere Verpflichtung, einzig die innere, die sich die Deutschen von heute auferlegen, womit, so ist zu vermuten, auch Martin Walser konfrontiert wird, und die, so stelle ich mir vor, ihm auf der Seele lastet, so daß er sich nach Befreiung sehnt. Gern möchte der Mensch in den Spiegel blicken, ohne daß dieser Schatten dort wäre.

Nehme ich etwa die Verbrechen der christlichen und jüdischen Ungarn auf mich? Mit Maßen. Die Solidarität geht mit moralischer Verantwortung gegenüber den verschiedenen Gemeinschaften, zu denen ich gehöre, einher. Vermag ich ihretwegen und an ihrer Stelle Scham zu empfinden? Unter den Juden, das weiß ich, hat es nicht nur Opfer, sondern auch Täter gegeben. Und ich weiß, daß Leiden nicht unbedingt besser macht. Und daß eine in Auschwitz vergaste Großmama im Lebenslauf eines geschickten Enkels als Adelsbrief dienen kann. Deshalb ist für mich die Strenge uns selbst und das Verzeihen anderen gegenüber eine goldene Regel der Ethik, der sich auch die Juden nicht entziehen können. Die allzu häufige Erwähnung ihres Verlustes verursacht Ungeduld und Unaufmerksamkeit. Eine Großmutter hat jeder gehabt, die eine ist im Bombenhagel umgekommen, die andere ist vergewaltigt worden. Ein ausgezeichnetes Leiden gibt es nicht. Opfer zu sein ist keine so große Ehre. Es wäre besser gewesen, hätten weniger die

Rolle des Opfers akzeptiert und mehr für sich selbst etwas getan, denn hier und da war das möglich.

Vorhanden ist der einheitliche und demokratische Staat, auch die deutsche ist eine normale Nation geworden. Mit der Stärkung des Selbstbewußtseins wird ein neues Kapitel aufgeschlagen. Wenn vom Krieg die Rede ist, denkt die neue Generation nicht mehr an die Eltern, sondern an die Großeltern. Wem die Mauer im Weg gestanden hat, der mag kaum daran gedacht haben, daß diese eigentlich eine gerechte Strafe für Auschwitz gewesen sei. Insbesondere den östlich der Mauer Lebenden ist dies nicht in den Sinn gekommen. Ich vermute, daß es in der deutschen Gesellschaft eine große Gruppe gibt, die sich nicht als Träger einer Kollektivschuld begreifen möchte, und wenn andere dennoch von einer Mitschuld sprechen, erblickt sie darin eine Ungerechtigkeit. Wer das Böse nicht getan und auch gar nicht hat tun können, hofft mit Recht, daß anderen bei dem Wort deutsch nicht sogleich der Holocaust einfallen wird, sondern alles mögliche, was von zwei bis drei Generationen seither geleistet worden ist. Es gibt schwierige Erbschaften, doch die Jüngeren würden den polemisierenden, betagten Herren sagen, sie sollten sich die Sache nicht so zu Herzen nehmen, die ganze Geschichte sei ein wenig übertrieben. Aber Demokratie besteht aus einer Kreuzung von Übertreibungen.

Gegenüber der Einstellung und Logik, die zu Auschwitz geführt, diese gerechtfertigt und deren Anhänger andere Menschen in Konzentrationslager eingesperrt haben, bin ich nicht nachsichtig. Mit den Taten versöhne ich mich nicht, mit den Menschen dagegen ja.

Mit Schuld als Normalität, das weiß ich, kann man auch verständnisvoller umgehen, wenn man sich bewußt ist, nicht mit sich selbst beginne die Geschichte, sondern sie setze die Ahnen fort, und wenn man nicht nur Schlechtes von denen denken will, denn schließlich ist es Sache des Menschen, seine Mutter und seinen Vater zu ehren.

Nach dem Zweiten Weltkrieg haben alle Völker ihre nationale Identität auf die eine oder andere Weise allmählich wiederhergestellt, als letzte haben dies vielleicht die Deutschen getan. Der Fall der Mauer hat die demokratischen Kräfte insgesamt auf den Plan gerufen, wir könnten auch sagen, in den Staatsbürgern ist der Demokrat erwacht. Im Europa des Jahrhundertendes steht die Menschenwürde jedem gleichermaßen zu, und niemand darf sich moralisch für gleichberechtigter halten als die anderen.

Den Juden würde ich sagen, wie stark der Wunsch nach Erinnerung bei den Christendeutschen sei, das sollten sie ihnen überlassen, selbst aber sollten sie sich an die Ermordeten erinnern. Sich nicht zu erinnern, das dürfte wahrscheinlich keiner der beiden Seiten gelingen. Vom inneren Kampf, vom Dämon des Erinnerns werden sich die Deutschen nur schwer befreien können, die Juden noch weniger, ein paradoxes Zusammengesperrtsein.

Dieser Streit zwischen den Herren Walser und Bubis ist aus verbalen Übertreibungen und ungeschickten Sätzen entstanden, hat Schwären gebildet, schwillt an und muß zum Platzen gebracht werden. Er ist nicht notwendig. Im Alter wachsen Ego und Empfindsamkeit, die muß bei allen Beteiligten respektiert werden. Aufrechte Männer, loyale Bürger ihrer Heimat, der eine Demokrat auf diese, der andere auf jene Weise. In ihrer Art hervorragend, doch die mythologische Rolle des symbolischen Fürbitters sollte nicht auf ihnen lasten, und was sie sagen, das sollte ihre individuelle Reflexion sein, und das selbst dann, wenn sie es von diesem oder jenem Podium aus gesagt haben, aus diesem oder jenem festlichen Anlaß. In den Augen anderer sollte ihr Text ein Standpunkt unter anderen sein, der von der Umgebung nur auf sein gedankliches Gewicht gewogen wird. Daß der Streit, der sich zu einer öffentlichen Angelegenheit auswächst, die Chimären ethnischen Argwohns wecken sollte, ist nicht gerechtfertigt.

Ich glaube nicht, daß Herr Bubis in Vertretung der jüdischen Gemeinschaft eine Aufsicht über die deutsche Öffentlichkeit, über Äußerungen deutscher Intellektueller ausüben müßte. Im Fall nicht evidenter, sondern Abwägen und persönliche Reflexion erfordernder Themen ist es unbegründet, daß Ignatz Bubis Schriftsteller zurechtweist. Ich kann nicht gutheißen, daß er dies in der Synagoge getan, daß er eine innerhalb der jüdischen Gemeinschaft noch nicht diskutierte persönliche Stellungnahme auf den Almemor gebracht und ihr dadurch religiöses und politisches Gewicht verliehen hat. Ich hätte es für glücklicher gehalten, wenn Ignatz Bubis auf Martin Walsers Rede überhaupt nicht reagiert hätte. Wer sich wie zu erinnern wünscht, das sollte Privat- und öffentliche Angelegenheit freier Bürger sein. Das Gedenken ist keine Steuer, die eingetrieben werden kann. Mich geniert die allzu häufige Erwähnung von Auschwitz eher, weil es so in Gesellschaft mit anderen Horrorbildern zu einem medialen Gemeinplatz wird.

Was darf in einer Demokratie nicht gesagt werden? Darf man von einer moralischen Keule sprechen? Darf man von einem geistigen Brandstifter sprechen? Erlaubt ist das schon, nur eben schön ist es nicht. Die demokratischen Gesellschaften besitzen ihre eigene intellektuelle Selbstregulierung. Die Hochachtung vor einer Minderheit kann es begründet erscheinen lassen, daß den Worten ihres Repräsentanten besondere Beachtung geschenkt wird, doch diese Wertschätzung zu mißbrauchen ist nicht richtig. Der Wert eines Standpunkts hängt in Wirklichkeit von seinem Vernunftgehalt ab. Der Ausdruck »geistiger Brandstifter« ist eine Grobheit und kein Standpunkt. Als Beleidigung ist er tauglich, als Argument ungeeignet. Die Freiheiten hängen zusammen, solange es in einem Land Gedankenfreiheit gibt, wird es dort für einen Juden Sicherheit geben. Zur Gedankenkontrolle und wechselseitigen Zensur ist niemand ermächtigt. Sein Amt berechtigt Ignatz Bubis nicht, Martin Walser einen Brandstifter zu nennen. Hätte er die Sache mit anderen besprochen und eine Nacht darüber geschlafen, würde er vielleicht gar nicht gesagt haben, was er gesagt hat, doch als schlagfertiger Mensch beharrte er auf seinen Worten, und nachdem seine erste Kritik mit Verständnislosigkeit aufgenommen worden war, wiederholte er diese nunmehr auch vom Pult der Synagoge herab. Damit, den Eindruck habe ich, hat er die Grenzen der Höflichkeit überschritten. Angesichts seiner Leidenschaftlichkeit nötigte mir Herr Bubis, der dazu neigt, den rechtsradikalen Antisemitismus als Zündstoff für gefährlicher zu halten als viele andere, was nicht eben unverständlich ist, allerdings auch Respekt ab.

Eine genauere Kenntnis des Osteuropas der vergangenen Jahrzehnte hätte dem Vorsitzenden des Zentralrats der Juden in Deutschland nahelegen können, daß ein Politiker Schriftsteller nicht beschimpfen sollte, weil er immer den kürzeren ziehen wird. Wenn ein Schriftsteller für das, was er schreibt, was er sagt, geschmäht wird, verhärten sich sogleich die Fronten, und unter den Schriftstellern schickt sich selbst derjenige an, seinem bedrängten Kollegen zu Hilfe zu eilen, dem er ansonsten nicht verbunden ist. Allein schon wegen der in der Künstlerwelt zu erwartenden Solidarität. Ignatz Bubis' Intervention ist die unbefugte Ausdehnung einer gewissen politischen Autorität auf die intellektuelle Sphäre, wo Argumente wie: »Das ist schon schlimm!« nicht ausreichend sind. Zensur mit den Juden zu verknüpfen kann nicht gebilligt werden. In einer demokratischen Republik ist es nicht notwendig, in Fragen, die auf vielerlei Weise gesehen werden können, übereinzustimmen. Unter den Reden, die in der Berliner Synagoge zum Gedenken gehalten worden sind, erschienen mir die Worte des damaligen Bundespräsidenten Roman Herzog maßgeblich und ausgewogen.

In Martin Walsers Rede erweckten die Worte »*zittern*« und »*kühn*« meine Aufmerksamkeit. Sollte ein deutscher Schriftsteller Grund zur Angst haben? Bedarf es der Kühnheit, um aufrichtig zu sein? Von welcher bedrohlichen Macht ist hier die Rede? Walser erwähnte Schriftsteller und Journalisten, die etwas geschrieben hätten, was ihm nicht gefallen habe. Doch worin besteht die Bedrohung? Wenn wir öffentlich unsere Stimme erheben, wird sich jemand finden, der uns beschimpft, das ist logisch. Und da meldete sich Ignatz Bubis zu Wort, der jener Ahnung, daß es immer jemanden geben werde, der seinen Diskussionspartner mit dem Namen Auschwitz außer Gefecht setzt, plötzlich Gestalt und Namen lieh. Das Leben hat ihm eine Falle gestellt, und er ist hineingetappt. Martin Walser hatte eine Keule erwähnt. Herr Bubis nahm die Keule arglos in die Hand und schlug zu, fast als wollte er beweisen, daß die Worte des Schriftstellers nicht aus der Luft gegriffen seien. Die Christendeutschen oder zumindest nicht-jüdischen Deutschen sind darin, den Dingen ins Auge zu sehen, ziemlich weit gegangen, geleitet werden sie von der eigenen moralischen Strenge und Konsequenz, sie müssen nicht geschulmeistert werden.

Jedenfalls wäre es ein großer Fehler, würde jetzt eine allgemeine Stimmung um sich greifen, wonach Ignatz Bubis und mit ihm die Juden das Haupthindernis bei der Formung der deutschen Nation seien, denn dann würde das Pendel in umgekehrter Richtung ausschlagen. Es wäre ungut, wenn die größte Absurdität in der Geschichte des vereinten Deutschland der übertriebene Entwurf des Holocaustmahnmals und die grobe Rede Herrn Bubis' wären. Sollten jetzt infolge seiner Übertreibung oder gar seines Irrtums die an Auschwitz Erinnernden auf allgemeine Antipathie stoßen, dann hätte Herr Bubis recht gehabt.

Rapport vor dem Parlament

Hochverehrte Frau Präsidentin, sehr verehrte Damen und Herren Abgeordnete, ich danke Ihnen allen und insbesondere den Initiatoren meiner Einladung, daß Sie mir Ihre kostbare Zeit opfern, um mich anzuhören.

Die Frage ist also die, ob das Holocaust-Mahnmal notwendig ist, wenn ja, warum, wenn nein, warum nicht!

Lassen Sie mich die Frage zweiteilen: Was brauchen die Juden? Und was brauchen die christlichen Deutschen, jene noch lebende und während des Zweiten Weltkriegs aktive Generation und deren Nachkommen?

Der gegenwärtige Name des Projekts lautet: *Denkmal für die ermordeten Juden Europas.*

Die ermordeten Juden Europas brauchen nichts.

Ein totes Opfer braucht nichts.

Mit den Toten kann keinerlei Abmachung getroffen werden: Ihr bekommt ein riesiges Denkmal, im Tausch dafür wollen wir eure Versöhnung!

Der Zorn oder die Vergebung des Opfers ist eine törichte Vorstellung.

Die Fürsprecher des Denkmals sind keine Juden.

Die am Leben gebliebenen, die später geborenen oder anderswo lebenden Juden haben um dieses Denkmal nicht gebeten und erheben darauf keinen Anspruch.

Weshalb nicht?

Denkmäler, Triumphbogen oder Säulen werden meist von den Siegern errichtet.

Hitlers Krieg gegen die Juden ist trotz der nationalen Niederlage ein gigantischer Sieg gewesen.

Zwei Dritteln der Juden konnte ein Ende bereitet werden.

Die Verlierer renommieren nicht mit ihrer Niederlage, nicht mit ihrer Trauer.

Wem gilt das Denkmal? Den teils auch heute noch lebenden Juden aus den Lagern? Oder ihrer Massenvernichtung?

Wollen wir uns an die lebendigen Gesichtszüge erinnern oder an den im Gas gegen das Ersticken Ankämpfenden?

An das Kind oder an dessen Abschlachtung?

Auschwitz ist nicht das Werk des Judentums gewesen.

Der Sieger feiert, der Verlierer feiert nicht.

Die Juden fordern nicht das symbolische Abbild des Konzentrationslagers, sie wünschen sich eher, daß die Spuren der tatsächlichen Lager nicht beseitigt werden.

Doch selbst der Gestus ist nicht sympathisch: Bei den heranwachsenden Generationen sollte nicht der Eindruck erweckt werden, die Juden seien diejenigen, die man tötet.

Am interessantesten und charakteristischsten an ihnen sei ihre Vernichtung, wodurch sich ungewollt die Assoziation aufdrängt, daß sie eben dafür bestimmt seien.

Die jüdischen Gemeinden haben kein halbes Jahrhundert ins Land gehen lassen, sie haben auf den Friedhöfen, in den Synagogen, auf ihrem eigenen Territorium schon längst das Ihre getan, dort, wo es keine Frage ist, wem die Trauer gilt.

Gedenktafeln sind dezente und keine bombastischen Arbeiten.

Trauer erfordert Demut, Protzerei verachtet sie.

Nach meinen Erfahrungen und Informationen wollen sich die deutschen und die nicht-deutschen Juden aus dieser Diskussion heraushalten, sie sind an dem Denkmal nicht interessiert, die gegenwärtigen Entwürfe werden weder ihrem tatsächlichen Verlangen gerecht noch ihren Vorstellungen, und im allgemeinen sagen sie, dieses Denkmal sei Sache der nicht-jüdischen Deutschen.

Sie meinen nicht, daß Deutschland oder wer auch immer

der Vernichtung von zwei Dritteln der europäischen Juden durch ein zentrales Denkmal gedenken müßte.

Woran die Juden Bedarf haben könnten, was die Lebenden den Toten schuldig sein könnten bei der Wahrung der Erinnerung, dazu werde ich mich im weiteren noch äußern.

Jetzt allerdings möchte ich, ausgehend von meinen Vorstellungen zum Gegenstand, ausgehend vom zur Sache Gehörten und Gelesenen, auf die Frage eine Antwort geben, welcher Anspruch in der politischen und Medienöffentlichkeit den Plan zur Schaffung des Denkmals ins Leben gerufen hat.

Ich verstehe und würdige es als Zeichen wohlmeinender Reue, wenn die Nachkommen der Tätergeneration eine bedeutende Geste zu machen wünschen.

Sie haben ein Land geerbt mit all dem, was sich darin befindet, was daraus hervorgegangen ist, seine Geschichte und seine Kultur, worin sie Liebenswertes und Befremdliches finden, sie haben ein Recht dazu, sich mit dem zu identifizieren, was ihnen gefällt, doch als staatliche Gemeinschaft schulden sie Verantwortung dem Ganzen, als kollektiver Eigentümer sind sie für den Besitz des Ganzen zuständig.

Als freie Nation können und müssen sie auch bestimmen, welche Tradition sie fortsetzen und wofür sie symbolisches Schuldbewußtsein bekunden werden.

Die Idee für das Werk ist Ausdruck einer nachträglichen und rückblickenden Reue, von nachträglichem und rückblickendem Erschaudern, vom Vorsatz, daß der deutsche Staat keinen erneuten Massenmord an unschuldigen Menschen begehen wird, sondern daß er sich der Menschenwürde verschreibt, die jedem einzelnen zukommt, und alles in seiner Macht Stehende zu tun gedenkt, um jetzt und in Zukunft jedweden Genozid zu verhindern.

Mit dem Denkmal, wenn es denn errichtet sein wird, werden die politische Nation der Deutschen und die Bürger der

Stadt Berlin ein Gelöbnis ablegen oder gar einen Eid leisten, daß sich die deutsche Nation an Menschenausrottung nie mehr beteiligen und alles nur Erdenkliche gegen jeden ihrer Versuche auf der ganzen Erde tun wird.

Reue also und Gelöbnis.

Das Denkmal entsteht nicht um der getöteten Juden Europas, sondern um der heutigen und künftigen deutschen Öffentlichkeit willen.

Die Entscheidung über das Kunstwerk treffen politische Körperschaften, sie tragen die Kosten, also soll es auch selbst ein moralisch-politisches Axiom sein, eine Aussage, die keine weitere Begründung erfordert.

Das Mahnmal soll auf dem Platz der Republik stehen, dem zentralen Platz der deutschen Politik, zwischen dem Parlament und dem Zentrum der Regierungsgewalt, dort, wo einmal die Siegessäule stand, die auf den großen Stern versetzt wurde, um Albert Speers Nord-Süd-Achse Platz zu machen, dort, wo in Zukunft deutsche Politik gemacht wird, wohin ausländische Politiker offiziell kommen und wo Ehrbezeugungen vor Symbolen üblich sind.

Daß der Gast, den Geschäfte hierher führen, das Haupt vor einer Statue neigt, möglichst nicht viel größer als ein menschlicher Körper, das ziemt sich, vor einer Statue, die, ähnlich anderen Gedenkstätten, vor allem dem Jerusalemer Erinnerungsmal Yad Vashem, die Namen der Konzentrations- und Vernichtungslager nennt, woran sich der Kommentar des *NIE MEHR!* knüpft, und der Erneuerungsritus, jenes Neigen des Hauptes, das vor der Statue gegebenenfalls auch in hundert Jahren geschehen und stets eine Verpflichtung bedeuten wird, ein Bekenntnis zum biblischen Gebot: *Du sollst nicht töten.*

Ein jeder, der Macht über seine Mitmenschen besitzt, sollte ein Gelöbnis ablegen, daß er seine Position nicht dazu mißbrauchen wird, den Tod seiner Nächsten zu bewirken, und auch nicht dazu, Ideen zu verbreiten, aus denen politisch motivierter Massenmord resultieren kann.

Es wäre in der Tat beruhigend, wenn ein jeder, der als Inhaber von Macht auf jenen Platz käme, innerhalb eines zeremoniellen Bestandteils des offiziellen Empfangs dem im obigen beschriebenen künstlerisch-gegenständlichen Symbol politischer Verpflichtung seine Ehre erwiese.

Die Verlagerung dieses Denkmals vom Platz der Republik auf irgendein anderes Gelände wäre nicht glücklich zu nennen. Dadurch würde das Symbol nur eine marginale Bedeutung erlangen.

Erhielte es jedoch seinen Standort auf dem Platz der Republik, würde es verständlich und natürlich sein, daß es Eindruck nicht durch seine Ausmaße schindet und es sich proportional den Gebäuden der Umgebung und der Größe der vor ihm stehenbleibenden Menschen anpaßt, mit anderen Worten, größer als die letzteren sollte es nicht sein.

Je mehr totes Material es enthält, desto toter wird seine Sinngebung sein.

Meine Damen und Herren, ich habe den Eindruck, daß es Schwierigkeiten macht, meine sich auf das WARUM, das WO und das WAS beziehenden Antworten klar voneinander zu unterscheiden.

Aus dem bisher Gesagten geht deutlich hervor, daß ich mit der bisherigen Standortbestimmung des Denkmals nicht einverstanden bin.

Daß ein Gelände vom deutschen Parlament dem Gedenken überlassen worden ist, halte ich für eine großzügige Entscheidung.

Die Ausschreibung für die Errichtung des Denkmals allerdings, die hinsichtlich der Größenordnung keinerlei bindende und einschränkende Angaben enthalten hat, halte ich für fehlerhaft.

Wer mit der Ausschreibung befaßt war, der hätte die

Künstlerseele kennen sollen, die nämlich vor einem monumentalen Projekt nicht zurückschreckt, davor, daß es möglichst gigantische Proportionen annehmen darf.

Publizisten, Wettbewerbsausschreibern, Politikern, Kunstkritikern und Künstlern war es gleichermaßen selbstverständlich vorgekommen, daß die Maße des Denkmals der Dimension des begangenen Verbrechens beziehungsweise der Größe Deutschlands entsprechen sollen.

Auch den Künstlern ist es nicht in den Sinn gekommen, den riesigen Platz etwa nicht auszunutzen.

Als Modell in kleinem Maßstab ist das Ergebnis interessant, doch wer sich den Entwurf in der Realität vorzustellen versucht, der schreckt davor zurück.

Auch das Unterfangen selbst ist ein Ding der Unmöglichkeit, ja eine Blasphemie, nämlich mit Hilfe einer Raumplastik zu erzählen, was die Nachwelt über den Holocaust denkt.

Sollte die Nachwelt überhaupt etwas denken, dann denkt sie in großen Worten, und denen entsprechen ein großes Denkmal beziehungsweise Unmassen von Beton.

An anderer Stelle habe ich schon geschrieben, daß man den Besucher nicht durch einen Säulenwald erschrecken, ihn nicht durch einen drohend erhobenen Zeigefinger, durch eine Mauer mit symbolischem Winkelstand belehren, ihn nicht durch ein Pseudolager in Schrecken versetzen müsse.

Wer behauptet, das sei notwendig, der soll sich selbst quälen, nicht jedoch seine Mitbürger, die er nicht gefragt hat, ob sie Bedarf haben an ein bißchen Pseudotortur.

Ein Denkmal, das sich gestreng über den zufällig sich Hineinverirrenden erhebt, ist überflüssig.

Je bombastischer das Denkmal, desto eher löst es entgegengesetzte Reaktionen aus, spöttische und antisemitische Äußerungen.

Sollten die Entwürfe ausgeführt werden, dürften sie eher

abschreckend wirken, als daß sie den Stadtbewohner und den Besucher anziehen würden, vielleicht würden sie ihm unter behutsamer behördlicher Aufsicht das Erlebnis von Pseudohorror zuteil werden lassen.

Die Juroren haben unter den vier Gewinnern der eingereichten Bewerbungen das Werk von Peter Eisenman und Richard A. Serra hervorgehoben, das hohe und wogende Säulenmeer, in dessen schmalen Gassen wir allein umherwandern können, jene Vorstellung also, die in kleineren Ausmaßen im sogenannten E. T. A.-Hoffmann-Garten im Jüdischen Museum bereits realisiert und aufgebaut worden ist, wodurch dem Architekten Liebeskind zufolge das Verlorensein während des Exils artikuliert werden sollte.

Wer schon dort gewesen ist, im Jüdischen Museum, und zwischen den Steinsäulen umhergewandelt ist, der versteht die Anspielung, und soviel etwa mag von diesem Erlebnis auch genügen.

Warum aber sollte diese Idee in monströs vervielfachter Proportion wiederholt werden müssen?

Die Tatsache, daß Peter Eisenman zu verschiedenen Formen der Minderung und Verkleinerung bereit gewesen ist, deutet an, daß der Quantität keine eigenständige Bedeutung zukommt, daß der tautologischen Anhäufung kein anderes Prinzip zugrunde liegt als lediglich das der Vielheit: Je mehr, desto besser.

Meine Damen und Herren, diese gigantische Betonmasse, davon bin ich überzeugt, hat nichts mit der Widmung zu tun, nichts mit den ermordeten Juden Europas.

Sollte das Denkmal jedoch von der Reue der deutschen Nation künden, dann dürfte diese robuste Materialmasse eher erschreckend als ergreifend wirken.

Reue ist nicht schrill und prahlerisch, Renommiergehabe ist eher eine Eigenschaft der Sünde als der Sühne.

Daß sie verschwunden sind, daß sie fehlen, darin ist das

charakteristischste Merkmal der ermordeten Juden zu sehen, nicht ihr Tod, der Augenblick ihres Erstickens, sondern ihr Fehlen in jenen Jahrzehnten, in denen sie dem einen oder anderen etwas bedeutet haben.

Diesem Sinn werden am ehesten die innerlich schweigenden, leeren Türme des Jüdischen Museums gerecht, die Statuen, die eine Unterbrechung der Lebenskontinuität symbolisieren.

Stellt der Staat einen großen Platz zwecks schöpferischer Gestaltung zur Verfügung, gerät der Künstler in einen Rauschzustand und macht sich ans Werk, an die lückenlose Ausfüllung des Geländes.

Was besagt diese außerordentliche physische Übertreibung?

Die Rede ist von einem staatlichen Denkmal, zwei Maßlosigkeiten sind sich begegnet: die des Auftraggebers und die des Künstlers.

Das Werk muß dem Blick der heutigen und der künftigen Berliner Bürger sowie dem der Besucher der Stadt standhalten.

Jedes Werk ist fehlbar, der monströse Umfang steigert die innere Schwäche der Schöpfung und macht sie noch aufgeblasener.

Sollte der Entwurf Wirklichkeit werden, wird er die Stadt, die einen solchen Plan nicht braucht, gegen die Erinnerung an die Juden aufbringen.

Die Initiatoren sagen, der Besucher solle leiden.

Ein großzügiger Vorschlag, doch das Erlebnis des Unangenehmen ist von Dauer, und die Schuldzuweisung dafür wird nicht bei den Urhebern landen, sondern bei den Juden.

Die mit der Realisierung des Denkmals verbundene Bürde muß nicht von denen getragen werden, die sich so vehement dafür einsetzen, sondern von denen, die hier bleiben und hier leben, von Christen und Juden.

Der Berliner Bürger, für den der Platz im Alltag unbenutzbar und unpassierbar sein wird, er wird die Juden schmähen, um derentwillen das Monstrum entstanden sein wird, und nicht etwa diejenigen, von denen die Entscheidung gefällt worden wäre.

Die Entscheidungsträger haben kein Recht, die zu erwartenden Antipathien außer acht zu lassen.

Sie müssen sich auch dessen bewußt sein, daß einer, der in seiner Spendierlaune übertreibt, seine Großzügigkeit bereuen und demjenigen grollen wird, dem er zu viel überlassen hat.

Am besten wäre es, die Juden bei der Abwägung des Für und Wider zu vergessen.

Den Platz mit den darauf befindlichen Kunstwerken sollte man ihnen nicht geben.

Sie brauchen ihn nicht.

Richtiger wäre es, die Getöteten in Frieden zu lassen und sie nicht in diese überaus profane Geschichte hineinzuziehen.

Zu beteuern, die Gedenkstätte gelte ihnen, den ermordeten Juden Europas, ist weder richtig noch korrekt, denn eine solche Behauptung kann nicht nur nicht bewiesen, sondern noch nicht einmal glaubhaft gemacht werden.

Die Grundfrage lautet: Würden die Befürworter wegen des künstlerischen Werts als solchem, einzig um der Stadt willen auf dem Gelände irgendeinen Denkmalsplan verwirklichen, wenn von den Juden dabei keine Rede wäre?

Die Antwort, so glaube ich, wäre nein.

Wegen des in der Ausschreibung enthaltenen Irrtums, wegen fehlender Größenbeschränkungen halte ich auch die zweite Runde des Wettbewerbs für eindeutig erfolglos.

Im Fall Peter Eisenmans sind die ausgeschriebenen Bedingungen modifiziert worden.

Um die Rechtmäßigkeit des Verfahrens zu wahren,

müßte auch den Mitbewerbern die Möglichkeit gegeben werden, einen abgeänderten Entwurf für das geplante Informationszentrum einreichen zu können.

Einfacher allerdings wäre es, das Kapitel mit dem Argument abzuschließen, der Wettbewerb habe keinen Erfolg gezeitigt, und statt dessen darüber nachzudenken, was mit dem für das Denkmal zur Verfügung gestellten Territorium geschehen soll.

Eine Bank, ein Kaufhaus, ein Wohnhaus oder ein Bürogebäude darauf zu errichten, würde ich nicht als eine glückliche Entscheidung empfinden.

Viele sind mit jener Überlegung einverstanden, daß dort besser ein Gedenkpark entstehen sollte, ein Garten der Erinnerung, in dem es viele Pflanzen geben sollte, die auch den Winter überstehen.

Dieser Park sollte der Garten der zu sich selbst findenden, sich kontinuierlich erneuernden Seele sein, der Garten der Toten, wo ein jeder verweilen kann, der sich eine ruhige Stunde gönnen möchte und vielleicht auch Momente der Besinnung, um an seine Verstorbenen zu denken.

Im Garten der Erinnerung denkt jeder an den, den er geliebt hat.

Hierher könnte auch derjenige kommen, dessen Angehörige, dessen ihm nahestehende Tote weit weg, vielleicht gar an unbekanntem Ort ruhen.

Wer trauert, der soll diesen Ort aufsuchen und dort in der Nähe des sich selbst regenerierenden Lebens ein wenig Trost finden.

Auch der Garten selbst soll ein Denkmal sein, gegenüber dem Tod das Leben, ein Park, den jede Generation gestalten kann, der der heutigen und der künftigen Gemeinschaft der Stadt anvertraut ist, dessen Gestaltung die Arbeit von Gartenbauingenieuren und Gärtnern sein soll.

Der Garten der Erinnerung wäre für jeden eine gute Sache, auch für den, der an nichts besonderes denken will, auch für den, der die Stille sucht, sowie für den, der sich in seinem Erinnern von lärmenden Kindern nicht gestört fühlt.

Was nun die Aneignung von Wissen angeht, die Textüberlieferung, die Erforschung von Dokumenten oder die Registrierung und Beurteilung von wiederholten Menschenrechtsverletzungen, so ist diese Arbeit notwendig, jedoch nicht identisch mit der Funktion des Denkmals.

Der ermordeten Juden Europas außerhalb von Synagogen, Kirchen oder schlaflosen Nächten zu gedenken, dafür bieten sich am ehesten Institutionen an, wie beispielsweise das Jüdische Museum, in dem die Geschichte der Juden dargestellt wird, wobei auch der Zweite Weltkrieg nicht ausgespart wird.

Der Holocaust, für die meisten jüdischen Gemeinschaften das Ende ihrer Geschichte, ist ein abscheulich wichtiges Kapitel gewesen.

Ein Museum kann sich noch so sehr bemühen, das Leben zu zeigen, die Beteiligung am bürgerlichen Alltag, ohne die Darstellung des Ausschlusses und Verschwindens würde ein falsches Bild entstehen. Zum Bild der Häuser gehört auch die Verschleppung ihrer Bewohner. Zu einem geringeren Anteil, denn solche Fälle ergeben sich seltener, ihre Rückkehr, ihre Aufnahme und auch ihr weiteres Schicksal.

Eine adäquate Antwort der Juden auf die Geschehnisse des Zweiten Weltkriegs könnte die Bewahrung der Erinnerung an die Getöteten und die am Leben Gebliebenen sein.

Die mit der Gründung des Berliner Jüdischen Museums einhergehenden Unbilden haben noch kein Ende genommen. Eine Unterabteilung, eine untergeordnete Institution ist das Museum nicht mehr, bei seiner Sammeltätigkeit beschränkt es sich nicht mehr auf die Berliner Juden, doch sein Horizont reicht nicht über die deutschen Staatsgrenzen hinaus.

Das Kommando Eichmann hat nicht an den deutschen Grenzen haltgemacht.

Von den ermordeten Juden Europas sprechen wir, weil Hitler, Himmler und Eichmann keine Grenzen kannten, weil die fünfzehn hohen Beamten der obersten Reichs- und Parteibehörden des nationalsozialistischen Deutschlands unter dem Vorsitz Heydrichs am 20. Januar 1942 in einem Gästehaus des Sicherheitsdienstes am Großen Wannsee 56-58 auf der deshalb so genannten Wannseekonferenz sowie für die Architekten und Organisatoren des Zentrallagers Sachsenhausen sich ermächtigt gefühlt haben, über das Leben des gesamten europäischen Judentums zu entscheiden.

Das Argument, das Berliner Jüdische Museum sei dafür nicht zuständig, die Erinnerung an die nicht-deutschen Juden zu bewahren, so beispielsweise auch nicht an die in Auschwitz vernichteten Juden aus meiner Großgemeinde in Ostungarn, ist meines Erachtens unhaltbar.

Unlängst habe ich das neueröffnete Jüdische Museum in Paris besucht.

Natürlich steht Paris im Mittelpunkt, dennoch sehen wir sogleich im ersten Saal Andenken aus dem mittelalterlichen Florenz, Galizien und China, wodurch angedeutet wird, daß das Thema ziemlich weit verzweigt ist.

Zwischen der Erklärung, in der Sache des Holocaust-Denkmals würden die Kosten eine untergeordnete Rolle spielen, und dem Sachverhalt, daß die Museumssubventionen und die Instandhaltung der einstigen und authentischen Gedenkstätten an enge Etatgrenzen stoßen, sehe ich einen Widerspruch.

Die Stellungnahme des deutschen Parlaments zum Museum und zu den Gedenkstätten, deren Vernachlässigung in Deutschland ein schwer begreifliches Versäumnis wäre, sollte von der gegenwärtigen Erörterung abgetrennt werden, das würde ich empfehlen.

Was nun die Untersuchung der Menschenrechte angeht, ihrer Wahrung sowie ihrer Verletzungen, so begrüße ich erfreut die diesbezüglichen Vorschläge, ihre Diskussion in der Öffentlichkeit ist zeitgemäß und wünschenswert, natürlich ein wenig isoliert von unserem zur Entscheidung anstehenden Gegenstand, erfordern sie doch eine gründlichere Analyse.

Meine Damen und Herren, ich danke Ihnen für Ihre Aufmerksamkeit, gestatten Sie mir, meine Worte mit folgendem zu schließen: Die Akademie der Künste Berlin-Brandenburg, deren alte und neue Residenz in unmittelbarer Nachbarschaft der erwähnten Schauplätze stehen wird, würde bereitwilligst zur Ausschreibung und Bewertung eines neuen Wettbewerbs beitragen.

Rede in Sachsenhausen zum 55. Jahrestag der Befreiung des Konzentrationslagers

Sonntag vormittag, den 16. April 2000, nach den aufeinander folgenden Gebeten verschiedener Kirchen

Wir gedenken eines Ereignisses, das fünfundfünfzig Jahre zurückliegt. Die Mehrheit der Anwesenden hat damals noch nicht gelebt. Die lebenden Zeugen besitzen besonderen Seltenheitswert, denn was passiert ist, das können wir vermutlich nur von den Häftlingen erfahren. Den zur Erbarmungslosigkeit abgerichteten Aufsehern, den für die zweifache Aufgabe von Lenkung und Ausrottung in Sachsenhausen, den in der Kommandozentrale und dem Methodikzentrum des einstigen deutschen Gulags ausgebildeten Kadern, sofern sie noch leben sollten, ist die präzise Erinnerung keine Herzenssache.

Wir, die wir hier stehen und an den hiesigen Geschehnissen nicht beteiligt gewesen sind, weil wir zeitlich und räumlich weit davon entfernt waren, worin könnte unsere Aufgabe bestehen, die uns infolge von Einsicht und moralischem Abwägen zufällt?

Im Erlernen der Erinnerung. Der Begriff des Gedenkens setzt eine gewisse Kenntnis voraus. Den Angehörigen einer nationalen Gemeinschaft steht die Entscheidung frei, ob sie sich durch einen Lernprozeß oder virtuelle Arbeit in die Lage derer versetzen wollen, die den ein oder zwei Generationen Älteren zum Opfer gefallen sind, auch wenn wir sogleich vorausschicken, daß die Verantwortung der damals Lebenden sehr verschieden zu beurteilen ist: vom Minimum bis zum Maximum. Wer dazu bereit ist, diese Mühe auf sich zu nehmen, der ist ein wenig erwachsener geworden. Denn erwachsen ist derjenige, der innerhalb der von ihm angenommenen Grenzen freiwillig Verantwortung übernimmt.

Es ist richtig, wenn wir uns das Lager als Fallstudie sozusagen vor Augen halten, dieses Lager, in dem politische Gegner, Juden, Zigeuner, Homosexuelle, ein jeder wegen seines *Soseins*, Zielscheiben von Peinigung und Erniedrigung geworden sind, Menschen, über deren Verbleib keine Rechenschaft abgelegt werden mußte, die außerhalb des gesetzlichen Schutzes geraten waren, die das Gesetz für den Untergang bestimmt hatte.

Wessen bedarf es, wenn intelligente, gebildete und vernunftbegabte Menschen das Verderben von Menschen, die sie persönlich nicht einmal kennen, nicht nur hinnehmen, sondern sogar billigen und befördern? Wie ich gehört habe, mußten die ankommenden Häftlinge auf dem gepflasterten Platz zwischen äußerem und innerem Tor zwei SS-Spaliere passieren, wo sie geschlagen, getreten und erniedrigt worden sind, um ihnen bis zum Erreichen der Pritsche in der Baracke das Gefühl für ihre Menschenwürde zu nehmen. Wessen bedarf es, um Menschen zu barbarisieren, die nicht einfach gleichgültig, sondern begeisterungsfähig und imstande sind, für eine »gute Sache« Opfer zu bringen? Wessen bedarf es, um aus einem anständigen Menschen einen Banditen zu machen?

Der Worte bedarf es, die mit Hilfe von Pathos und Argumenten jene These bestätigen, wonach gewisse Menschengruppen schädlich, feindlich und gefährlich sind, sich wie Ungeziefer vermehren und deshalb vernichtet gehören.

Terroristische Weltanschauungen erklären Menschen wegen dieser oder jener Identität, Zugehörigkeit, Gruppeneigenschaft zu Nicht-Menschen. Wenn Menschen als schädlich eingestuft und als solche ihrer Menschenwürde, der jedem einzelnen zustehenden grundlegenden Menschenrechte beraubt werden können, dann wird Sachsenhausen möglich. Einer ist ein Schädling, also ist er auszurotten. Es genügt, die erste Hälfte des Satzes ins öffentliche Bewußtsein einzupflanzen, die zweite Hälfte wird früher oder später hinzukommen.

Begründung und Voraussetzung für das Konzentrationslager ist eine Kultur kollektiver Ressentiments. Sie teilt die Mitmenschen in Freund und Feind. Gegen letzteren wird mit dem Ziel, sich als Truppe zu organisieren, durch die die Freunde zusammengehalten werden, ein Propagandafeldzug gestartet. Um das ehrgeizige nationale Projekt zu verwirklichen, gilt es, sich unerbittlich vom inneren Feind zu befreien. Wer der Feind ist, das bestimmt der Führer.

Wenn intelligente Menschen so denken, dann sind Ahnungslose, obwohl das Fahnenschwenken, die Entgegennahme von Auszeichnungen und die Aufnahme lächelnder Gruppenbilder die Karriere begleiten, von sonstigen Zuwendungen ganz zu schweigen, mit einem Wort unter Billigung der Gemeinschaft zu Banditen geworden. Die Mehrheit der Verbrecher sind Verführte wie Verführer gewesen.

Erinnerung ist eine Injektion gegen Faschisierung. Wo Degradierung von einzelnen, Erniedrigung von Gemeinschaften schadenfrohe Komplizenschaft nicht einmal so geringer Minderheiten genießen, dort ist es angebracht, anhand des geschichtlichen Beispiels jenen Entwicklungsprozeß zu analysieren, der zur Faschisierung geführt hat. Denn wer sich auf die Gnade der späten Geburt berufen kann, der ist nicht nur unschuldiger, sondern ahnungsloser, mit anderen Worten auch unwissender. Das Studium der Vergangenheit kann Erinnerung sein. Eine Gemeinschaft kann auf ihre Genies und deren Werke um so gelöster stolz sein, je gründlicher sie jene psychischen Rutschbahnen kennt und versteht, auf denen der Alltagsmensch zum Massenmörder werden kann.

Die Phraseologie ist bekannt. Die Redensarten ähneln

sich in den verschiedenen Sprachen bis zur Lächerlichkeit. Nichts ist internationaler als die Haßtiraden. Wer wissen will, wo er steht, der soll in den Spiegel Sachsenhausen schauen. Wer einer bestimmten Menschengruppe besonders grollt, den könnte eine Geisterbahn in jene Kasernenbaracken katapultieren, wo abkommandierte junge Leute ausgebildet worden sind, um reinen Gewissens Verbrechen zu begehen: Entweder wird er mitmachen oder zurückschrecken. Wird er es tun, oder wird er zur Besinnung kommen und innehalten? Für einen ganzen Kerl gehalten wurde, wer die Sache bis zum Ende durchgestanden hat.

Für die Nachwelt ist Sachsenhausen so etwas wie ein Test. Du kannst dich prüfen: Wem gilt dein Mitgefühl? Dem Aufseher oder dem Häftling? Wem neigt sich deine Empathie zu? Nimmst du die Stufen wahr, die zur Grube des Verbrechens führen? Sachsenhausen ist eine Schule. Ein adäquater Schauplatz für den Geschichtsunterricht. In Weimar besuchen die Schüler die Häuser der Dichter, und sie besuchen Buchenwald in der Nachbarschaft. Was haben die beiden miteinander zu tun? Nichts? Können wir derartiges behaupten? Was wissen wir vom inneren Dialog und Feilschen zwischen Selbstlosigkeit und Verruchtheit? Zumal uns die Geschichte in Rollenwechsel unterwiesen hat, darin, daß Häftling und Ankläger gelegentlich Ort und Argumente tauschen.

Unsere Zivilisation hält uns zur Oberflächlichkeit an. Ein oberflächlicher Mensch ist arglos und verführbar. Er kann dazu herangezogen werden, Verbrechen zu begehen. Als Kultur oder doch zumindest als Kunst würde ich bezeichnen, was über eine derartige Oberflächlichkeit hinausgeht, und als erwachsen einen Menschen, der wissen will, was passiert ist, und bereit ist, darüber nachzudenken.

Auch wenn es sich um Außergewöhnliches, auch wenn es sich um Minderheiten handelt, ich neige mein Haupt vor den Anstrengungen all derer, die die Erinnerung an die Geschichte wachhalten. Mit besonderem Ergriffensein neige ich mein Haupt vor dem Gedenken an die ehemaligen Häftlinge, und den Überlebenden unter ihnen wünsche ich noch viele und schöne Jahre.

Aphorismen zur Beständigkeit der Juden

Jude sein ist seit mehreren tausend Jahren eine Herausforderung. Die Juden sind ein Weltvolk, nahezu überall präsent, und was seit langem währt, das hat Bestand.

Juden gibt es, und wie lange schon! Diese Merkwürdigkeit ist eine Tatsache, und daraus folgt fast alles weitere. Gibt es noch ein anderes Weltvolk? Die Chinesen mögen noch älter sein, allerdings haben sie sich den Gesellschaften der westlichen Welt weniger angepaßt, sie weniger geformt, und die in der Heimat gebliebenen Chinesen sind zahlenmäßig viel stärker als die in der Diaspora. Juden sind überall anzutreffen, bezeichnend für sie ist die Überbrückung räumlicher und zeitlicher Grenzen sowie Hindernisse.

Die sich grollenden Verwandten – die religiöse, die zionistisch-nationalstaatliche und die weltlich-universalistische Option – werden durch die Erschütterung des Holocaust als dem für sie alle absolut Negativen zusammengehalten. Dieses Volk ist das einzige, welches in den verschiedensten Zeiten und Umgebungen seine Identität bewahrt hat. Über die anderen hat es sich hinweggesetzt, die mannigfaltigsten Rollen und Masken der Adaptation spielend beziehungsweise anlegend. Seine Assimilation wird durch die geheime Überzeugung, daß Jude-Sein nicht weniger sei als irgendeine andere ethnische Zugehörigkeit, in gewissen Grenzen gehalten.

Jüdische Reflexion überbrückt, verbindet, überblickt Zusammenhänge durch Distanz, vom Konkreten schwingt sie sich mühelos zum Abstrakten empor und umgekehrt; sie oszilliert.

Jene transzendierende Leidenschaft, die Fähigkeit des Individuums, sich von der Umgebung zu lösen, um ihr gegenüber Abstand zu wahren und die eigene Welt ironisch betrachten zu können, halte ich für jüdisch.

Transzendent ist der Jude auf realistische Weise. Über die Grenzen der gegebenen Welt hinauszugehen, davor hat er keine Angst, er weiß, daß außerhalb davon noch mehr existiert, daß Menschen auch jenseits des Berges leben.

Anpassungfähiges, höfliches, gesetzesfürchtiges Getrenntbleiben.

Spirituelle Grundlage: gleichrangige, göttliche Würde, Integrität, Unantastbarkeit der Individuen, Idee von der Eintracht der Menschheit, der Gott aller Menschen ist ein gemeinsamer.

Für die Juden gibt es keine zwischen dem Menschen und Gott liegende metaphysische Vermittlung, keinen Gottmenschen, keinen Gott gewordenen Menschen.

Was menschlich ist, soll menschlich bleiben.

Sowohl Moses als auch David als auch Jesus sind Menschen, alle sind sie unsere Nächsten, alle sind sie fehlbar, und alle sind sie nur teilweise im Besitz der Wahrheit.

Und der Messias soll getrost noch auf sich warten lassen.

Ein Jude muß nicht religiös sein; wenn er nicht glaubt, dann glaubt er eben nicht an Gott, der nichts Menschenähnliches an sich hat, sondern vielmehr die ewige Gegenwart ist, der den Menschen sieht und hört, sogar erhört, Gott ist der, an den der religiöse Mensch sich wendet.

Von den Juden kommt die biblische Metapher der Welt.

Im allgemeinen bringen die Juden Bewegung ins Leben, sie sind initiativ; die sich aneinander reibenden Identitäten sind fruchtbar. Die Juden sehen die Dinge nicht nur von innen, sondern auch von außen. Ihr Selbstbewußtsein ist in der Regel ebenso paradox wie das anderer Völker, doch jüdisches Selbstbewußtsein ist in jedem Fall, fast gesetzmäßig paradox. Ihre Neigungen sind gegensätzlich, und keine einzige davon soll unterdrückt werden.

Ein transnationales Volk in Nationalstaaten! Wem soll es sein Herz schenken? Dem Nationalstaat oder dem Weltjudentum? Das ist eine Frage, die nicht gestellt werden muß, ist doch sowohl die eine als auch die andere Antwort eine unerwünschte Verpflichtung. Die Freiheit des Menschen besteht darin, daß er nach Abwägung konkreter Alternativen gemäß Prinzipien, Empfindungen, Geschmack und Disposition entscheidet.

Ein jüdisches Weltvolk existiert. Für jüdisch hält es sich bereits mit einer gewissen Gelassenheit, weil es weniger Angst haben muß, trotzdem aber spürt es überall auf der Welt ein wenig Unsicherheit, denn existent ist nicht nur ein jüdisches Weltvolk, sondern auch der Weltantisemitismus. Selbst die Israelis haben keinen Grund, sich in vollkommener Sicherheit zu wiegen, auch dort gibt es in der Nachbarschaft Kräfte, die sie einfach nur deshalb töten würden, weil sie Juden sind. Dereinst lebte ein namhafter und später als Gott verehrter Jude, den man wegen seiner Worte getötet hat. In eine solche Lage zu geraten, den Worten eine derart übertriebene Bedeutung beizumessen, sogar zu sterben dafür, das ist eine jüdische Gewohnheit. Den Menschen deshalb zu töten, weil er ist, was er ist, das entspricht einer jüdischen Geschichte.

Der HERR, der sich gemäß bekannter Erzählung auf dem Berge Sinai mit Moses in ein Gespräch eingelassen hat, sagte von sich selbst: »Ich bin, der ich bin.« Der HERR erwartet diese göttliche Identität auch von seinen Auserwählten, diese schrecklich ermüdende und sich vorantastende Wesensgleichheit. Wer hat ihn gesehen? Wer ihn gehört? Moses, ein Jude, der vielleicht nicht einmal wirklich ein Jude gewesen ist. Seither besteht die Forderung, mit uns selbst identisch zu sein und uns zum Bund zu bekennen, den verschiedene Väter und dieser Moses mit der unsichtbaren Stimme geschlossen haben. Den Propheten zufolge ist dies ein Bund mit unserem Gewissen, mit der Stimme unserer Seele. Das Geheimnis des Fortbestehens, so sagen die Propheten, sei die Treue zu uns selbst, zu einer Unternehmung.

Die Menschen der meisten Völker lassen sich mit anderen verschmelzen, die Juden verhältnismäßig schwer. Jenes gewisse Etwas, das sie am Leben erhält, schlüpft plötzlich – nach langem Dämmerschlaf und Selbstauslöschung – auch aus jenen Juden hervor, die Tarnfarbe angenommen hatten. Erst nur die Zionisten, allmählich auch die Diasporajuden, finden sich damit ab, daß sie sind, was sie sind, und die Traurigkeit ob ihres So-Seins ist von ihnen gewichen. Sie tauchen aus der Versenkung auf, sowohl hier als auch da erscheinen sie mit ihrem transportablen Gott, verkörpern eine sonderbare Strategie. Für die Kreise des weltlichen Judentums ist der Versteck spielende Jude ein weniger charakteristisches Phänomen geworden. Warum auch sollten sie ihre Zugehörigkeit bemänteln? Manchmal verirren sie sich eher in geschmackloses Prahlen.

Ein Mensch, der individuell, bis hin zur Zivilcourage, *das ist, was er ist*, kann Gereiztheit hervorrufen. Die Juden sind den Deutschen in der Modernisierung, in der westlichen Wertewahl, vermutlich zuvorgekommen; der Universalismus war für die Juden etwas Selbstverständlicheres. Als Rache dafür ist der Nationalsozialismus zu begreifen. Eigentlich hatten auch die Deutschen Sehnsucht danach verspürt, in die Welt hinauszugehen. Die europäischen Juden haben verloren, sie sind nicht wachsam genug gewesen, und als Strategen waren sie nicht auf der Hut. Hätten sie genauer hingeschaut, wären mehr Menschen davongekommen. Sie haben sich nicht mit der nötigen Entschiedenheit verteidigt. Virtuell stehen heute Israel und das Weltjudentum hinter den Juden, gleich in welchem Land sie leben mögen. In Israel und Amerika ist das jüdische Selbstbewußtsein stärker und weniger paradox als in Mitteleuropa, nicht sonderlich weit von Auschwitz entfernt.

Der weltliche Jude entscheidet, was er von den Geboten einhalten will. Er schränkt seine Pflichten ein, die Einhaltung ritueller Vorschriften, und bei sich denkt er, daß er im Frühjahr Wichtigeres zu tun habe, als das Chamez zu verbrennen. Auf seinem Bücherregal haben religiöse Wertungen keinen Platz. Jude, Christ oder Moslem zu sein ist nicht alles. Mensch zu sein übersteigt jede Gruppenidentität. Menschlichkeit zu üben, den anderen in seiner Besonderheit zu verstehen und zu würdigen, das ist die Sache der Juden.

Menschlichkeit? Die Achtung vor dem Seltsamen.

Der eine betet auf diese, der andere auf jene Weise, alle verehren sie etwas Höheres, Feierliches, Außerordentliches, Übermenschliches, alle sehnen sich nach Erhabenheit, alle begreifen sie das Göttliche als irgendeine Forderung, als eine Forderung nach Reinheit, die gebietet, sich über kleinliche Interessen und kleinliche Dinge zu erheben.

Manchmal solltest du dich von der körperlichen Wirklichkeit des Hier und Jetzt lösen, dich von der Erdanziehung befreien können, laß den Seelenvogel fliegen, wirf einen Blick auf dich vom Berggipfel herab, aus der Vogelperspektive, wirf aus dem Zugfenster dem, was zurückbleibt, ortsgebunden, unbeweglich, einen Abschiedsblick zu. Im Lebenslauf einer Person ist die Stadt eine Episode. Im Lebenslauf einer Stadt ist die Person eine Episode.

Wir vernehmen die Ermutigung, unser Leben aus einer gewissen Entfernung zu betrachten: während einer Teezeremonie, in einem Zelt in der Wüste, in einer europäischen Kneipe oder in einem nahöstlichen Kaffeehaus. Jene Ebene, auf der wir uns dort befinden, ist religionssensibel. Mit den Zuständen des *détachements*, der Loslösung, der Unbefangenheit, ist ein jeder von uns gesegnet, wenn ihn der Traum von hier entführt, wenn wir in einem Hotelzimmer das Gefühl haben, daß das bisher Gewesene weit weg, anderswo sei.

Solltest du im Hotelzimmer ein anderer sein, wenn du dich aus dem Bett erhebst, ins Badezimmer gehst, ein weißes Hemd anziehst, einen grauen Anzug, schwarze Schuhe, dich dann hinunter in den Frühstücksraum begibst, wo sich ein jeder im großen und ganzen ähnlich verhält? Der weltliche Jude unterscheidet sich von anderen Menschen in nichts. Es gibt Lebenssituationen, in denen ein jeder, unabhängig von der nationalen Zugehörigkeit, mehr oder weniger dasselbe tut.

Der Jude transzendiert. Aber wohin? Zum Familienparadies hin. Daß sich die Dinge fortsetzen, darin erblickt er den Sinn seines Lebens, und die Ehefrau ist ihm im allgemeinen sein Gewissen. Eine traute Atmosphäre beim Abendessen, dies ist eine jüdische Utopie. Der Himmel und der Chor der Engel können nicht besser sein. Frau, Kinder, Enkel, Verwandte, Freunde, Gäste, Ortsansässige und Reisende um den gedeckten festlichen Abendbrottisch. Etwas Anziehenderes läßt sich schwerlich erfinden, diese Utopie gönnen die Juden auch einem jeden anderen. Das ist das Jenseits, *jenseitig* auch insofern, als es nun gerade sicher zu sein scheint, daß niemand ihre Tür einbrechen wird, daß unter den Fenstern nicht das Hufgetrappel der Streitrosse zu hören ist. Die Kinder werden sich dereinst an diese Nestwärme erinnern, an das familiäre Glück, als ein jeder in Liebe einander zugetan war, dieses mag das Jenseits gewesen sein, nach welchem der Jude hier in seinem irdischen Leben strebt, denn er meint keineswegs, daß er, um dieses Genusses teilhaftig zu werden, zuvor sterben müßte.

Vom ewigen Leben der Seele reden die Juden nicht allzuviel, auch versprechen sie derartiges nicht. Den Tod nehmen sie zur Kenntnis. Sie glauben nicht, daß sie für all ihr Leiden

Trost erfahren werden. Den Gottesglauben vermögen sie mit der Annahme des menschlichen Schicksals in Einklang zu bringen. Deshalb würde ich sie in Sachen Ethik als Realisten bezeichen. Die Glückseligkeit verschieben sie nicht ins Jenseits, in die Sphäre der nach dem Tod vermuteten Ewigkeit. Sie glauben nicht daran, daß für die Fehler des irdischen Lebens ein himmlisches Korrektiv existieren würde, eine Entschädigung, eine sühnende Wiedergutmachung. Was geschehen ist, das ist geschehen und läßt sich nicht mehr ändern. Fehlen darfst du, doch mit einem himmlischen Sicherheitsnetz rechnen nicht.

Das wahre Geschehen findet nicht dort drüben statt, sondern hier, das ist es eben. Und obwohl gelegentlich ein Jammertal und auch Skandal, ist dies hier meist der Ort der Arbeit, das Feld alltäglicher Freuden und Leiden. Nun ja, sagt der Jude, arbeiten muß man, das ist schon seit Kain so, seit wir unsere Unschuld verloren, vom Baum der Erkenntnis, der Lust und der Sünde gekostet haben, die sorglose Kindheit gehört der Vergangenheit an.

Die weiseren Juden suchen nach der Ethik des Erwachsenseins, was auch darin zum Ausdruck kommt, daß sie das Lernen für einen höheren Wert halten als Schlägereien. Die Juden erkennen an, daß mächtige, ja, übermächtige und unberechenbare Kräfte in der Welt wüten, weshalb man sich danach richten, damit rechnen, sie zur Kenntnis nehmen, sie verstehen und nach einigem Feilschen einen Kompromiß mit ihnen eingehen muß. Unter den gegebenen Möglichkeiten muß man sich für das kleinste Übel entscheiden, ohne sich darüber Illusionen zu machen; doch all das genügt nicht, weil dem noch etwas hinzugefügt werden muß.

Auserwählt zu sein bedeutet, daß wir dieses von uns selbst annehmen, weil wir allesamt vielleicht für etwas auserwählt sind und herauszufinden versuchen, wofür. Gemäß der Stimme unseres Gewissens stellen wir uns selbst Aufgaben. Ohne helfende Selbstbeherrschung gibt es keinen erwachsenen Menschen. Wer andere beschimpft, statt ordentlich zu arbeiten, der ist nicht erwachsen. Es existieren nichterwachsene öffentliche Meinungen. Beleidigtsein ist kein realistischer Seelenzustand und begünstigt ein blühendes Überleben nicht.

Die Juden hätten Grund zum Beleidigtsein, die reiferen Juden aber raten davon ab. Man muß sich nicht einspinnen, sondern die Initiative ergreifen, daß ein derartiges Unglück nicht noch einmal passieren kann. Die Juden haben etwas zu tun, die Welt ist ein Geflecht, die Fäden müssen fester gewirkt werden, denn dadurch können erneute Holocauste verhindert werden. Gleich wessen Kind getötet wird, eine solche Tat ist unerträglich, und für die Juden muß sie besonders unerträglich sein. Den Juden ist die Aufgabe gestellt worden, von Auschwitz zu lernen und alles, was dem ähneln, es rechtfertigen und entschuldigen könnte, abzulehnen, unabhängig davon, wer gerade vom Genozid bedroht ist.

Das Galuth, die Diaspora, ist das Terrain der Realität, das Galuth bildet eine Parallele zur Globalisierung, entspricht dem Zerstreutwerden auf dem Erdball. Das bedeutet mit anderen Worten, sich selbst treu bleibend, müssen die Juden diesen Planeten und seine Bewohner erforschen, müssen jene Arbeit vorantreiben, welche die Menschheit an ihre Zusammengehörigkeit erinnert.

Transzendenz ist Familienkontinuität zuzüglich Selbstbeherrschung, ich könnte sagen Demut, durch die jene ermöglicht wird. Ein Leben, unterworfen der Selbstdisziplin und den Reinheitsvorschriften, worin körperliche Gewohnheiten kultische Bedeutung gewinnen und als Geheiligtes aus dem Meer des Profanen herausragen, wie der Festtag gegenüber dem Alltag eine Ausnahme bildet. Der Jude versucht, dieses real mögliche, das heißt diesseitige Jenseits zu bewahren oder im Schatten bedrohlicher Mächte herüberzuretten, ihm zum Überleben zu verhelfen. Das Äußere soll bescheiden sein, das Innere reich. Der Festtag soll, *um zu sein*, in die Welt hineingeschmuggelt werden. Der Sabbat ist das Gebot geistiger Entrückung, die Aufforderung, über unser Leben nachzudenken. Dafür ist der Sabbat geschaffen und erhalten worden. Wir reinigen uns, speisen gut und blicken in die Kerzenflamme.

Für viele weltliche Juden unterscheidet sich der Sabbat von den anderen Tagen nicht, auch für den Autor dieser Zeilen nicht, der versucht, aus jedem Tag einen Sabbat zu machen. Zwischen Heiligem und Profanem nimmt er keine Trennung vor, er mag deren Zusammenspiel. Die Synagoge sucht er nicht auf, er liest lieber, und es mag ihm als Hochmut oder Faulheit ausgelegt werden, doch gern läßt er sich nur selten in die kollektiven Riten verstricken. Ihm gehört die ganze Weltliteratur. Alle guten Bücher, alle Werke, die er bewundert, sind eine höhere Instanz. Auch die Nichtjuden sollten sämtliche Judaica, angefangen von der Bibel bis zu unseren Tagen, als ihnen gehörend betrachten. Dieser Text ist ebenso den Judaica wie den Hungarica zuzuordnen. Jedes Werk eines jeden jüdischen Autors, gleich in welcher Sprache geschrieben, hat *auch* unter den Judaica seinen Platz. In den Werken der jüdischen Autoren sind die eigene Denkweise und die spezielle Sensibilität enthalten, doch wenn es sich tatsächlich um ein Kunstwerk handelt, dann ist zwar nicht irrelevant, gleichwohl nicht von vorrangiger Bedeutung, welchem Volk der Autor angehört. Das bedeutende Werk überschreitet Grenzen, Kulturen und Jahrhunderte. Der weltliche Mensch wählt, und es interessieren ihn die verschiedensten heiligen Bücher, doch die »heiligen Bücher« des weltlichen Juden sind die von ihm selbst gewählten. Obwohl er in der Orthodoxie auch das Schöne zu erblicken vermag, widmet er seinen rituellen Pflichten nicht so viel Zeit, wie diese beanspruchen würden. Er ist eher dem Privatzeremoniell verbunden, als seines betrachtet er, was ihm gefällt.

Jude sein, das ist eine außerordentliche Verpflichtung, zu lernen. Jene vielen nationalen Zivilisationen, mit denen die Juden zu tun haben, mußt du kennen. Dies trifft insbesondere für den Diasporajuden zu, denn die Juden in Israel neigen ebenso zu überzogener nationaler Nabelschau wie jedes andere Volk. Sie sind derart mit sich selbst beschäftigt, daß sie für den Rest der Welt wenig Interesse bekunden, dies um so mehr, als die lokalen Angelegenheiten oft eine Frage von Leben und Tod sind. Von ihrem subkulturellen Egotismus sind auch die Diasporajuden nicht frei, dennoch sind sie gezwungen, die dortigen Empfindlichkeiten zu verstehen und den eigenen Möglichkeiten entsprechend die xenophobe Romantik unschädlich zu machen, damit der Antisemitismus keine bedrohlichen Ausmaße annimmt. Um die eigene Haut zu retten, müssen sie die öffentliche Meinung beeinflussen, denn sollten sie diese Arbeit nicht leisten, kann es vorkommen, daß sie getötet werden. Passieren kann das natürlich selbst dann, wenn sie sich zwar redlich darum bemüht haben, nur eben erfolglos.

Zum Freundeskreis des weltlichen Juden gehören Juden, aber auch Nichtjuden. Auf seiner Speisekarte steht nichts anderes als auf der der Einheimischen, die er nicht spüren läßt, daß das, was sie mögen, unrein und unheilig ist. In seiner Kleidung und Haartracht unterscheidet er sich nicht, denn das würde er für Extravaganz halten. Sollte er sich dennoch unterscheiden, so würde dies höchstens unabsichtlich geschehen. Weshalb nur unabsichtlich? Hat er Angst, sich zu identifizieren? Will er sich nicht dazu bekennen, Jude zu sein? Ich höre den Vorwurf in der Frage. Nun ja, ich trage nie und nirgendwo Folkloristisches. Eigentliche halte ich auch meine engere gegenständliche Umgebung für zufällig.

Wenn ich mich in etwas vertiefe, stört mich die Umwelt nicht. Aufzufallen widerstrebt mir, dem Konkretismus-Animismus hänge ich nicht an. Meine Religion, meine Weltanschauung stelle ich nicht in Form eines Emblems zur Schau, nie habe ich irgendein Abzeichen getragen. Wahrscheinlich wird sich die Säkularisation fortsetzen, die Menschen wollen über ihre Freizeit verfügen, und an dem ihrer Meinung nach allzu langen gemeinsamen Gottesdienst im Tempel nehmen sie nur gelegentlich teil. Mit einer gewissen Zurückhaltung würdigen sie die religiösen Riten, deren Sinn darin besteht, daß wir uns fügen, daß wir vor dem Ewigen unser Haupt neigen.

So viele Menschen es gibt, so viele verschiedene Juden sind vorstellbar. Jude wird ein Mensch dadurch, daß er sich als solchen bezeichnet. Tut er dies, beschäftigt ihn dieser Sachverhalt, denkt er darüber wahrscheinlich nach, ja, spürt sogar irgend etwas Gemeinsames mit den anderen Juden, mit den lebenden wie den toten. Daß sich ein Nichtjude als Jude ausgibt, kommt nicht oft vor. Jede andere Definition ist unsicher. Ein sicheres Kriterium jüdischer Identität ist nur darin zu sehen, wenn sich jemand als Juden begreift. Und das trifft selbst dann zu, wenn weder Mutter noch Vater Juden gewesen sind.

Die Integration in umfassendere Staatengebilde erweist sich für den Juden, der dort einer unter anderen ist, als etwas Gutes. In der Europäischen Union ist der Antisemitismus der Massen nicht normal, denn das Nebeneinander des Verschiedenen gewinnt an Normalität. Der weltliche Bürger der Großstadt hat zu den Religionen eine ähnliche Beziehung wie zur nationalen Kochkunst. Einmal kehrt er in dieses, ein andermal in jenes Nationalitätenrestaurant ein, und Schalet ißt er nicht an jedem Sabbat.

Die Diasporajuden sind an einer Absonderung nicht interessiert. Das große Spielfeld gegen ein kleines einzutauschen und eine eventuell auf positive Diskriminierung angewiesene Intimkultur der Minderheit zu entwickeln erscheint ihnen nicht vorteilhaft. Die eigenen Farben lassen sich, eingewebt in das Ganze, besser zur Geltung bringen. Die Diasporajuden sind an der Integration in die örtliche Gesellschaft interessiert. Dazu hatte selbst schon der Prophet Jeremias geraten, dem diese Zusammenhänge nicht verborgen geblieben waren. Die an verschiedenen Orten lebenden jüdischen Bürger wollen Teile von Gesellschaft und Kultur ihres Landes und ihrer Stadt sein. Was hat die Integration zu bedeuten? Die Achtung vor dem Gesetz, Entrichtung der Steuern, Beteiligung am öffentlichen Leben, Aneignung der lokalen Sprache als Mutter- oder Fremdsprache, vertrauter Umgang mit der Mehrheitskultur und möglicherweise deren Bereicherung. Andererseits sind die jüdischen Gemeinschaften lose verbunden mit irgendeiner virtuellen jüdischen Weltgemeinschaft; zueinander und zu den israelischen Juden unterhalten sie Beziehungen.

Das Sein in der Welt geht mit dem Zwang einher, das Seltsame zu ertragen. Auf das Seltsame und die damit verbundene Unterscheidung als Herausforderung sind verschiedene Antworten möglich. Die eine Reaktion besteht in der Flucht, in der Mimikry, darin, den Unterschied aufzuheben und somit die – wahrscheinlich nachteilige – Unterscheidung. Ein mögliches Vorgehen in diesem Rahmen war es, den Groll gegen die Juden auf eine andere Zielgruppe umzulenken, das heißt auf eine Gruppierung innerhalb des Judentums, auf die Orthodoxen, auf die neuesten Einwanderer, auf die noch nicht Assimilierten, deren Äußeres eigenartig anmutete und die dadurch auffielen, auf die Kapitalisten oder Kommunisten beziehungsweise in den kommunistischen Regimen dann auf die Dissidenten. Ein echter Antisemit läßt sich von den Tarnmanövern nicht täuschen, auch sind diese nicht geeignet, den eingefleischten Antisemitismus erfolgreich in andere Bahnen zu leiten, ganz zu schweigen davon, daß diese Strategie moralisch zweifelhaft ist.

Meist sprechen die Juden die Sprache des Landes, in dem sie ansässig sind, sie nehmen teil am öffentlichen Leben, sind loyale Staatsbürger, ja, sie gehen sogar über eine bloße staatsbürgerliche Präsenz hinaus bis hin zu einer von tiefem Verständnis begleiteten Identifikation. Den lokalen Diskurs bereichern sie mit neuen Elementen wie beispielsweise den ernsten und ironischen Formen der kritischen Selbstreflexion. Im Gesellschaftsspiel des Hasses gegen den Nachbarn bleiben sie mehr oder weniger passiv.

Die deutschen Juden haßten die Franzosen, die französischen Juden die Deutschen weniger kraftvoll als seitens der lokalen Mehrheit üblich. In Fragen der nationalistischen Gesinnung behielten die Juden in der Regel ihren kühlen Kopf, auch wenn sich Gegenbeispiele in beträchtlicher Zahl anführen lassen. Doch alles in allem bewiesen sie in Konflikten, die sie als künstlich und überzogen empfanden, eine gewisse Neutralität, um so mehr, als es Juden auch auf der anderen Seite gab, vielleicht sogar Verwandte. Warum sollten ein deutscher und ein französischer Jude einander hassen?

Daß die Juden am Frieden mehr interessiert waren als die anderen, ist nicht mehr als logisch. Dem nationalistischen Haß paßten sie sich nur widerwillig an. Hierbei tat nichts zur Sache, ob der Haß von einer großen oder von einer kleinen Nation ausging, denn nicht nur die Großmächte pflegten ihren perspektivischen und imperialistischen Haß, sondern auch die kleineren Nationen leisteten in den eigenen Nachbarschaftsbeziehungen das Ihre.

Daß relativ viele Juden an verschiedenen pazifistischen Organisationen beteiligt waren und der internationalen Arbeiterbewegung eine derartige Ausrichtung verliehen, ist ebenfalls logisch. Doch daß sich die bolschewistischen

Juden für einen Bruch mit der demokratischen Verfassungsmäßigkeit entschieden, das ist ein gefährlicher Fehler gewesen, ein selbstmörderischer Fehler. Selbst die eigene Sicherheit unterminierten sie dadurch, daß sie die formalen Freiheitsrechte durch ein ideologisches Schema ersetzten, welches sie für substantiell hielten, welches die eine Gruppe der Menschen vergöttlichte, die andere dagegen dämonisierte. Das Verlassen des Ghettos war durch den aufgeklärten Liberalismus ermöglicht worden. Sich gegen ihn zu wenden, das war Verrat und eine selbstgefährliche Dummheit.

Alle Völker haben zu den in ihrem Staat lebenden Juden ein kompliziertes und vielsagendes Verhältnis. In einigen Ländern, wie beispielsweise in Deutschland, ist es besonders kompliziert und belastet. Nichtjuden könnten auch folgendes sagen: »Die Juden sind ebensolche Bürger wie wir! Eine rassische Unterscheidung sollte es nicht geben! Und nun kommt ausgerechnet von den Juden eine Initiative zur rassischen Unterscheidung? Wenn sich die Juden von den anderen unterscheiden wollen, dann wird eine solche Differenzierung auch von der Gegenseite erfolgen. Sollten sie das tatsächlich wollen?« Wenn sie sich für eine Nation halten, dann tun sie dasselbe wie die anderen Fundamentalisten und Autonomen, die sich im Namen einer Minderheit Gehör verschaffen. Ethnische Hardliner existieren in jeder Gemeinschaft. Wäre es nicht glücklicher und sicherer, sich hinter dem Wall eines Verfassungspatriotismus zu verschanzen?

In den Großstädten bildet sich eine pluralistische Gesellschaft heraus, deren Mitglieder meist zur Mehrheitsnation gehören, doch Teil des Gewebes sind auch andere Gruppen, die ihre Besonderheit einigermaßen bewahren, ihr Selbstbewußtsein, ihre Sprache, ihre eigentümliche Kultur, und die Kontakte zu einem anderen Land unterhalten, aus dem sie gekommen sind, das gelegentlich Schritte zur Verteidigung ihrer Interessen unternimmt und in dem ihre Verwandten leben. Die Grenzen der Integration sind stets unscharf; harte und klare Bestimmungen passen nicht dazu, gibt es doch überall auf der Welt viele Juden, die sich eingegliedert haben, die Religion nicht praktizieren und dem Gemeindeleben vielleicht aus dem Weg gehen, dennoch aber viele jüdische Verwandte, Freunde und Bekannte haben, also durch tatsächliche Lebensbande an das Judentum, an die jüdische Gesellschaft gebunden sind, die auch als Weltgesellschaft bezeichnet werden könnte.

Der ethnische Nationalismus schloß die Juden von der Gleichberechtigung aus, worauf der Zionismus, eine andere ethnisch-nationalistische Lösung, eine reale Reaktion gewesen ist. Schlüsselbegriff dieser Option war der Nationalstaat, die nationalstaatliche Souveränität als höchster Wert. Im Hinblick auf Israel erwies sich diese Alternative als berechtigt und erfolgreich.

Für die in der Diaspora zurückbleibenden Juden ist eine andere Antwort real gegeben: eine Art Weltuniversalismus, der mit den liberalen Demokratien westlichen Typs und den an erster Stelle stehenden Menschenrechten kompatibel ist, die auch den Juden Sicherheit geben. Die weltlichen Juden außerhalb des Staates Israel erheben auf ein enges ethnisch-nationales Selbstverständnis kaum Anspruch. Begabung transzendiert die religiös-ethnische Abgrenzung. Welche Haltung der nichtjüdischen Mehrheit gegenüber einzunehmen ist, das ist für die jüdische Minderheit eine wichtige Frage. Existenz und Standpunkt der Juden in gesellschaftlichen, politischen und kulturellen Fragen sind pluralistisch bestimmt. Sich als homogene nationale Minderheit mit gemeinsamen Interessen und Standpunkten zu begreifen ist schwierig. Manchmal lassen sich die Juden von einer oder mehreren Körperschaften vertreten, ein andermal artikulieren sie sich lieber als Mitglieder von Fachverbänden, politischen Vereinen oder Parteien, ohne den direkten Bezug zu ethnischen Dimensionen und Konflikten. Die strittigen Angelegenheiten innerhalb der Rahmenbedingungen der allgemeinen *Fairness* zu regeln liegt im Interesse des Judentums.

Es existiert eine postmoderne Renationalisierung, von der es offensichtlich auch eine jüdische Abart gibt. Doch man muß wissen, daß es sich hierbei um die gleiche Mentalität handelt, wie sie auf dem Balkan zur Geltung gekommen ist oder wodurch die europäischen Minderheitenkonflikte belebt werden. Die Verteidigung bestehender Rechte geht plötzlich über in leidenschaftlichen Separatismus.

Ein Literaturwissenschaftler kann die jüdischen Schriftsteller in einem Essay versammeln, und wenn diese Lust dazu verspüren, sollten sie sich treffen und gemeinsam nachdenken, allerdings ohne einen nationalen Interessenverband zu bilden, denn dann würde sich etwas Implizites unbegründet in etwas Explizites verwandeln.

Der außerhalb Israels lebende weltliche Jude will jenes Land, in dem er lebt, als seine Heimat betrachten können. Wer dies jedoch nicht will und sagt, hier liebten sie ihn nicht, also liebe er seinerseits auch sie nicht, er wolle sich mit den Gesinnungsgenossen einigeln und eine ethnische Insel sein, der wird wahrscheinlich den Weg nach Israel suchen. Andererseits hat es den Anschein, als würden die in den verschiedenen Nationalstaaten lebenden Juden weniger darauf bestehen, sich von den Angehörigen der um sie her existierenden Mehrheitsnation in nichts zu unterscheiden. Irgendwie sind sie tatsächlich anders, und das nimmt jedermann wahr, allmählich auch sie selbst. Im Bewußtsein von Auschwitz können sie von dieser Tatsache ausgehen, allerdings ohne den Sinn der Mehrheit für Wahrheit und Gerechtigkeit zu verletzen. Selbstbewußtes jüdisches Verhalten hat sich als richtiger erwiesen als Unterordnung. Der selbstbewußte Standpunkt verpflichtet jedoch zu strategischer Verantwortung. Wenn die liberale Demokratie von der Mehrheit akzeptiert worden ist, dann sollte sich die Minderheit davon nicht distanzieren.

Die Kategorisierung und Katalogisierung der Schriftsteller nach religiöser und ethnischer Zugehörigkeit ist mir nicht gerade sympathisch. Die meisten dem Begriff der Literatur vorangestellten Attribute sind überflüssig. Je akzentuierter das Attribut ist, desto weniger Gewicht kommt dem Substantiv zu, dessen können wir gewiß sein, mit anderen Worten, um so schwächer ist jene Literatur, von der die Rede ist. Wenn schon partikulare Gruppierung, dann scheint doch die nach der Sprache des Originaltextes am nächstliegenden und am wenigsten willkürlich zu sein.

Immer mehr Juden bemerken, das ist eine Tatsache, daß sie zu einem Weltvolk gehören. Zu verdanken haben sie dies teils dem Staat Israel, teils dem jüdischen intellektuellen Aufbruch nach dem Krieg sowie im allgemeinen der Globalisierung oder, wenn man so will, dem globalen *Embourgoisement*. Jüdisches Bewußtsein und Identität haben sich seit dem Zweiten Weltkrieg, das kann man sagen, ein wenig gefestigt, noch dazu in realistischem Sinn, indem sich das Judentum als paradoxes Volk erkannt hat. An den jeweiligen Ort seiner Existenz fühlt es sich gebunden. Zugleich beansprucht es die Berücksichtigung seiner nach mehreren Richtungen strebenden Solidarität. Typisch ist diese Lage, die von der Mehrheit in den demokratischen Ländern akzeptiert werden muß, für alle nationalen Minderheiten. Die wechselseitige Zurkenntnisnahme der Kompliziertheit von Leben und Gefühlen ist mit den radikalen Formen der Nationalismen unvereinbar, denn eine darauf eingeschworene Mehrheit kann nicht gutheißen, daß gewisse Bürger ihres Nationalstaats über dessen Grenzen hinaus Solidaritätsbeziehungen unterhalten und verschiedene Zugehörigkeiten empfinden, doch erfüllt von der Logik des radikalen Nationalismus duldet auch die Minderheit diese Verwicklung nicht, weil er den einzelnen zu einem harten Entweder-Oder verpflichtet, entscheide, was du bist, Jude oder (und an dieser Stelle steht der Name einer Mehrheitsnation), wenn du aber ein Jude bist, der zufällig im Land X lebt, dann solltest du dich vor allem um jüdische und nicht um irgendwelche wie auch immer gearteten Belange der Mehrheitsnation kümmern und nicht versuchen, dich mit deren Interessen und Gruppierungen zu identifizieren, denn das wäre Anbiederung und nationaler Verrat.

Wo der Vorwurf des Verrats auftauchen kann, dort ist der Geist des Fundamentalismus heimisch, der die Idee der doppelten oder mehrfachen Identität geradezu verabscheut und von einer beweisen will, daß sie heimtückisch und falsch oder überhaupt nicht vorhanden sei. Mich persönlich überzeugt es mehr, die Juden in der Diaspora als Versuchssubjekte eines mehrschichtigen und auf Dialog ausgerichteten Selbstbewußtseins zu betrachten.

Für einige Momente sollten wir uns erlauben, von utopischen Trends zu träumen. In den herrschenden Ideologien war das zweite Jahrtausend die Zeit starren Bewußtseins. Die eine oder andere Denkweise konnte zum Verbrechen erklärt und verfolgt werden. Was sein wird, wissen wir heute nicht, doch der Zukunft öffnen wir die Tür. Der Mensch des dritten Jahrtausends, so stellen wir uns vor, wird sich mehr in Richtung Lernen, Wissen, Information, Geist, Kunst, Phantasie, Freizeit und Individualismus orientieren. Die zahlenmäßig zunehmenden Bauelemente fügen die Menschen intuitiv zu der ihnen entsprechenden Kombination zusammen. In der Ära reichen Angebots an Lebensschicksalen wird derjenige Mensch normal sein, der etwas weiß, was andere nicht wissen, weshalb mehrere irgendwo gerade ihn brauchen werden. Bestimmend werden Ausrichtung und Besonderheit der Begabung sein, woraus folgt, daß für diesen Menschen nicht Demut bezeichnend sein wird, sondern die freie Wahl, gelegentlich die freie Wahl der Demut, auf jeden Fall aber die Neugier.

Auf dem Markt des Geistes wird ein reges Treiben herrschen, somit auch auf dem der Religionen; zunehmen wird der Variantenreichtum der Verästelungen; Kirchen werden um die Gunst der Gläubigen wetteifern. Bedarf wird auch an Traditionen bestehen, die jedoch keinen Zwang ausüben können; es wird Menschen geben, die im Dilemma zwischen Tradition und individueller Entscheidung hin- und hergeworfen sein werden.

Ob die Menschheit ohne einen Feind leben kann? Das ist die Frage. Wie kann sie ihre Lust am Töten ausleben? Wahrscheinlich wird sich auch die Gewalt individualisieren, weil der Mord die extremste Tat gewesen ist und bleiben wird. Neben der Individualisierung der Aggression ist der Kampf der religiösen Fundamentalismen zu erwarten, die sich mit der Unterwelt verbinden können. Ich weiß nicht, wo die Gewalt, die gelegentlich einem unterirdischen Fluß ähnelt, aus der Tiefe an die Oberfläche hervorbrechen wird, doch darin bin ich mir sicher, daß die Menschen Grund haben werden, vor ihren Mitmenschen Angst zu haben. Die Frage besteht nur darin, ob es zum Mord dereinst einer moralisch klingenden und sich auf das Gemeinwohl berufenden Erklärung bedürfen wird.

In der Epoche der Universalisierung (Globalisierung) erscheint es immer logischer, daß der Mensch auf dem ganzen Erdball Platz hat. Die größere Mobilität erzieht uns zu einem gewissen ironischen Relativismus: Wir sehen, daß der eine Mensch auf diese, der andere auf jene Weise großartig ist, der eine auf diese, der andere auf jene Weise unangenehm, doch daß dialogisches Bewußtsein, das Bewußtsein des Romans, auch das Unvollkommene zu lieben vermag und für natürlich hält, denn in der Liebe wirken Ehrfurcht und Vergebung gemeinsam, da wir ohne das Gewürz unserer Fehler nicht leicht zu verdauen sind.

Worin besteht das vorrangige Interesse der Juden? Daß es Auschwitz nie mehr geben wird! Gegen die gesetzliche Diskriminierung aufzutreten, das bedeutet, für die Anerkennung der Achtung vor den Menschenrechten zu sorgen. In einer Welt, die ihre Zusammengehörigkeit anerkennt, ist Auschwitz unmöglich. Deshalb sind die Juden an den universalistischen Aspekten und somit auch am europäischen Zusammenhalt interessiert.

Jener antisemitische Vorwurf, wonach die Juden in größerem Maße einen grenzüberschreitenden und nicht feindseligen Dialog initiieren, ein Verhandlungsverhältnis mit anderen Kräften in der Welt, trifft also zu, und ein Fünkchen Wahrheit ist auch daran, daß die Juden die leidenschaftlichen lokalen Konflikte skeptisch beobachten und eher den Standpunkt der dritten Seite, des verständnisvollen Vermittlers, einnehmen.

Zu behaupten, daß die Juden in ihrer überwiegenden Mehrheit mit dem kulturellen Pluralismus sympathisieren und ihre Aktivitäten lieber dort entfalten, wo es weniger Ärger gibt, ist keine Verleumdung. Sie bevorzugen weniger spannungsgeladene Zustände, den möglichen Kompromiß schätzen sie mehr als die prinzipientreue Unnachgiebigkeit, obwohl wir auch Juden in durchaus beträchtlicher Anzahl kennen, denen monolithisches, verkrampftes und intransigentes Denken eignet. Die versöhnlicheren Juden dagegen meinen, daß die Wahrheit nicht im Sieg des eigenen Standpunkts, sondern im Kompromiß liege. Ein Sieg, in dem der Unterlegene geschlagen und erniedrigt voller Rachsucht zurückbleibt, ist kein guter Sieg.

Durch die Diaspora waren die Juden zu einer vielseitigen

Weltkenntnis angehalten; sie wußten, mußten wissen, daß es einen Markt, ein Leben, eine Kultur, eine Moral und Sittenordnung auch anderswo gibt. Mit dem Anderssein muß man rechnen, und es wäre falsch, es von vornherein allein deshalb herabzuwürdigen, weil es einem fremd ist. Aus der Diaspora resultierten unvermeidlich eine größere Achtung vor den anderen und der Zweifel gegenüber prahlerischem Selbstlob.

Weiterhin konnten sie die Erfahrung machen, daß sich die verschiedensten und voneinander weit entfernten Interessen, Bedürfnisse und Akteure miteinander verbinden lassen, sie erkannten den Wert der vernetzenden Organisation, hatten Gelegenheit, sich praxisorientierte Relativierung anzueignen, und obwohl sie zum Pessimismus des »*Es gibt nichts Neues auf der Welt*« und des »Irgendwann einmal kehrt alles Schlechte zurück« neigten, schätzten sie dennoch die weite Welt, blickten neugierig und vertrauensvoll in die Zukunft.

Die Juden fungieren zwangsläufig als Träger der Globalisierung. Sie können nicht alle in Israel leben, das nicht gerade ein allzu großes Land genannt werden kann. Angesichts ihrer Mobilität, woran sie sich gewöhnt haben, brauchen sie für ihre Aktivitäten den ganzen Erdball. Für einen beweglichen Menschen ist es angenehm, seinen Geburtsort verlassen zu können, jedoch die Möglichkeit und das Recht zu haben, von Zeit zu Zeit in sein Heimatland zurückzukehren. Für ihn ist es natürlich, an mehreren Orten zu wohnen und diese innerhalb des Landes oder außerhalb staatlicher Grenzen gelegentlich zu wechseln.

Die Dualität und die Dialektik von Bürger und Reisendem sind den Juden im allgemeinen vertraut: Die Ausziehenden wollen auch zu Hause eintreffen; einige von ihnen vermögen den Landesgrenzen metaphysische Bedeutung zuzuschreiben, andere hegen nirgendwo auf der Welt, nicht einmal in Israel, den Wunsch, dem Gebundensein an die eigene Scholle mit vollkommener Hingabe zu dienen. Sie kommen und gehen, und sie der Freiheit dieses Kommens und Gehens zu berauben ist ein Ding der Unmöglichkeit.

Als Erklärung dafür, daß sie sich auf dem Weltmarkt und den verschiedensten lokalen Kampfbahnen verhältnismäßig gut durchsetzen können, würde ich auf die überschüssigen Mobilitätsenergien hinweisen und natürlich auf das hohe Alter des jüdischen Volkes, auf die angehäuften Erfahrungen in Fragen der Lebensstrategie, welche auf die eine oder andere Weise weitergegeben worden sind.

Im Falle des Judentums kann man vom Zusammenhang zwischen Kontingenz und Substanz, von in Fleisch und Blut übergegangenem Metaphysischen, von der Untrennbarkeit von Physischem und Geistigem nicht absehen, davon nicht, daß der zufällige und unvollkommene einzelne etwas Symbolisches, für die Gesamtheit des Weltjudentums Typisches in sich trägt.

Hier ist ein in die Geschichte geworfenes Volk, welches vermocht hat, selbst in seinem Diasporasein ununterbrochen Subjekt zu bleiben; und als die jüdische Oberschicht dieses selbstunterscheidende und meist schmerzliche Auserwähltsein, welches in der Regel eher Ausgestoßensein und Verfolgung bedeutete, nicht mehr tragen wollte, da mußte dieses Volk den wahrscheinlich schwersten Schlag seiner Geschichte hinnehmen, den Holocaust, den ich mit der Haltung des Judentums nicht in ursächlichen Zusammenhang bringe, der aber mit einer mehr vorausblickenden jüdischen Strategie vielleicht zu vermeiden gewesen wäre: Wenn nämlich die jüdischen Linksradikalen nicht die demokratische Verfassung angegriffen und somit den rechtsradikalen Konterrevolutionen und Diktaturen ein Beispiel, ein Argument, einen Vorwand und eine Möglichkeit der Rechtfertigung geliefert haben würden.

Eigentlich ist das jüdische Volk ein glückliches und zugleich vom Pech verfolgtes, dem die Ruhe nicht gegönnt war, zeit seines Lebens dort gewesen zu sein, wo es ist, und deshalb unterscheiden sich die Juden in einem entlegenen Winkel ihres Inneren auch selbst von jenem Land, in dem sie leben, von der sie umgebenden Mehrheit, und dies macht sie wachsamer als gemeinhin üblich. Größtenteils schreiben die Juden der gegenständlichen und dinglichen Wirklichkeit weniger Bedeutung zu als andere, mußten sie doch deren Vergänglichkeit erfahren. Ihre Phantasie wurde am ehesten von den strömenden und transportablen Werten angestachelt, die aus dem Gefängnis materieller Abhängigkeiten befreit werden, von dem, was nicht zu fassen, nicht zu verhaften ist, von dem, das der Gefahr, vernichtet zu werden, relativ selten ausgesetzt ist.

Dieses Volk mag es nicht, definiert zu werden, es entzieht sich jedem Definitionsversuch. Vielleicht empfindet es diese Versuche als ein Gefängnis. Begeistert sind die Juden auch davon nicht, wenn jemand aus den eigenen Reihen sie definieren will. Von einem Volk ist die Rede, welches sich gern die Möglichkeit des Türmens offenhält, weil es weiß, daß plötzlich der Boden unter den Füßen brennen kann, weil es weiß, daß der Wahnsinn in Flecken auf dem Antlitz der Erdkugel hervorbrechen kann, größtenteils unberechenbar, denn manchmal ist irgendein Wahnsinniger imstande, selbst die Mehrheit intelligenter Menschen zu verwirren, mit anderen Worten, nicht einmal die größten Weisen können die Zukunft vorhersagen. Die Unvorhersagbarkeit bei gleichzeitiger Vorstellbarkeit der Plage hat die Juden zu Kennern der Netzwerke von Personen gemacht. Das Wissen ist jene Habe, deren Ortsveränderung relativ am wenigsten problematisch ist und für deren Einsatz auch anderswo eine gewisse Chance besteht. Einen wirklich sicheren Ort gibt es nicht. Auch Israel ist von vielen Wahnsinnigen umgeben, doch vollkommene Sicherheit gibt es selbst in Amerika nicht. Deshalb sind bestimmte präventive Maßnahmen zur Verhinderung von Katastrophen auf der ganzen Erde vonnöten. Ausgerottet werden können wir am ehesten im Krieg, weshalb wir überall auf der Welt am Frieden interessiert sind.

Besser als viele andere kennen die europäischen Juden die Gefahr, plötzlich infolge organisierten und bewaffneten Hasses getötet zu werden. Die Idee demokratischer Gleichberechtigung, die sich dem System feudaler Vorrechte und Diskriminierungen widersetzte, kam ursprünglich von Europa und brachte die Emanzipation der Juden mit sich. Denn wenn schon Gleichberechtigung für die Menschen, dann konnte diese auch den Juden nicht vorenthalten werden.

Die Universalisierung, deren eine Dimension die europäische Integration ist, befreit die Juden von ihren Fesseln, stellt also für sie etwas Vorteilhaftes dar. Vor der Emanzipation bestanden diese Fesseln in feudalen und religiösen Diskriminierungen, im 20. Jahrhundert dagegen nahmen sie ein moderneres Gepräge an, nun wurden die Juden angesichts eines nationalistisch-etatistischen Geistes ausgestoßen oder in ihrer Existenz total eingeschränkt; die judenfeindliche Phraseologie hatte sich um einige Neuerungen erweitert. Hinsichtlich ihres Auskommens und ihrer Lebensgewohnheiten waren die Juden an Europa gebunden, und zumindest was ihre Hoffnungen angeht, hielten sie Europa nicht für das Land der Knechtschaft. Hier lebten sie nicht nur deshalb, weil sie keine andere Wahl gehabt hatten, sondern weil sie sich für diesen Kontinent entschieden hatten. Europa allerdings gewährte der Willkür Entfaltungsmöglichkeiten, und zweimal im 20. Jahrhundert repräsentierte sogar Amerika den Geist des europäischen Humanismus. Zu verdanken war dies den ehemaligen Europäern, die infolge ihrer

Auswanderung nach Amerika den ethnischen Nationalismus bereits überwunden und im Eid auf die demokratische Verfassung das höchste Symbol ihrer Zugehörigkeit zu einer Nation erblickt hatten. Den amerikanischen Nationalismus würde ich nicht als ethnischen, sondern als konstitutionellen Nationalismus bezeichnen. Amerika hielt beharrlich an der Idee des Rechtsstaates fest und führte die Europäer zu der damit verbundenen Disziplin zurück.

Die dauerhafte Präsenz der Juden und ihr Verstreutsein in Europa machen den metaphysischen Dialog mit den christlich geprägten Gesellschaften sowie neue Definitionen des Humanismus erforderlich, damit die Religionen die freien Kontakte zwischen den Menschen nicht behindern. An der Herausbildung des modernen Humanismus hat auch das Volk der Bibel Anteil. Das zum Teil gemeinsame Basisbuch, die Mobilität, die Wirtschaftstätigkeit und die Kommunikation der Juden verminderten die Anerkennung irrationaler Schranken. Wenn im anderen das gemeinsame Menschliche gesehen wird, dann hört das wechselseitige Töten auf. Man kann auch ohne einen Feind leben; dies ist die erste Lektion des Humanismus. Im Mittelpunkt der humanistischen Idee steht das Gebot: Du sollst nicht töten. Als Ersatz für das Töten wird im Sport, in der Wirtschaft, in der Welt der Ideen und Bilder der Wettbewerb vorgeschlagen.

Es liegt im ureigenen Interesse Europas, alle hier lebenden Nationen in eine kollektive Disziplin einzubinden, um den Führern des einen oder anderen Nationalstaates keine Möglichkeit zu geben, sich in Wahnsinn und extreme Aggressivität zu verirren. Der europäische Humanismus ist eine Abwehr gegen nationale Hysterie, und er bemüht sich um eine Minimierung der Gewalt.

Träger des europäischen Humanismus ist die Verbürgerlichung. Zwei Ideen standen sich gegenüber: die Vereinigung des Kontinents unter der Herrschaft einer Nation und die freiwillige Assoziation gleichberechtigter Nationen. Die Reichsidee auf der einen und demokratischer Föderalismus auf der anderen Seite. Die Idee von der Hierarchie der Nationen und Völker ist sehr abstrakt, der daraus resultierende Massenmord dagegen scheußlich konkret.

Europäischer Humanismus, das ist wachsame Ideologiekritik, denn nicht ohne Grund nimmt er an, daß die nationalen (religiösen, Klassen- etc.) Gemeinschaften dazu neigen, sich selbst allzusehr zu schmeicheln, andere dagegen zu erniedrigen, gelegentlich sogar vernichten zu wollen. Möglich sind die scheußlichen Taten dann, wenn die abstrakten Thesen die Empathie ersticken, wenn Empathie ein Verbrechen ist. Das Abenteuer gegenseitigen Verstehens, das ist der Welthumanismus.

Die Antisemitismen betrachten die Juden als Träger der Globalisierung. Nicht ohne Grund. Wenn wir die pluralistische Identität anerkennen, dann verknüpfen sich das lokale und das nicht an einen einzigen Ort gebundene Wesen der Juden auf natürliche Weise, dann sind meine Verwurzelung in Budapest und meine Anwesenheit in San Francisco auf dem Treffen jüdischer Schriftsteller etwas Normales.

Gemäß fundamentalistischer Auffassung besteht der Lebenszweck im Kampf gegen das Böse, das Unrichtige. Paradoxes Denken hat in diesem Rahmen keinen Platz. Marx, Darwin und Nietzsche, alle drei bauten ihre Philosophie auf dem Kampf auf. Ihre Ideen verliehen etwas Partiellem einen Rang, ja, idealisierten es sogar. Die Tatsache, daß meine Söhne sich gelegentlich prügeln, würde ich nicht zum Fundament meiner Philosophie machen. Die Verherrlichung des Kampfes gehört zu den Verhaltensmustern von Heranwachsenden. Selbstverständlich aber kann sie auch zu einem Massenphänomen werden. Um das Kampfideal zu verbreiten, bedarf es des politischen Monopols über die Medien. Als es nur eine Rundfunkstation gab, konnte diese vom

Diktator okkupiert werden. Doch wenn der elektronische Teppich keine Grenzen kennt, wenn die Techniken für jedermann zugänglich sind, dann ist es schwieriger, die Menschen mit Kampfklischees zu füttern. In größeren und komplexeren bürgerlichen Gesellschaften ist dies heute bereits ein Ding der Unmöglichkeit.

Das kommende Jahrtausend wird das Jahrtausend des Dialogs sein, des untereinander und mit uns selbst geführten Streitgesprächs, welches an die Stelle des Kampfes treten wird. Die Moral des Romans wird die Moral der Welt sein. Eine Romanfigur, die nicht ihre eigene Wahrheit besäße, gibt es nicht. Der Autor teilt sich selbst unter seinen Figuren auf, doch er ist auch imstande, sie wie ein Schachspieler von oben zu betrachten, zu bewegen. Die westlichen Gesellschaften von heute werden gerade durch die Kunst des Gleichgewichts zusammengehalten. Mit ihrer Hilfe werden gegensätzliche Positionen in das System einbezogen. Die bürgerliche Mitte integriert die Extreme. Nachdem sie verstanden worden sind, wird ihnen ein Platz zugewiesen; verstehend werden sie überwunden. Die großen Verbrechen resultieren aus der Polarisierung, aus der totalen Billigung des einen Pols und der totalen Ablehnung des anderen. Hinrichtung, das ist die radikale Unterscheidung von richtig und unrichtig. Der Krieger sublimiert sich. In Mode gekommen ist ein Soldat, der nicht töten will, der Friedenserhalter, der Friedensstifter, der die Menschheit sogar gegen sich selbst und gegen die Umgebung verteidigt.

Vonstatten geht die Individualisierung der Verantwortung. Der einzelne kann sich verhalten, als wäre er Botschafter einer Großmacht oder gar Präsident einer Republik. Warum auch nicht? Gegeben ist die Herausforderung, uns am globalen Gedankenaustausch zu beteiligen und zur Entwicklung globaler Spielregeln beizutragen. Die Welt steckt voller faschistoid-lokalistischer Regime. Wir können uns selbst das moralische Ziel setzen, uns in die inneren Angelegenheiten anderer Staaten einzumischen und die Freiheitsrechte ihrer Bürger zu verteidigen. Der Held unserer Zeit ist ein Weltflaneur, der die Verschiedenartigkeit der Menschen studiert. Nicht auf Raupenketten kommt er daher, seine Bewaffnung ist eine Kreditkarte. Fremde Länder erobert er, was bedeutet, daß er sich ein Bild von ihnen macht und dadurch relative Nähe schafft. Wo auch immer dieser Held unserer Zeit sich umsieht, er redet und handelt im eigenen Namen. Er politisiert im Namen seines Einpersonenkönigreichs.

Da der Erfolg vorherbestimmt ist und ein jeder angesichts der sich mehrenden Berufsmöglichkeiten gewinnen kann, wird zur Jahrtausendwende die Emanzipation der Begabung spürbar, was mit der dritten industriellen Revolution zusammenhängt, mit der Weltvernetzung und damit, was wir als Wissensgesellschaft bezeichnen. Möglicherweise ist hinter den Revolutionen und den gesellschaftlichen Veränderungen die Unruhe der Begabung zu spüren. Die Begabung bahnt sich einen Weg, und in den verschiedensten Medien sind die Akteure bemüht, Persönlichkeiten zu werden, wofür die reine Absicht nicht genügt. Je mehr wir uns der Wissensgesellschaft nähern, um so mehr erfährt die Begabung eine Aufwertung. Die Verbürgerlichung geht damit einher, daß sich die Begabung unabhängig macht. Die intellektuelle Disparität der Menschen kann sich entfalten, wenn die rechtlich-politische Gleichberechtigung garantiert wird. Darin, daß Geburt, ständische Bindungen und subkulturelle Befangenheiten die Entwicklung individueller Fähigkeiten möglichst wenig behindern, besteht gerade die Teleologie der Verbürgerlichung. Die Begabung sorgt für Überraschungen, der zufällige Funke entzündet manchmal ein Feuer. Wenn statt des Kampfes die Verführung auf die Tagesordnung gesetzt wird, dann scheint der mehrdimensionale Mensch am interessantesten zu sein. Dies ist die Zeit der unerwarteten und der überraschenden Ideen. Der Manager will ein Zauberer sein, ein Verführungskünstler. Die eigene Haltung verwandelt sich in Kunst. Alles in allem ist dieser Wandel für die Juden nicht ungünstig.

Deutsche und Russen

1.

Zwei Völker, die etwas miteinander zu tun hatten und haben, zwischen denen es Ähnlichkeiten und Unterschiede zur Genüge gibt, um sich füreinander zu interessieren, um in vielerlei Hinsicht aufeinander angewiesen zu sein, die beiden bevölkerungsreichsten Nationen Europas sind sie, den jeweils anderen zu besiegen, haben sie nicht geschafft, ja, nicht einmal schlau geworden sind sie aus ihm, doch die Hoffnung geben sie nicht auf, daß sich ihr Verhältnis in einer historischen Sternstunde vom kalten Krieg und brüderlichen Bündnis über einen Kalten Frieden zu einem Warmen Frieden wandeln könnte, ebenso wie dies mit den Franzosen erreicht wurde, denn zwischen den großen Nationen bedarf es nicht nur eines symbolischen Friedensschlusses, sondern auch eines Freundschaftspakts, um sich gegenseitig vertrauen zu können, um über Absichten und Motive der anderen Seite nicht beunruhigt sein zu müssen.

2.

Sollte es sich der einfache Berliner Reisende in den Kopf setzen, sich in Richtung Osten auf den Weg zu machen, würde er mit dem Auto alsbald die polnische Grenze erreichen und könnte vielleicht sogar noch am selben Abend sein Haupt auf russischem Boden zur Ruhe betten, und dort würde er sich dem *schirokoja polje* gegenübersehen, dem weiten Feld, auf dem angeblich die *schirokaja duscha* gedeiht, die weite Seele, und wenn er die Schwierigkeiten der Reise vergäße, würde er mit der ihm eigenen großstädtischen Gelehrsamkeit nach jenem gewissen klugen Herzen suchen, durch das Tolstoi Gorki gegenüber Tschechow charakterisierte.

Sollte der Reisende bei seinem Entschluß bleiben, dann würde er endlose Strecken mit dem Auto zurücklegen und sich noch immer in Rußland befinden, verschiedenartige Augen und Gesichter würde er zu sehen bekommen, verschiedene Sprachen würden an sein Ohr dringen, und wenn er ein bißchen russisch könnte, käme er gut zurecht, und nachdem er am Stillen Ozean angelangt wäre, sagen wir in Wladiwostok, würde er mit einiger Genugtuung die *sto gram* Wodka in seinem Glas beschnuppern, um sie dann auf einen Zug hinterzukippen und in Träumerei zu versinken, diese kurze Reise sei doch besser als nichts gewesen. Viele eigenartige Dinge habe er gesehen, würde der Reisende sagen, doch nichts, was bei ihm bewaffnete Antipathien auslösen könnte. Die Deutschen der Weltkriege zu verstehen fällt wirklich schwer. Haben sie denn *Krieg und Frieden* nicht gelesen?

3.

Am Stillen Ozean erfährt der Reisende, daß sein Land aus Gründen der Menschenfreundlichkeit in Kooperation mit entwickelten Demokratien Nordamerikas und Europas Bomben wirft auf Belgrad, Novi Sad, Subotica, Sombor, Pančevo, Kragujevac, Niš, zwecks Unterstützung des montenegrinischen Sonderwegs auf Podgorica und insbesondere, um den Kosovo-Albanern zu helfen, auf deren Hauptstadt Priština, damit die halbe Stadt in Trümmer zerfällt und ein Raub der Flammen wird, deren albanische Bevölkerung seit Beginn der Bombardierungen vor den Bomben und den in Wut geratenen Serben in die Nachbarländer geflüchtet ist. Im Licht der Brandbomben verliert die Menschenrechtsrhetorik des Westens in den Augen der serbischen Bevölkerung ihre Glaubwürdigkeit, und die Vertreibung der Albaner durch reguläre und irreguläre serbische Truppen wird so verzeihlicher. In Ermangelung eines Besseren werden zwischenzeitlich hier und da statt des böswilligen Staatspräsidenten auch die Vertriebenen bombardiert.

Gegenüber den Kriegsgenerationen der Vergangenheit büßt der Reisende seine moralische Überlegenheit ein, bisher hatte er nicht verstanden, wie sie so gehorsam hatten töten und in den Tod gehen können. Und nun sagt jeder, fast jeder, dessen Wort etwas gilt, daß diese aufgezählten Städte bombardiert werden müßten, um den armen Albanern zu Hilfe zu eilen. Im CNN, in der BBC, in TV5, in der Deutschen Welle und auf anderen Sendern wird dem Reisenden von verschiedenen Menschen edler Gesinnung erklärt, während er zwischen den Stationen des Hotelfernsehens surft, hierbei handele es sich ganz und gar um andere Bomben als diejenigen des Weltkriegs, schließlich würden durch die jetzigen Bomben nicht diejenigen angegriffen, auf die sie niedergingen, vielmehr würden dadurch die Menschenrechte verteidigt werden. Die zuständigen russischen Organe allerdings akzeptieren diese Argumentation nicht, und der deutsche Reisende weiß in der Eile schon nicht mehr, was er denken soll.

Am angebrachtesten ist es, die Hände zu ringen und zu sagen, es sei schrecklich. Die in seinem Namen gewählten Amtsinhaber wollen kraft demokratischer Legitimation die Bombardierungen fortsetzen. Das ist auch von den anderen auf französisch, englisch, italienisch und spanisch zu hören, Männer mit unbeweglichen Mienen deuten mittels Zeigestock auf einem innerhalb des Bildschirms sichtbaren Bildschirm auf ein Fadenkreuz, darunter einen schwarzen Fleck, an dessen Stelle sogleich ein Aufblitzen zu sehen ist. Perfekte Präzision, staunt der Reisende. Anderntags ist er ein wenig verlegen, denn das Ziel ist eine Brücke gewesen, auf ihr ein Personenzug mit ähnlichen einfachen Reisenden, wie er einer ist. Sollte das tatsächlich in seinem Namen geschehen sein?

4.

Während der Reisende seinen Blick über den Ozean schweifen läßt, beschließt er, jetzt all das beiseite zu lassen, was üblicherweise gesagt wird, und aufgrund der eigenen mangelhaften Kenntnisse und Erinnerungen über das Verhältnis von Russen und Deutschen nachzudenken. Gemeinsam ist beiden Völkern ein schweres Erbe, die Überlieferung des Absolutismus, die verspätete bürgerliche demokratische Transformation, innerhalb deren der Schutz der Würde des einzelnen durch den Staat eine neue Lektion ist. Als gemeinsame Tradition ist hier die Rolle der Deutschen bei der russischen Bürokratisierung zu erwähnen, beispielsweise beim Ausbau der Geheimpolizei. Im Kampf gegen revolutionäre demokratische Experimente konnten die Hohenzollern, die Romanows und das Haus Habsburg auf wechselseitige Hilfe rechnen.

5.

Die beiden Staaten haben viel voneinander gelernt, der ironische Blick wird auf Spiegelphänomene aufmerksam. In der deutschen Kriegswirtschaft erkannte Lenin das Modell der Planwirtschaft, das lediglich mit einem Einparteiensystem bolschewistischen Typs zu verknüpfen war. Die Verbindung kam zustande, dann passierte etwas Ähnliches auch in Deutschland. Einparteiensysteme, allumfassende

Propaganda, starke Mobilität von unten nach oben, einhergehend mit revolutionärer Rhetorik, Planwirtschaft, Führerkult, Politischer Polizei, Lagern. In den zwei Diktaturen fanden sich verwandte futuristische Züge; das Einparteiensystem wurde mit dem Pathos der technischen Revolution ausgeschmückt. Gemeinsame Leidenschaft: der rationalen Methodengleichheit die verworrene Wirklichkeit anzupassen. Die Idee, daß alles eins sein soll – ein Volk, ein Staat, ein Führer –, hat eigentlich zum Wahnsinn beider Nationen dazugehört. Und damit auch der Anspruch, daß sich die gesamte Wahrheit aus einem einzigen Ideenpaket herleiten lassen müsse. Gemeinsam ist beiden Ländern die führende Rolle des Staats in der Industrialisierung und insbesondere bei der Waffenproduktion. Der von der Komintern suggerierte unversöhnliche Kampf der Kommunisten gegen die Sozialdemokraten erleichterte die Sache der Nationalsozialisten. Ähnlich verhält es sich mit dem Ethos ideologischer Entschlossenheit, wonach die nationalsozialistische beziehungsweise die kommunistische Revolution ein heiliges Ziel sei, für dessen Erreichung kein Preis zu hoch und kein Menschenopfer zu viel sei.

6.

Jene Wahnidee, daß die Wahrung von Einheit und Autorität des großen Verbands die Menschenopfer rechtfertige, hat sich im 20. Jahrhundert der Deutschen wie der Russen bemächtigt. Megalomanie und Etatismus hatte von den herrschenden Eliten beider Reiche Besitz ergriffen.

Zusammen mit den Parolen des kommunistischen Internationalismus ist die russische Megalomanie untergegangen. Der deutsche Größenwahn hat die Kriegsniederlage sowie die von außen beaufsichtigte Rekonstruktion hinnehmen müssen. Auf der Suche nach seinem Selbstbewußtsein hat er seinen Platz im westlichen Bündnis gefunden.

Die Ernüchterung war unvermeidlich, der Großmannssucht folgte unausweichlich Beschämung. Den Führern großer Nationen wünsche ich Demut, die sich als ständige Selbstprüfung wiederholt. Bevor sie sich vom Rausch, ja, von der Hysterie fortreißen lassen, was massenhaftes Töten bewirken kann, sollten sie eine Denkpause einlegen, abwarten und zögern.

Die Führer und Bürger zweier relativ junger Staaten haben unter der Hybris der Größe viel zu leiden gehabt, unter dem Anspruch, sich selbst als Staat, nicht aber in ihrer Person, für bedeutend halten zu dürfen.

7.

Zwei Großmächte haben es sich gefallen lassen müssen, gerupft zu werden, sie konnten nicht umhin zu lernen, mit der Abtrennung von Landesteilen zurechtzukommen. Die nachfolgenden Generationen waren aufgerufen, sich mit diesem Sachverhalt zu arrangieren. Große Gebiete mit autochthoner deutscher beziehungsweise russischer Bevölkerung wurden aus beiden Ländern herausgelöst. Äußerst leidensfähige Völker. Sie haben bewiesen, daß ein Leben auch in zerbombten Städten möglich ist, daß sie wieder aufgebaut werden können. Beide Völker haben Niederlagen aufzuarbeiten, doch sie besitzen die Gabe der Erneuerung, obschon unter eingeschränkten Rahmenbedingungen.

Sie mögen gelernt haben, daß sich Siege nicht lohnen, denn daraus entwickeln sich Niederlagen. Die anderen müssen nicht besiegt werden, sondern es kommt darauf an, mit ihnen zusammenzuleben. Die Eliten lernen, daß man nicht prahlen und triumphieren muß, denn dem Glanz folgt gewöhnlich der Untergang. Deshalb versuchen intelligente Eliten, sich mit Hilfe gesetzeskonformer Aktivitäten in den legitimen Kontext zu integrieren. Normal wollen sie sein, kriegerische und triumphalistische Anschauungen propagieren sie nicht.

Die Angehörigen der deutschen Elite sind sich dessen bewußt, daß sie zu den Erstplazierten gehören, auch wenn sie nicht den ersten Platz einnehmen. Auf einigen Gebieten dürfen sie sich groß fühlen, doch es existieren bereits so viele autonome Individuen, die selbst am Abend der Niederlage der eigenen Fußballnationalmannschaft ihre heitere Gelassenheit bewahren.

8.

Wer steht auf einer höheren Entwicklungsstufe, wer ist der Bessere, wessen Wahrheit ist stärker, wer ist weiter oben und wer weiter unten, wer gewinnt über den anderen die Oberhand? Ein kluger Russe oder ein kluger Deutscher spült diese Fragen, die unlauter und grundlos sind, die Toilette hinunter.

Wenn von Mathematik oder Kunst die Rede ist, von Liebe und Kindererziehung, den Freuden des Wochenendes und des Gaumens, können Unterschiede ausgemacht werden, doch es gibt nichts, was zur Idealisierung oder Verachtung des anderen berechtigte.

Für beide Völker ist es gut, wenn sie nicht die Verhaltensmuster des anderen befolgen, allerdings können beide vom anderen durchaus lernen. Beide verfügen sie über Begabungsreserven, die sich gerade in normalen und friedlichen deutsch-russischen Beziehungen aktivieren lassen.

Betrachten wir zwei Freunde, dann ist nicht ausschlaggebend, welcher der beiden tüchtiger ist, vielmehr bewundern wir, daß sie einer Freundschaft fähig sind beziehungsweise dazu in der Lage sind, die Klärung dieser Frage außer acht zu lassen.

Auch Schriftsteller oder Wissenschaftler messen nicht ihre Kräfte, sondern empfinden Freude angesichts beruflich bedingter Seelenverwandtschaft.

Frieden, also kreative Zusammenarbeit, herrscht dann, wenn die Begegnungen ziemlich häufig stattfinden, damit sie nicht von allzu vieler symbolischer Erwartung belastet werden.

Die Meister der beiden Literaturen haben die Werke des anderen gelesen und geschätzt. Das könnten wir gar für einen Ausgangspunkt der Reflexion halten. Eroberungen finden durch Lernarbeit und durch Armeen statt. Letztere sind nicht von den Schriftstellern initiiert worden.

Mit dem Auf und Ab im Nexus zwischen Kaiser Wilhelm II. und Zar Nikolaus II. oder zwischen Hitler und Stalin würde ich das deutsch-russische Verhältnis nicht gleichsetzen. Bestimmender sind die Erfahrungen des geistigen und des physischen Reisenden.

Aus diesem Blickwinkel ist von Städten, von menschlichen Ansiedlungen, die Rede und nicht von Staatsoberhäuptern. Damit die deutschen und russischen Stadtbewohner voreinander Achtung empfinden können, müssen sie etwas vom dazwischenliegenden Städteteppich verstehen, von kleineren Ländern, die nicht zum Geschlucktwerden, sondern zu eigenständiger Blüte bestimmt sind.

9.

Wir leben in einer glücklichen Phase; sowohl die Russen als auch die Deutschen sind von ihren Kolonien, von ihren Eroberungen befreit worden. Ein glücklich zu nennender

Augenblick, sie können die Vielfalt der mittel- und osteuropäischen Völker, Regionen und Städte bewundern, sich dem Genuß der Pluralität hingeben, statt wegen der Unterschiedlichkeit unter Angstbeklemmungen zu leiden. Die einstige Idee, diesen großen Raum gleichschalten zu wollen, kann vergessen werden. Die Angleichung ist überflüssig, sie geschieht ohnehin von selbst. Sehen wir uns nur unsere Kinder an, um den Beweis für diese These zu erhalten!

Wenn wir die Frage danach, wer weiter oben steht, verwerfen, kann die tatsächliche Beziehung beginnen. Die Deutschen und die Russen müßten viel voneinander lernen, sie müßten sich in die Weltsicht des anderen hineinversetzen können. Die Gerechtigkeit der Geschichte ist in der praktischen Versöhnung zu sehen, in der Zusammenarbeit mit dem Feind von gestern, im business as usual.

10.

Die Errungenschaften der zaristischen Administrationen wären 1917 verlorengegangen, die eroberten und kolonisierten Völker hätten ihre Souveränität zurückerworben oder ertrotzt, wäre nicht der bolschewistische Internationalismus gekommen, dem es gelungen war, das russische Reich noch siebzig Jahre lang zusammenzuhalten und sogar weitere Gebiete hinzuzugewinnen, bis es schließlich 1989 zerfiel und Rußland ebenso die erbeuteten Territorien zurückgeben mußte wie Deutschland 1945.

Den Deutschen und den Russen tut es gut, daß sich die Polen und die Litauer, die Tschechen und die Slowaken, die Ukrainer und die Ungarn zwischen ihnen befinden; die Integrität der Kleineren ist der Schlüssel für den Frieden der Größeren, weshalb Aufteilung, Auseinanderreißen und Okkupation der ersteren zu vermeiden sind.

Der russisch-eurasische Blickwinkel bietet den Deutschen eine schwindelerregende Weite, während das methodische Vorgehen der Deutschen den flatterhafteren Russen das beruhigende Erlebnis der Ordnung vermittelt sowie die Erkenntnis, daß es möglich ist, ein Ziel zu erreichen, daß es möglich ist, einen Plan in die Tat umzusetzen, daß es gilt, sich statt der vielen verträumten Schwärmereien und entsagungsvollen Faseleien gleichmäßig und ausdauernd ans Werk zu machen.

11.

Rußland ist eine europäische Macht, die sich bis weit nach Asien ausdehnt, das ist klar. Die Russen seien nicht eingeladen worden, erfahre ich auf Nachfrage beim Tokioter Kongreß über asiatische Literaturen von den japanischen Veranstaltern. Nein, sagen sie wie selbstverständlich, die Russen gehörten nicht dazu, es stehe fest, daß sie Europäer seien, als solche verstünden sie sich auch, sie seien anders als die Asiaten. Die Chinesen dagegen ähnelten ihnen sehr, über die Schrift gebe es mit ihnen gemeinsame Berührungspunkte, die Gesichter und die Kulturen trügen den ihren verwandte Züge. Die russische Literatur ist eine europäische Literatur. Das ist wahr.

Nach dem Krieg haben die Westdeutschen viel vom amerikanischen Wertesystem übernommen, die Ostdeutschen dagegen vom russischen, worin das sowjetische und das russische nicht ganz voneinander zu trennen waren. Nach Wende und Vereinigung rotieren diese Bewußtseinsschichten, vermischen sich und lassen sich allmählich auf ein Gespräch untereinander ein.

12.

Die Konversation funktionierte schon ganz gut, als sich ihr dieses Balkanabenteuer überraschend in den Weg stellte. Erfüllt von NATO-Selbstbewußtsein meinten gemäßigte Deutsche plötzlich und artikulierten das vielleicht auch, daß die Russen bei den Entscheidungsprozessen kein Mitspracherecht besäßen, die neue Weltordnung bestehe darin, daß die NATO diktiere und die anderen dies zur Kenntnis nähmen.

Dann mußte man einsehen, daß die Dinge nicht ganz so funktionieren, Stimmen wurden laut, die Russen müßten in die Konfliktlösung einbezogen werden. Womit erneut bewiesen wird, daß Triumphalismus und Betonung der Überlegenheit im Verhältnis zwischen den Nationen ebenso Beschämung verursachen wie im zwischenmenschlichen Bereich.

Die Großen und Mächtigen müssen immer wieder die Erfahrung machen, daß sich technisch-wirtschaftliche Überlegenheit nicht unmittelbar in politische Superiorität verwandeln läßt.

Vor 1989, so glaube ich, neigten die Deutschen dazu, die Stärke der Russen zu überschätzen, jetzt allerdings scheinen sie die unerklärlich zusammengesetzte Kraft zu unterschätzen.

13.

Die Europäer waren schon fast zur Vernunft gekommen. Es hatte sich herausgestellt, daß Zwangsregime nicht am Leben zu erhalten sind. Was erzwungen ist, stürzt in sich zusammen, doch was nicht zusammenbricht, ist nicht unbedingt demokratisch, auch wenn es nicht erzwungen worden ist.

Den stärkeren Nationen, den Kolonialmächten, hat das Gerupftwerden in der Folge des Zweiten Weltkriegs gutgetan. Eröffnet worden ist der Reigen vom britischen Weltreich, beendet worden vom russischen.

Diese Verarmung ist zugleich eine Befreiung von einer zwanghaften Last und Rolle gewesen. Man muß sich schließlich nicht mit dem Gefühl der Reichsüberlegenheit zur Ruhe begeben und vom Lager erheben. Unser kollektives Selbst müssen wir uns nicht zwangsläufig als ein großes vorstellen. Es genügt die Annahme normaler und menschlicher Maße.

Daraus resultierte ein europäischer Realismus, die Kenntnisnahme der Nachbarn, eine schöne Rhetorik dazu, daß wir in der Einheit Achtung vor der Vielfalt haben müssen.

Allmählich hatte ich schon Beruhigung angesichts der vermeintlichen Tatsache empfunden, daß das 20. Jahrhundert mit dem Jahr 1989 zu Ende gegangen sei und die mit 1914 einsetzende wahnsinnige Periode, in der es Mode geworden war, den Krieg zu billigen, bereits der Geschichte angehöre, schon ließ ich mich dahingehend vernehmen, daß sich die demokratischen Länder davon verabschieden könnten, daß nur jene balkanischen Kerle die entschlossene, hochmütige und unerbittliche Maske des obersten Feldherrn anlegen würden, daß nur in den Bergen des Balkans und im Kaukasus derart halsstarrige und verletzliche Völker anzutreffen seien, die es nicht schafften, ihre Schießeisen aus der Hand zu legen.

Ich habe mich getäuscht, das 20. Jahrhundert ist noch nicht zu Ende.

Merkwürdig, wie schnell sich diese intelligenten, gutwilligen und redlichen Gesichter demokratisch legitimierter Führer auch im Westen in kriegsherrliche Physiognomien verwandeln konnten!

14.

Hier in Potsdam fallen mir die Villen ins Auge, in denen zuvor der KGB residiert hat. Ein Archiv der Akademie der Künste am Koch-Platz hat ebenfalls als KGB-Zentrale fungiert. Daß das Gebäude heute für derartige Zwecke nicht mehr zur Verfügung steht, erfüllt mich mit Genugtuung. Ich freue mich, daß es weder den Deutschen noch den Russen gelungen ist, den anderen endgültig zu okkupieren. Jede Besatzung nimmt einmal ein Ende, die durch Zwang hergestellten Bindungen werden schwächer, nutzen sich ab und fangen mit einemmal zu verschleißen an. Derartige Experimente lohnen also in Zukunft nicht. Keinerlei Gewaltanwendung gegen den anderen und damit einhergehende Überlegenheitsphantasien lassen sich rechtfertigen. Der Wettkampf gegeneinander sollte den Eiskunstläufern und Pianisten vorbehalten sein.

15.

In den neunziger Jahren, als in Verbindung mit den Balkankonflikten vom Nationalismus die Rede war, saß ich einmal in Amerika auf dem Podium neben Tatjana Tolstaja. Tolstaja, was zu deutsch dick bedeutet, erklärte sich getreu ihrer Nation und Statur wie folgt:

Nationalisten gebe es und Imperialisten. Die Nationalisten schlössen einen aus, und mit beiden Armen scheuchte sie uns nach draußen. Die Imperialisten wollten uns einverleiben, und mit den zwei dicken Armen führte sie Greifbewegungen aus. So sei die Sprache der Imperialisten selbst dann die Lingua franca, wenn die Soldaten bereits andere Uniformen trügen. Mit der Sowjetunion sei es vorbei, die russische Sprache sei geblieben. Damit beendete die Schriftstellerin ihr Sprüchlein.

16.

Erweitern wir diese Metapher ein wenig, indem wir einen Ratschlag hinzufügen: Liebe Deutsche, liebe Russen, seid Kulturimperialisten, okkupiert euch gegenseitig durch eure Sprache, durch eure exportfähigen geistigen Güter, durch eure Reisen und gastlichen Orte. Möge ein Wettkampf um die erotische Anziehungskraft ausgetragen werden. Hier ist auch der Zauber des Künstlers einzureihen, der den Reisenden umgarnt und in eine emotionale Verwandtschaft einspinnt, die Jahre später noch Bestand hat, nachdem er schon längst von dort geschieden ist. Wenn man etwas für seine Heimat leisten kann, dann dies: den anderen einweben in das Sympathiegeflecht der Welt.

Wenn ich den Fernsehapparat anstelle, höre ich Leute reden, die der Meinung sind, daß um der Heimat willen anderen Unannehmlichkeiten bereitet werden müßten. Eine Heimat ist seit neuestem für deren Mitglieder auch die NATO geworden, eine gemeinsame Verteidigungszone. Einer für alle, alle für einen. Schön. Doch was passiert im Fall eines Angriffs?

Sollte ich ein Nachbarland bombardieren wollen? Sollte ich gewollt haben, daß meine Freunde in Novi Sad, Belgrad und Podgorica in Angst und Schrecken versetzt werden? Hätte ich jemals gedacht, daß die Albaner dadurch geschützt werden könnten, daß die Serben infolge der Bombardierungen gegen sie aufgebracht werden? Jeder schlägt den, den er schlagen kann, der ihm in die Hände gerät.

Weder gewollt noch gedacht habe ich das. Und auch daran habe ich nicht gedacht, daß die Russen bei einer wie auch immer gearteten Friedensvermittlung auf dem Balkan ausgeschaltet werden sollten. Im Gegenteil, ich bin der Meinung, die Ausmanövrierung der sensiblen Regeln für ein

Zusammenleben ohne Blutvergießen sollte Ergebnis gemeinsamer Arbeit und gemeinsamer Verantwortung sein.

17.

Nach dem Geschehenen wird die NATO als Militärorganisation für ein so heikles Vorhaben nicht geeignet sein. Die Deutschen und die Russen besitzen in dieser Region eine besondere Verantwortung. Die Deutschen sind durch die Bombardierung Belgrads und die Besetzung Serbiens den Menschen in Erinnerung geblieben einschließlich ihrer Regel »Hundert für einen«; hundert Zivilisten hatten sie für einen getöteten Soldaten hingerichtet.

Die Russen haben den Balkan nicht besetzt, auch wenn sie es gern getan hätten, doch als wir Ungarn und die Ostdeutschen Bestandteile des Sowjetimperiums gewesen sind, hat sich das Jugoslawien Titos erdreistet, der absoluten militärischen Überlegenheit die Stirn zu bieten, so daß wir nicht zum Angriff übergegangen sind, nur beinahe, dort an der Südgrenze, bleckten unsere Soldaten die Zähne.

Vielleicht war es gerade dem Druck von außen zu verdanken, der Bedrohung durch die Übermacht, der den Zusammenhalt der südslawischen Föderation herbeigeführt hat, und nachdem die Gefahr gebannt ist, sind sie im Sinne der Tolstaja alle Nationalisten geworden. Konsequenz davon ist die ethnische Deportation. Daß die Sowjetarmee nicht im Land gewesen ist, sondern nur beinahe, damit sind die Völker Jugoslawiens eine Zeitlang vielleicht gut gefahren.

Wenn die ideologische Militärpolitik verspielt hat, kommt der ökologischen Friedenspolitik eine wichtigere Rolle zu, deren Begleitmaßnahmen Wirtschaft und kulturpolitische Projekte sind.

Möglicherweise könnte die OSZE die entsprechende internationale Organisation sein, dank ihrer um Konsens bemühten Aufgabe, da sie keine Schlagkraft besitzt.

Im Fall von ethnischen Konflikten muß der gordische Knoten tatsächlich gelöst, nicht aber zerbombt werden.

Manchmal tut der Beziehung zwischen zwei Völkern die gemeinsame Arbeit auf einem dritten Territorium unter höchstem Respekt vor dem Menschenteppich gut.

Eurasien können Deutschland und Rußland ohnehin nicht verlassen, und sobald sie den Blick nach Süden richten, bekommen sie islamische Gemeinschaft zu sehen, gelegentlich sogar in den eigenen Städten.

Demgemäß ist ein initiatives und kreatives Verhältnis zur moslemischen Welt ein Gebot, das von der nüchternen Notwendigkeit diktiert wird, sofern nicht militärische Konfliktlösungsstrategien bevorzugt werden. Derartige religiöse Elemente mengen sich auch schon in den gegenwärtigen Krieg.

18.

Daß beide Länder an einer wechselseitigen Annäherung von Rußland und der Integration östlicher Staaten nach Europa und an einer Entwicklung vertraglicher Beziehungen interessiert sind, ist klar. Auch wir Mitteleuropäer haben daran ein ureigenes Interesse. Nicht Pufferzone wollen wir sein, sondern Knotenpunkte in einem aktiven Netzwerk.

Auch Rußland will nicht nur eine passive Reiseroute im Luftraum und auf dem Festland zwischen China und Japan einerseits sowie Westeuropa andererseits sein. Unter den östlichen und westlichen Mustern der Modernisierung wird sich mit Sicherheit auch das russische entwickeln, von dem das sowjetische eine Vorgeschichte gewesen ist.

Abschließend wünsche ich Rußland viele Goethe-Institute, Deutschland viele Russisch-Institute, die ich Puschkin-Institute nennen würde.

Vollständigkeit erlangen das Haus, die Stadt, das Land, der Erdkreis mit ihrer Geschichte.

All die einst Lebenden sind hier zugegen.

Mit uns, in uns, um uns.

Das Bild der Stifter, der Erbauer, der einstigen Eigentümer und Bewohner der Häuser können wir aus unseren Köpfen nicht hinausfegen.

Auf der Reise in die Vergangenheit wollen wir um Schuld und Sühne einen Bogen machen, weshalb wir dazu neigen, belastende Bilder erneut zu vergraben.

In der religiösen Vorstellung gibt es irgendwo ein integrales Archiv, worin alle Menschen und alle Handlungen Spuren hinterlassen.

Das Heft, nach dem in der Glut gestochert wird, fängt zu reden an.

Unseren Ahnen schulden wir Interesse.

Von ihnen haben wir die Stadt geerbt, einfach alles; um das Erbe zu wissen gehört sich.

Das Erbe besteht aus Gütern und Märchen. Aus Schande. Warum sollten wir keine Scham empfinden?

In ganz Europa schulden wir denen, deren Hiersein durch Gewalt und Einschüchterung beendet worden ist, schamhafte Hingabe, denen, die von hier verschleppt oder gleich an Ort und Stelle getötet worden sind, all denen, die durch Menschenhand gestorben sind, wozu kein einziger von seiner Mutter bestimmt gewesen ist.

Verpflichtet sind wir auch denen, die, von Grauen gepackt, die Stadt verließen.

Die Mitte Europas, ein glücklicher Landstrich, getränkt von Leid und schlechtem Gewissen.

Jedem war sein Leid beschieden, jeder hat etwas, was er ins Buch der Verletzungen eintragen könnte.

Ob unsere Angehörigen durch Gas oder Bomben getötet worden sind, das ist, so könnte man sagen, im Hinblick auf die gewaltsame Abkürzung ihres zu erwartenden Lebenslaufs ohne Bedeutung.

Beim morgendlichen Erwachen ist jedermann unschuldig.

Wer sich nicht selbst umbringt, der ist damit einverstanden, daß er lebt, der bejaht das eigene Leben, verurteilt sich zu dessen Fortsetzung und blickt nur so lange zurück, wie es ihn am Vorankommen nicht hindert.

Wir erinnern uns, allerdings in Maßen, denn durch die Kenntnis der Bilder möchten wir uns nicht selbst quälen, sondern bereichern.

Aber das Bild besitzt eigenen Willen, eigene Macht.

Selbst wenn du es vergißt, es bleibt in dir.

Es hat sich in dich hineingebohrt, ganz kannst du deine Augen von ihm nicht abwenden.

Ob Zukunft Erinnerung braucht?

Wozu sollen diese vielen schäbigen Geschichten taugen?

Wozu sollte ich meinen Rucksack mit Steinen füllen?

Bin ich nicht auch der Erbe ihrer Tugenden und Leiden, wenn ich für all das, was mein Vater und mein Großvater getan haben, Verantwortung trage?

Ungestüme Identifikation mit unseren Vorfahren heißt sich selbst aufpumpen.

Besonnener ist eine Rücknahme zu jenem Einzelwesen, das nur für das eigene Handeln oder die eigenen Versäumnisse verantwortlich ist. Für nicht mehr und nicht weniger.

Von den Enkeln werden die Schauplätze der Großeltern aufgesucht.

Warum? Um deren Geschichte neu zu erleben.

Wer würde leugnen, daß die Vorfahren am Wirken sind?

Wir schulden ihnen Pilgerfahrten.

Wer sich nicht erinnert, der existiert nicht.

Die Erinnerungen lassen den Menschen Wirklichkeit werden, verleihen der Vergangenheit Gestalt.

Sowohl individuell als auch in Gruppen ist der Mensch ein lernendes Wesen; wenn er Verstand besitzt, wird er die unheilbringenden Fehler nicht wiederholen.

Persönlichkeit ist reflektierte Erinnerung.

Die Stadt mag eine noch so große Einheit bilden, sofern ihr Gedächtnis ein besonnenes ist, hat sie Persönlichkeit.

An der Mehrung unseres Erinnerungsreichtums müssen wir ein ähnliches Interesse haben wie an der unseres materiellen Vermögens.

Jawohl, Übertreibungen gibt es, doch die Übertreibung, anders ausgedrückt der Teufel zügelloser Phantasie, erhitzt unser aller Gemüt.

Wir können uns in unsere Erinnerungen verkriechen, neben den Briefkasten, ohne daß jemand unerwartet bei uns eintreten würde.

Und wir könnten auch sagen, daß uns die Zukunft interessiert, der heutige Tag, die Tat und der Erfolg und daß der Mensch, wenn er mit totalem Krafteinsatz voranhastet, keine Zeit hat, sich mit seinen Erinnerungen abzugeben.

Braucht es etwa ein Gleichgewicht zwischen Erinnerung und Vergessen?

Damit sprechen wir den verzweifelten Trauernden Mut zu.

Übermächtig werdendes, selbstquälerisches Sich-Verlieren in den alten Geschichten empfinden wir als Krankheit.

Perseveration, Verharren, führt gelegentlich zu Selbstmord.

Doch es steht uns nicht zu, ein moralisches Urteil darüber zu fällen, mit welcher Gewalt die Vergangenheit als Horrorvision jemanden unter ihr Joch zu zwingen vermag.

Um das Leben fortsetzen zu können, das ist eine Binsenwahrheit, müssen wir Abend für Abend in Schlaf versinken und vom Wasser des Unterweltsflusses Lethe trinken.

Kraft für den nächsten Tag sammeln wir dadurch, daß wir Gegenwart in Vergangenheit verwandeln.

Im Traum, in der Literatur, in der Geschichtsschreibung wird die Vergangenheit wieder Gegenwart.

Im Alter reden die Menschen oft mit denen, die von uns gegangen sind, denn um sie ist es einsam geworden. Selbst wenn einer nur weit weggezogen ist, was für ein Unterschied besteht zwischen dem, der gestorben ist, und dem, der niemals kommt?

In der Gegenwart ist der Mensch aktiv, das heißt, noch kann er etwas erreichen oder verhindern.

Die Vergangenheit erstarrt; sobald sie getan ist, läßt sich die Handlung nicht mehr umkehren.

Einmal hingesetzt, kann ich die Schachfigur nicht mehr zurücknehmen.

In einem alten Kopf wird Erinnerung Gegenwart, verwandelt sich fast in Wirklichkeit, in eine Vision.

Unlängst hat uns die ältere Schwester meiner Mutter einen Besuch abgestattet. Dabei ist sie in Auschwitz gestorben. Doch sage ich das meiner vierundneunzig Jahre alten Mutter vergebens, denn eigentlich ist sie nicht gewillt, das zur Kenntnis zu nehmen. Sie erinnert sich lieber daran, daß ihre Schwester hier gewesen sei.

Tatsächlich vergnügen sich die Alten mit ihren Erinnerungen, sie kehren zurück in das Haus zu ihren Spielkameraden, sehen sie, gehen zu ihnen oder gucken lieber verstohlen zum Fenster hinein.

Willkürlich ist auch die wache Erinnerung. Aus unserem Bewußtsein rufen wir hervor, wen wir wollen. Wen nicht, den schicken wir zurück.

Mit der Zeit wird der Mensch ein einsamer Theatermeister, um ihn herum Schattenwesen, vielleicht sogar bunte.

Junge Menschen phantasieren, Erwachsene handeln, Alte erinnern sich.

Merkwürdige Wesen gibt es, Künstler vielleicht, die in diesem Sinne nie erwachsen werden, weil sie von Anfang an bis zum Schluß in und von ihren Erinnerungen leben.

Zwischen Erinnerung und Einbildung eine exakte Trennlinie zu ziehen wäre eine große Vermessenheit.

Von der Vergangenheit haben wir vielerlei Vorstellungen.

Erinnerung ohne Phantasie gibt es nicht.

Durch Aneinanderreihung und Zusammensetzung von Erinnerungssplittern knüpft der Mensch ein kausales Netz.

Erinnerung als Operation ist eine nachträgliche Einmischung in das Geschehen.

Post hoc, ergo propter hoc, da B später geschehen ist als A, ist A der Grund für B.

Plurale Gesellschaften haben vielerlei Vergangenheit, und von keiner läßt sich behaupten, daß sie frei von Konstruktion wäre.

Schöpferisches Bewußtsein konzipiert aus umherliegenden Bildern eine Erzählung, aus gestaltlosen Erinnerungsgruppen eine Metapher und ein Gleichnis.

Den großen Erzählern haben wir die Geschichte auch als Selbstausdruck der Zeit zu verdanken.

Wahrscheinlich wird es immer junge Menschen geben, die im imaginären Tauchen, im Heraufholen von Bildern aus der Vergangenheit ihre größte Leidenschaft sehen werden.

Denn Zukunft ist leer, Vergangenheit dagegen prall gefüllt.

Die ganze Welt des Ich verwandelt sich vom ewigen Augenblick der Gegenwart an in Vergangenheit, stirbt kontinuierlich.

Erinnerung aber ist ein Wunderfahrzeug; sie bringt mich an einen Ort, an dem ich nie zuvor gewesen bin.

Da die gemeinsamen Erinnerungen unser Bewußtsein durchziehen, kann ich mich sogar an das erinnern, was ich nicht erlebt habe.

Wurzeln geschlagen hat in meinem Kopf auch das, was mir oft erzählt worden ist.

Allmählich, ob sie nun wollen oder nicht, teilen die Europäer ihre Erinnerungen miteinander.

Rückblickend erkennen sie, daß Millionen infolge Wahnvorstellungen und künstlicher Affären gestorben sind.

Denkfehler, irreale Träumereien, mangelnde Selbsterkenntnis können die Hölle entfesseln.

Kriegerischer Geist hat Krieg hervorgebracht, Haß Mord.

Es ist gut, wenn wir Erinnerungen austauschen und erfahren, was die anderen über unsere Geschichten denken.

Unsere Städte – Passau wie Budapest – liegen an der Donau. Die dort lebenden Menschen sind also auf Brükken angewiesen. Die Mehrheit der Donauanwohner ist an einer friedlichen Schiffahrt interessiert und liebt die Brükken.

1944 habe ich die Budapester Margarethenbrücke sich aufbäumen und ins Wasser stürzen sehen; das deutsche Heer hatte sie auf seinem Rückzug gesprengt. Unlängst sah ich die zerstörte Brücke von Novi Sad. Eine NATO-Rakete hatte sie mit perfekter Präzision von der Seite getroffen.

Die Zerstörung von Brücken mit edlen Ideen zu rechtfertigen ist schwierig.

Die militärisch-politische Vernunft, die von den NATO-Sprechern als Erklärung angeführt wird, vermag die auf der Brücke verkehrenden Bürger nicht zu überzeugen.

Warum empfinden wir insbesondere die alten Werke und

Gebäude als kostbar? Weil sie die Zeit bezwungen, weil sie sich als langlebiger erwiesen haben, als wir es sind.

Erinnerung diszipliniert: Dinge gibt es, die man nicht sagen, nicht tun darf, weil wir uns erinnern.

Es gibt Verbrechen, die nicht im nachhinein zu rechtfertigen sind.

Verstehen kann man einen jeden. Doch Verstehen und Rechtfertigen sind nicht das gleiche.

Hitlerismus und Stalinismus dürfen in der Europäischen Union nicht reingewaschen, Extremismus darf durch die Hintertür nicht wieder hereingeholt werden.

Das Wesen der europäischen Demokratie, des europäischen Humanismus, in deren Zentrum das Axiom der Menschenwürde des einzelnen steht, ist die Unverletzlichkeit der persönlichen Integrität.

Ohne stabilen und aus Überzeugung gewählten Fundamentalsatz wankt das ganze moralische Gebäude.

Das europäische Normensystem legt auch die Richtung der Erinnerung fest. Nazismus oder Kommunismus dürfen zwar entschuldigt werden, allerdings diametral entgegengesetzt zur europäischen Werteordnung, die früher oder später in einer neuen gemeinsamen europäischen Verfassung ihren Niederschlag finden wird, deren Wertewelt Bestandteil unseres Selbstverständnisses sein wird.

Die Ausweitung der Grenzen tut der Heimatgeschichte gut; in seiner Einmaligkeit ist jedes Dorf ein europäischer Wert.

Die gesamte europäische Geschichte ist zusehends Allgemeingut, das für einen jeden ohne die Verpflichtung nationaler oder anderer Befangenheiten zugänglich ist.

Es ist wichtig, daß wir unsere Erinnerungen, diesen mehrere tausend Jahre alten gemeinsamen Schatz, pflegen und vergleichen.

Woran denken wir wirklich gern zurück?

Mein Gott, wieviel Verwegenheit und Grausamkeit, wenn wir die Bilder der Vergangenheit aus der Nähe betrachten.

Müssen wir denn die so blutrünstige Tradition mögen, die Heldensagen von den großen Metzeleien?

Die heroischen nationalen Mythologien werden von manchen Schulkindern für törichte und häßliche Märchen gehalten. Ihnen erscheint die nachträgliche Verherrlichung des Blutvergießens grotesk.

Das martialische Pathos der Krieger hat abgenommen.

Die Posen der Mächtigen werden lächerlich, das einst Lächerliche ist herzbeklemmend geworden.

Wenn sich die Ereignisse wandeln, verändert sich auch die Geschichte.

Im Gedächtnis der Völker werden die Geschehnisse bis ins siebente Glied bewahrt.

Wir erben den kollektiven Ruhm und die kollektive Schande.

Das beunruhigend tickende Päckchen der Verantwortung können wir auf Dauer nicht im Garten des Nachbarn verstecken.

Wem soll die Vergangenheit gehören? Es tobt der Kampf um die Bewirtschaftung der Vergangenheit.

Mittel des Kampfes: Ich nehme dir deine Vergangenheit, verstoße dich aus unserer Vergangenheit, setze deine Vergangenheit herab.

Dem Menschen ist natürlich daran gelegen, seine Vergangenheit auszuschmücken und zu verklären.

Daß die Vergangenheit großer Leute nicht in Vergessenheit gerät, ist klar. Doch es gibt auch einen anderen Strom der Erinnerung, den der Literatur, worin der Schriftsteller selbst der Held der erinnernden Erzählung sein wird.

Durch die Literatur entsteht eine andere kontinuierliche Vergangenheit.

Es gibt Zeiten, in denen sich Menschen derart erfolgreich das Erinnern abgewöhnen, daß sie ganz verdummen.

Schnee des Vergessens bedeckt allmählich die Landschaft.

Frauen, wesentlich älter als ich, befragte ich nach gemeinsam verbrachten Kriegsmonaten. Sie erinnerten sich an nichts.

In großen Brocken stürzt die Vergangenheit ins Nichts.

Über die Vergangenheit haben wir Gewalt, wir erschaffen sie. Von der Zukunft können wir solches nicht behaupten, denn dafür sind wir nicht mächtig genug.

Die Gegenwart können wir ebenso nicht nach Lust und Laune gestalten, denn sie hängt auch von den anderen ab, sie besitzen ein Mitspracherecht.

Im Land unserer Vergangenheit, unserer Erinnerungen sind wir selbst Königinnen und Könige.

Die Tatsachen fügen sich unserem nachträglichen Willen.

Der Mensch erdichtet seine Vergangenheit, Märchen sind wir alle miteinander.

Wozu braucht der Mensch Erinnerung?

Um sich auf eine Mythologie berufen zu können.

Die trostlose und öde Region lassen wir bunt erscheinen.

Ein erfolgreiches Unternehmen, abhängig davon, wie bunt wir selbst sind.

Die Vergangenheit kann der Vergrößerung der eigenen Statur dienen, der Selbsterhebung in den Adelsstand, den herausragenden Ahnen können wir uns auf die Schulter schwingen.

Durch solchen Körperkontakt geht die Größe der Vorfahren auf uns über.

Verliere ich meine Vergangenheit, verliere ich mich selbst.

Dann sehe ich nicht, was mich an das Leben bindet.

Erinnerungen, das sind die Beine von Tausendfüßern.

Jede Erinnerung bindet mich an das Leben, mit ihnen klammere ich mich an die Welt.

Ich war, also bin ich.

Schau, auf dem Klassenfoto war ich in der hintersten Reihe der vierte.

Ob Zukunft Erinnerung braucht? Wer weiß das schon? Wir brauchen sie.

Sie ist nötig wie die Füße für das Gehen.

Ansonsten verkümmern sie. Wer sich nicht erinnert, der leidet an Bewußtseinsschwund. Irgendeines seiner Organe nutzt er nicht, was sich auf die anderen lähmend auswirkt.

Ich meinerseits brauche Erinnerung, weil das Leben so weniger langweilig ist.

Gleich wo wir uns aufhalten, gleich in welcher schläfrig machenden Umgebung, wir können entweichen, dreißig, vierzig, fünfzig, sechzig Jahre zurückrollen und uns mittels verträumten Erinnerns vergnügen.

Und es gibt ein rituales kollektives Erinnern, worin wir übereinkommen: die religiösen, nationalen, urbanen Feste und die zahllosen Jahrestage, an deren feierliches Begehen wir uns gewöhnt haben, weil wir nach Gelegenheiten suchen, unser Glas zeremoniell zu erheben.

Auch die Liturgie der Gottesdienste, das Gebetsjahr, ist die kapitelweise Verfolgung einer Erzählung.

Jedes Fest verbindet sich mit der jeweiligen Station einer Geschichte.

Die Maschinerie allgemeinen Erinnerns, so könnten wir sagen, ist in Betrieb, und die jungen Geschichtsstudenten tun entsprechend den veränderten Beziehungen zwischen Schule und Macht das Ihre.

Es gibt keine Persönlichkeit ohne eine bedeutungsschwere Biographie.

Die persönliche Geschichte ist ein aktives Arbeitsinstrument, eine Beispielsammlung und eine lebende Metapher, die wie ein Tier ihre Muskeln spielen läßt.

Erinnern ist menschlich, wir könnten sagen das Humane an sich.

Die Natur verhält sich der Geschichte gegenüber gleichgültig.

Über dem Massengrab ist das Gras nicht weniger grün als anderswo.

Die Natur trauert nicht und legt auch kein Zeugnis ab.

Sich erinnern ist eine naturfeindliche, eine todesfeindliche Aktion.

Warum will ich, daß lebt, wer nicht mehr lebt?

Sollte nicht gerade die Demut die Einfalt des Vergessens vorschreiben?

Wer nicht vergißt, heißt es, der sei gefährlich.

Das Erinnern ist eine ebensolche Hybris des Menschen wie die Erfindung des Feuers.

Jener Apfel, der Adam zur Unterscheidung von Gut und Böse befähigte, vergegenwärtigte ihm zugleich sein bisheriges Leben.

Erinnern ist Aufruhr.

Wir können wählen zwischen dem Nebel des Vergessens und den scharfen Umrissen des Heraufbeschwörens.

Daß Senilität nicht ihre eigene Anmut besitze, will ich nicht behaupten. Doch was mich angeht, so würde ich mich für den zurückschauenden Klarblick entscheiden, wenn ich die Wahl hätte.

Kunst und globaler Dialog

Der Begriff des Globalen ist wertneutral. Er kann Gutes und Schlechtes bedeuten, die größere Reichweite verschiedener existierender Tendenzen, größere Schritte. Verdient das Globale für sich genommen eine positive Bewertung? Insofern ja, als es eine Herausforderung der Nationalstaaten ist. Beispielsweise konnten sich die Menschen an die große Weltjury wenden, an die globale öffentliche Meinung zwecks Verteidigung der grundlegenden Menschenrechte, einfacher ausgedrückt, um sich selbst zu schützen. Fragwürdig wird das im Begriff der Globalisierung verborgene Phänomen dadurch, daß mit ihr auch die Verbreitung unterschiedlichster Gewalttaten einhergeht. Das Attribut des Globalen kann sich auch zu Substantiven gesellen, zu Diktatur, Hegemonie, Zensur oder gar Terror. Wir können ebenso von globaler Idiotie reden wie von globalem Dialog. Globalisierung bedeutet auch die Gefährdung der gesamten menschlichen Gattung. Denn die Erwärmung der Erdatmosphäre beispielsweise schert sich um keine Grenzen. Sobald die Gefahr eine gemeinsame wird, verlieren Grenzen ihre Bedeutung. Globalisierung zieht die Notwendigkeit des Maßstabwechsels nach sich, die Flexibilität der Maßstäbe. Der Verstand muß sich zwischen weitesten und engsten Grenzen hin und her bewegen. Der Globalisierung entspricht ein Denken, das fähig ist, eine verschiebbare Optik einzusetzen. In verschiedenen Ländern unterstützt sie den Pluralismus, dessen Vertreter eher bewegliche Individuen sind als schwerfällige Staaten. Sie bietet dem einzelnen mehrere Foren, mehr experimentelle Möglichkeiten. Die Globalisierung kann unerwartete Kontakte herstellen. Vor allem bedeutet sie den Gedankenaustausch zwischen Personen und nicht etwa Regierungen. Sehr viele einzelne können Fühlung miteinander aufnehmen. Das technologische Netz macht es möglich, daß jeder zu jedem an jedem Ort der Welt ständige Kontakte unterhalten kann. Jedes Einzelwesen der Menschheit kann mein Gesprächspartner sein. Vielleicht sind wir gar die Träger jenes über uns hinausweisenden Plans, wonach die Menschheit miteinander verflochten werden soll. Was sonst sollte Humanisierung bedeuten, wenn nicht das Zustandekommen der Menschheit?

Was heißt das? Daß ein Dialog jenseits von Kämpfen entsteht? Daß die Menschen vom Stadium militärischer Auseinandersetzungen in das Stadium des Dialogs eintreten? Daß statt Drohungen argumentiert wird? Die Frage des dritten Millenniums besteht nicht darin, wer das Schwert zieht oder Atombomben zündet, um andere zu unterwerfen, denn Unterjochung kann nicht von Dauer sein. Solche Experimente sind für gewöhnlich nicht von Erfolg gekrönt. Wir dürfen hoffen, daß nach dem Jahrtausend blutiger Konflikte das Jahrtausend des Interessiertseins, des erfolgreichen Umwerbens, der Geschäftsabschlüsse und vielleicht des Sich-Anfreundens kommen wird. Die Frage lautet: Wer gefällt dem oder den anderen besser? Das sind quantitativ nicht meßbare menschliche Gewichte. Der globale Dialog fungiert als lebenswichtiges Nervennetz des gewachsenen Weltkörpers. Dialog in dem Sinne, daß sämtliche anderen für den Sprechenden immer eine zweite Person sind. Häufige Begegnungen bringen den Menschen zu Bewußtsein, daß ihnen der andere im großen und ganzen ähnlich, daß er zu verstehen ist und nicht jenem unfreundlichen Phantombild entspricht, das von ihm entworfen worden ist. Dialog ist um so eher möglich und wahrscheinlich, je weniger sich in den Köpfen der Redenden ein abstraktes Bild voneinander festgesetzt hat. Für die Periode des Dialogs ist es ratsam, die eigenen politischen oder anderen Klischees an der Garderobe abzugeben, um das Verstehen des anderen nicht zu behindern. Zwischen den Menschen und deren Staaten bestehen vielerlei Beziehungen. Doch es gibt Ebenen, die von staatlichen Stellen nicht beeinflußbar sind, eine eigene Autonomie besitzen. Demzufolge ist niemand wirklich so, wie er in seiner Gemeinschaft von den journalistischen Bildern dargestellt wird. Daß zwei Pseudofeinde von gestern ihre Feindschaft aufgeben, das läßt sich noch erreichen. Aber daß sie zuverlässige Freunde sein sollen? Dazu bedarf es ungezählter gemeinsamer Elemente. Die Nationen kennen sich wechselseitig nicht allzugut. Nicht einmal innerhalb der Europäischen Union. Andererseits wollen die Menschen wissen, was es jenseits der Grenzen oder in Übersee gibt. Die angestammte Neugier ist eine wenigstens ebenso große Kraft wie die sich einspinnende Ängstlichkeit. Jeder überschreitet die Grenzen seines Heimatterritoriums; Expansion ist etwas Normales. Institutionen gleicher Ausrichtung, Kollegen, nehmen Kontakte miteinander auf. Wer hat in der Konversation was an Interessantem zu bieten?

Europa wird mit der Herausforderung und der Chance konfrontiert, zu verhindern, daß hier keine weiteren Kriege mehr stattfinden, Amerika und Rußland gemeinsam in eine Zivilisation mit der Alten Welt einzubinden. Die europäische Kunst des 20. Jahrhunderts war ebenso wie die vorangegangener Jahrtausende gezwungen – von der *Ilias* angefangen –, Krieg und Gewalt ins Auge zu sehen, den Extremen der Unmenschlichkeit. Es erwies sich, daß Bosheit kein Vorrecht von Unterentwickelten und durchaus auch mit Hochkultur vereinbar ist. Es zeigte sich, daß kollektiv geheiligte Überzeugungen und Heilslehren in der Lage sind, außerordentliche Mengen an Gewalt zu entfesseln. Es zählt also, was die Lehrer den Schülern sagen. Es zählt, ob ein Schüler sich einen Lehrer selbst aus entfernten Landstrichen suchen darf. Die persönliche Integrität, die dem einzelnen in freien Ländern garantiert ist, strahlt aus. Sie nicht in andere Länder zu exportieren, in denen daran Bedarf besteht, ist unmöglich. Auch in islamischen Ländern und in China, wo die Normen ständischer und demokratischer Verhältnisse miteinander ringen und sich vermischen, werden einzelne davon angezogen. Vermutlich bilden sich Spannungen und psychische Gegensätze zwischen denen, die sich mit ihrem Wissen, ihrem Kapital und ihrer Arbeit auf dem größeren Markt jenseits der Grenzen oder gar in der weiten Welt etablieren können, und jenen heraus, die ihre Abnehmer und Anhänger nur unter engeren Rahmenbedingungen oder nicht einmal dort finden. Lautstarke Populismen, die sich gegen Vielfalt für isolationistische Homogenität entscheiden, haben sich bereits zu Wort gemeldet. Wer keinen Absatz findet, hält denjenigen, der gefragt ist, für kläglicher als sich selbst, setzt ihn herab und verleumdet ihn sogar. Aber daß diese Ressentiments bestimmend werden, glaube ich nicht. Die Gebildeteren werden auch weiterhin mobiler sein. Nationales Sich-Abkapseln hinter Staatsgrenzen ist ein Vorschlag, der nur vorübergehend Anziehungskraft ausübt. Die Nachwelt wird die Eheschließungen unserer Ahnen möglicherweise höher schätzen als deren Kämpfe gegen die Nachbarn. Und die groteske Erinnerung daran wird sie nicht mit dem Pathos des Heldentums vergolden.

Es hat den Anschein, daß der Anspruch auf Wanderschaft und Heimkehr bei den Europäern gleichzeitig wächst. Verlockend sind Wanderschaft und Heimkehr, nicht die Emigration. Wo wir in unserer Ausgelassenheit mit Wildfremden ein Lächeln wechseln können, die Stadt, in deren Individualität wir uns behaglich fühlen, hält eine Provinz unseres Selbstbewußtseins gefangen, mit einem Teil von uns gehören wir dorthin. Dann gehst du in eine andere Stadt, und dir kommt dein dortiges altes Leben in den Sinn. So erinnerst du dich an all diejenigen, die zu diesem Ort gehört haben und mit denen du gemeinsame Stunden verbracht hast. Es ist, als würdest du den Deckel eines in der Gepäckaufbewahrung auf dich wartenden Koffers hochheben. Haben wir denn nicht für alle Zeiten einer einzigen Stadt die Treue bewahrt? Du großer Gott! Wie denn? Vergängliche Erinnerungen sind wir, meist die Erinnerung Verstorbener oder Entrückter, Verlassener, Vergessener, Hervorgezauberter. Um die Städte in aller Stille in Besitz zu nehmen, braucht es auch stilles Schwinden. Was bedeutet Dialog? Würde ich jetzt beispielsweise Kenzaburô Ôe treffen, dem zu begegnen ich schon das Vergnügen hatte, so wäre das eine Zusammenkunft, vielleicht ein Dialog zweier Kollegen. Aber ein globaler Dialog? Dabei ereignet sich ein solcher zwischen Personen, im klassischen Fall zwischen zweien. Mit wie vielen Menschen mögen wir als Autoren in Berührung gekommen sein? Jeder, der eine Sprache lernt, kann eine Unzahl von anderen in das Geflecht des globalen und über alle starren Formen und staatlichen Organisationen hinauswachsenden Dialogs einbinden. Globalisierung bedeutet eine energiegeladene Beschleunigung individueller Mobilität. Zumindest die kulturelle Elite ist in Bewegung geraten. Auch die Wirtschaft will die Globalisierung, denn das Kapital strebt nach Profit ohne politisch-administrative Hindernisse.

Kunst verhält sich von vornherein dissidentisch, denn die Objektivierungen, die Institutionen, vergleicht sie mit den Dimensionen der einzelnen menschlichen Person. Deshalb bringt sie sowohl den Staaten als auch den Weltfirmen Skepsis entgegen. Die Künstler allerdings, sofern ihnen der lokale Markt zu eng wird, sofern der Weltmarkt ihrem Können, ihrem Handwerk bessere Chancen bietet, sind an der Globalisierung interessiert, denn dadurch erhalten sie die Möglichkeit, sich vom begrenzten Markt und den dortigen politischen Einflüssen unabhängig zu machen.

Bei einem globalen Dialog weitet sich die Welt zu einem Markt kulturellen Wettbewerbs aus. Zwischen Personen und Regionen bestehen Korrespondenzen, Übereinstimmungen. Der eine stößt hier, der andere da auf ein positives Echo. Welcher Künstler wo beliebt ist, das ist ein ewiges Thema der Wirkungsgeschichte. Latente Werte, wenn es sich denn um solche handelt, dringen an die Oberfläche. Die Welt steckt voll von Jägern, Anglern und Aufklärern, die verborgene Kulturschätze freilegen und vermitteln. Die Globalisierung gestattet die allseitige Verbreitung der Neugier, der vergnüglichsten menschlichen Eigenschaft. Aber was ist das? Kulturtourismus? Nehmen wir von allem auf der Welt eine Kostprobe? Wie wir es auch auf der Expo in Hannover getan haben? Sowohl hier als auch da einen kleinen Eindruck mitnehmen und exotische Leckerbissen naschen?

Auf solche Weise vermischen sich Information, Kunst und Werbung, denn ein jeder will sich im schönsten Licht zeigen. Auch die Länder wollen ihr Image aufpolieren. Jeder will sich in den Medien am vorteilhaftesten darstellen. Die Werbung schluckt die Avantgarde, die kreativen Begabungen arbeiten an der Entwicklung wirkungsvoller Klischees, an der Herausbildung lobender Bewertungen.

Doch inwiefern ist die Kunst ortsgebunden? Unendlich stark. Sie bindet mich an den Ort, an dem ich mich gerade aufhalte. Gegenwärtig weile ich zusammen mit meiner Familie in Piran, auf italienisch Pirano, an der schmalen slowenischen Meeresküste. In Piran sehe ich die urbane Ästhetik der Adria, die Ähnlichkeit der ehemaligen jugoslawischen Strandeinrichtungen, der Steine, Straßen, Plätze, Gaststätten und Cafés, ich erkenne deren gemeinsamen poststalinistischen Charakter im Stil. Alles, was ich über mehrere hundert Kilometer an der Küste erblicke, vom montenegrinischen Budva bis zum slowenischen Piran, ähnelt sich. Selbst die südslawischen Schlager, die von den nicht zum Schweigen zu bringenden Orchestern der Umgebung mit großer Lautstärke geboten werden, sind die gleichen. Diese Gemeinsamkeit ist etwas Natürliches, die staatliche Zersplitterung nicht. Aber mit dieser müssen sie sich abfinden. Das ist nunmehr ein Schicksal, das es hinzunehmen gilt. Brodeln wollten sie in nationaler Selbstbehauptung. Schließlich wird das Brodeln ein Ende haben, der Schaum wird in sich zusammenfallen, und sie werden entdecken, daß sie aufeinander angewiesen sind. Sie könnten sich allmählich daran gewöhnen, daß sie da sind! Fortwährend wollen sie sich dessen vergewissern, daß sie da sind, daß sie hier sind, tausendjährige christliche Nationen. Und als solche haben sie in der europäischen Gemeinschaft ihren Platz.

Auf der Promenade gleiten telefonierende Mädchen auf Rollerskates vorüber. Die Bilder aus aller Welt suggerieren, daß ein Mädchen von heute just so sein sollte. Wo, das ist schon gleichgültig. Die Jungen auf ihren Motorrädern ähneln der Reklame, die Vorbildcharakter hat und menschliche Ideale vermittelt. Die Kinder kennen die großen Weltmarken. So informieren sie sich in globalen Schritten. Die Warenkenntnis ist ein Teil zeitgemäßer Bildung, sie zieht Formenwissen nach sich und gibt, ebenso wie die Sprache, Orientierungshilfe. Sich in der Sprache der Gegenstände und Objekte zurechtzufinden wird erleichtert. Es verschwinden die Unterschiede zwischen Spielfilm und pfiffiger Werbung. Der Mensch wird das Ebenbild des Gesehenen.

Die Konzentration auf das Lokale kann unendlich bereichern. Jede Kleinstadt ein Geschichtsstrudel. Aber eine solche Beschränkung verführt zu zwei Fehlern: zum Prahlen und zum Selbstmitleid. An mir selbst habe ich beobachtet, wenn ich lange Zeit an einem Ort verbringe, setzt ein inneres Abgleiten ein, zurück in die Vergangenheit. Und schon übernimmt der verletzte kleine Junge das Wort, der, den zu töten nicht gelungen ist. Deshalb ist das Reisen eine wohltuende Kur. Das Versinken in mich selbst nimmt ein Ende, wenn ich mich von jenem einen Ort wegbegebe, wenn ich beispielsweise nachts auf einem Balkon am Meeresstrand an einem Kunststofftisch sitze. Unterwegs verkleinert sich die Vergangenheit, verschließt sich und wird von der Gegenwart überlagert. In der Fremde wird das Ich aus seiner Umgebung herausgehoben, wird schmaler und winziger. Sobald wir uns hinausbegeben, werden wir verunsichert. Der Autofahrer übersieht Verkehrszeichen, fühlt sich unsicher, kennt nicht die ortsübliche Sprache, wird konfrontiert mit seiner geographischen und historischen Ignoranz, ist aufgeregt, macht Fehler, fragt sich durch, ist auf andere angewiesen. Hochmut ist jetzt nicht angebracht, ist er es doch, der von Gefälligkeiten abhängig ist. Kein Besatzer ist er, sondern ein Reisender, der den Schaden vorhersieht, wenn er den Einheimischen vom hohen Roß herab begegnet. Setze dich den Unwägbarkeiten des Unterwegsseins aus, streife manchmal das Haus von deinem Rücken ab, und du wirst die Welt bewundern, die dir nicht gehört, die um ihrer selbst willen ist. Entlang deiner Wegstrecke sind andere zu Hause. Während du ihre Häuser siehst, ihre Werke, während du ihre Gerichte verzehrst und ihre Getränke trinkst, lernst du sie achten. Heute vormittag habe ich an einer Meeresbucht am Tisch eines Cafés meinen Platz gefunden. Zum Kaffee und Mineralwasser bestellte ich irgendein lokales Getränk. Man brachte mir einen giftgrünen Heilkräuterschnaps, selbstgebrannt. Er schmeckte ausgezeichnet. Vor meinen Augen schneiden Segelboote die Wellen. Gewöhnlich finde ich in jeder Stadt der Welt das mir genehme Café oder Wirtshaus, Notizbuch und Füller in der Hosentasche. Es macht nichts, wenn mich Schönheit und Licht mit Heiterkeit überfluten.

Stellte sich also für mich persönlich die Frage, wie stark Kunst an den Ort gebunden ist, so würde ich darauf entgegnen, daß ich überall schreiben konnte, wo es für mich einen Tisch gab. Der wichtige Ort ist imaginär, im Kopf führe ich ihn mit mir. Immer dort zu sein würde mich bedrücken. Nahrung für meine Augen kann ich an sehr vielen Orten finden. Die dank Oropax entstehende innere Stille macht meine Werkstatt schon seit fünfzig Jahren transportabel und versöhnt mich mit meiner jeweiligen Umgebung, da ich mich aus ihr davonstehlen kann. Ein höflicher Diskussionsredner findet sich überall. Würde ich mich gern unterhalten, könnte ich ohne weiteres einen Partner dafür finden. Die bürgerlichen Sitten funktionieren. Daheim bin ich vielleicht geschützter. Dort habe ich nicht das Gefühl, nach einer gewissen Zeit zahlen und gehen zu müssen. Das Angenehme aber besteht darin, daß an einem anderen Tisch die nächste Landnahme folgen kann, in einer anderen Ecke, wo meine Augen auf anderem haften bleiben können. Als junger Mensch habe ich in Espressos geschrieben. Das Bequem-sich-Ausbreiten in der eigenen Schreibstube ist auch mit Nachteilen verbunden. Wir bemühen uns, ungestört zu arbeiten, doch das Geschenk der Ruhe meldet sich meist in der Form eines äußeren Eingriffs. Die Gischt schäumt, die Wellen rollen, die Schiffssirene dringt durch die wächsernen Ohrenstöpsel hindurch. Ein großes Segelboot ist in die Bucht eingelaufen. Eine hüllenlos sich sonnende Frau schlüpft in ein weites, weißes, hemdartiges Kleid, bedeckt den Körper. Ahnungsvoll sich umblickend, begibt sie sich zum Strand hinunter. Sollten all jene Orte, an denen wir uns wohl fühlen, an einen dünnen Faden des Bewußtseins gebunden sein? Wie Luftballons an einen elementaren Schauplatz? Die Diskussion darüber, was der Kunst eher förderlich sei, Verwurzeltsein oder Umherstreifen, nomadisches Weiterziehen, hört nicht auf. Ortsverbundenheit können wir einerseits als Ankunft betrachten, andererseits als vorübergehende Unterbrechung der Wanderschaft. Eine jugendliche, selbstsichere Seele erklärt, ihr Zuhause sei da, wo sie sich gerade aufhalte. Auch die Sonne scheint dort, wo der Betreffende zu sein geruht. Ich neige bereits zu der Ansicht, es gibt einen zentralen Ort, einen Tisch, ein Bett, einen Anblick, von wo aus sich unsere Bewegungen auf der Erde verzweigen, die Orte besitzen eine Rangordnung, und auch die Wanderer werden irgendwo zur Ruhe kommen. Doch wo ein Mensch zu Hause ist, was für ihn Vertrautheit bedeutet, ob er danach sucht oder davor flieht, das ist eine Frage der persönlichen Entscheidung.

Manch einer schreibt immer wieder über die gleiche Stadt, obwohl er sich seit Jahrzehnten anderswo aufhält. Sollte die Forderung nach heimischer Behaglichkeit normativer Sentimentalismus sein? Wir könnten sagen, jede Ortsverbundenheit biete nur relative Vertrautheit, weil wir angesichts unserer Sterblichkeit prinzipiell ohne Behausung seien. Von dieser Erdkugel würden wir hinabgleiten in ein großes Nihil. Oder je nach Geschmack in den Himmel beziehungsweise in die Hölle. Ein ungebührliches Blutgerinnsel kann uns jeden Moment vom Schauplatz unserer selbstbewußten Verwurzelung verschwinden lassen.

Der Künstler steht der Gemeinschaft und dem Zuhause ohnehin etwas distanzierter und fremder gegenüber als andere Menschen. Im großen Eintopf des Wir läßt er sich nicht so leicht kochen. In seine Umgebung auflöslich, ist er schwerer als Würfelzucker im Kaffee. Kollektivbewußtsein gibt es auch in der Kunst. Doch unter Kontrolle von Klarblick oder sensiblem Argwohn. Das Verhältnis zu seiner Geburtsstadt ist paradox. Obwohl er weit weg ist, träumt er von ihr. Er schaltet sie aus seinem Bewußtsein aus, und plötzlich ist er dort. Vertraute Fremdheit, gespaltenes Verhältnis zu all dem, was wir bekommen und geerbt haben, was uns vom Schicksal auferlegt worden ist. Nur ein Idiot kennt keine Ambivalenz. Der Künstler aber ist kein Idiot.

Klischeemacher, die jene Themen bigott beackern, die den Machthabern, den jeweils aktuellen Herren schmeicheln, gibt es stets zur Genüge. Die Wortführer verschiedenster Weltanschauungen stützen sich im allgemeinen auf politische Rührseligkeit. Das Weltkommunikationsnetz globalisiert diesen Sentimentalismus. Die himmlische Nachrichtenmilch, schwarze Milch zum Frühstück, ist homogenisiert.

Andererseits gehört obligatorische Empfindsamkeit zu jeder Ortsbindung. Alle Staaten erheben Anspruch auf Ehrenbezeugung vor den Symbolen. Echte Künstler aber lassen sich selten von dem für alle Regime typischen politischen Kitsch hinreißen. Die Regierungen erhoffen sich von den Festveranstaltungen in Verbindung mit Sinnbildern mehr Stimmen bei den Wahlen, um eine Mehrheit zu erringen. Wer sich einer solchen erhabenen Stimmung entzieht, macht sich unter Umständen verdächtig.

Es genügte, den Sinn des letzten Luftkrieges anzuzweifeln, schon liefen Gesichter rot an, und selbst vernunftbegabte Leute bekamen heftige Wutausbrüche. Ein Dissident kannst du auch heute sein, noch dazu ein globaler. Nach einer solchen Gelegenheit sucht wohl niemand, aber es kann passieren, daß die Mausefalle zuschnappt. Bei der richtig denkenden Mehrheit in Ungnade zu fallen ist nicht allzu schwer. Wenn also Ortsgebundenheit des Künstlers durch das Erlebnis intimer Zugehörigkeit gleichbedeutend ist mit einer Beteiligung am lokalpolitischen Kitsch, dann wäre die Antwort auf die Frage, ob Kunst ortsgebunden sei, eher ein Nein. Wenn aber das Verwurzeltsein der Kunst liebevolle Bindungen zu einigen dort lebenden Menschen bedeutet, zu Schauplätzen, zur üppigen sinnlichen Wirklichkeit, ein Baden in der Muttersprache, dann wäre die Antwort ein Ja. Ich liebe Budapest. Es gibt Menschen, die mich nicht mögen, aber sie lieben Budapest gleichfalls. Wir schwärmen nicht füreinander, doch würden wir in einer Gemeinschaftszelle einsitzen, hätten wir reichlich Gesprächsstoff. Die Erinnerung wohnt in den Wänden, in den Mauern, im Kopfsteinpflaster. Du gehst hin und brauchst sie auf, du entfernst dich, und sie zerfasert sich. Zusehends mehr Menschen lernen die beiden Pole kennen: Liebe zum Ort und wachsende Mobilität. Der Einheimische beäugt den Reisenden, den Fremden, den Provinzler, den hergelaufenen Hinz und Kunz mit scheelen Blicken. Der Wanderer dagegen schaut auf den an die Scholle Gebundenen von oben herab. Immer an der gleichen Stelle leben? Was für ein Unglück! Von dem Ausländer sind die Ortsansässigen nicht begeistert, aber sie sind neugierig auf ihn. Ihr Kompliment dafür, daß er gekommen ist, doch jetzt kann er ruhig wieder verschwinden. Der Einheimische will den Fremden und will ihn nicht, er lockt ihn an, nimmt ihn auf, um ihn schließlich abzuschieben und auszuschließen. Einmal, vielleicht sogar zweimal überkommt jede nationale Gemeinschaft der Wahnsinn. Dessenungeachtet können mir die verschiedensten Orte gefallen. Leicht verliebe ich mich in eine Straße, in eine Kneipe. Es war schön hier. Dann sollten wir uns jetzt aus dem Staub machen. Bezahle! Du hast Füße, um zu gehen.

Die Stadt als Denkmal

Tagebucheintragung zum Sommerende: Wir verbringen einige Tage in Piran, einer alten slowenisch-italienischen Kleinstadt am Meer. Schön der Nachlaß der Vergangenheit. Diese Feststellung geht einem hier leicht von der Zunge. Als Besucher können wir gut nachempfinden, daß die Bürger von einst die Stadt für sich selbst gebaut haben. So ist jedes Haus eine Persönlichkeit geworden. Gleichzeitig nehmen wir die Stadt in ihrer Ausdehnung von oben wahr, die Stadt als Gebilde in der Landschaft und in ihr die verschiedenen Einheiten. Das als Ganzes gesehene Ensemble und das jeweils einzelne unterstanden der Herrschaft der schönen Form. Je weniger die Bautechnik auf Groß- und Massenprojekte spezialisiert gewesen ist, desto eher gewannen kleine Lösungen, ansehnliche Ausführungen und persönliche Geschmacksvorstellungen an Raum. Nicht Vergegenwärtigung von Hochmut, der Herrschaft über andere, war das Ziel, sondern wirtschaftliche und vertraut anmutende Raumnutzung. In Piran besitzen die Details eigenständigen Ausdruckswert. Innerhalb des kleinen Schmuckkästchens besteht große Vielfalt.

Zu Anfang des 20. Jahrhunderts wurden die neuen Bestrebungen vom Ehrgeiz der Architekten angetrieben, sich von der Heterogenität der angestammten bürgerlich-kapitalistischen Stadt zu befreien. Dem fortschrittlichen Auge gefiel es nicht, daß jedes Haus anders war, daß die gemeinsam konzipierten normativen Prinzipien der progressiven Architekten in der Praxis nicht oder doch zumindest nicht erwartungsgemäß zur Geltung kamen. Moderne Architektur und Urbanistik waren Ausdruck intellektuellen Widerstandes gegen die kapitalistische Stadtentwicklung, Empörung gegen bürgerliche Baukunst. Die Genies, die Schöpfer großangelegter Konzeptionen, fungierten als Vorhut. Auf sie konnte man sich berufen. Nach ihnen kam uniformiertes Mittelmaß. Aus einer intellektuellen Vision ist eine Beamtenarchitektur für abstrakte Bewohner geworden.

Im Institut für Stadtplanung, wo ich über acht Jahre als Stadtsoziologe unter Architekten gearbeitet habe, entwarfen selbst bescheidene und feinfühlige Baumeister gigantomanische, gesichtslose und detailarme Pläne, weil sie, sagen wir, eine in einer Fabrik vorzufertigende Wohnsiedlung für fünfzigtausend Menschen auf dem Reißbrett zu konzipieren hatten. Letztlich war eine solche Neubausiedlung den vielen Tausenden überall auf der Welt zum Verwechseln ähnlich. Insbesondere in der östlichen Hälfte des Kontinents, wo sich die imponierenden Zuwachsraten im Wohnungsbau obligatorisch auf die übrigens relativ teure und hoffnungslos stereotypisierte Massenproduktion der sowjetischen Plattenfabriken stützten.

Im Dorf, in dem wir viel Zeit verbringen, lassen sich die Gärten mit ihren Blumenbeetkompositionen auch als Unterhaltung zwischen Nachbarsfrauen begreifen. Die Menschen stellen sich in ihrer Umgebung gern selbst dar. Nicht nur in dem, was sie tun, sondern auch in ihren Vorlieben. Sie bewegen sich im städtischen Raum und suchen etwas. Was eigentlich? Vertrautheit. Einen Ort, an den sie sich zurückziehen und mit anderen zusammenkommen, wo sie ein unverkrampftes Leben führen können, wo der Raum ihrem Körper, ihrer Seele angepaßt ist.

Einen solchen Raum zu schaffen ist der bürgerlichen Architektur ein wenig besser gelungen als der etatistischen. Selbst wenn einzelne Gebäude auf schlechten Geschmack zurückgehen, unterscheiden sie sich in einem gewissen Ausmaß voneinander und wirken wechselseitig ausgleichend. Nichts hat der Seele der Städte mehr geschadet als jener

Hochmut der Planer, nach deren Vorstellungen ein ganzes Stadtviertel von einer einzigen Person, von einem einzigen Büro entworfen worden ist.

Mir würde eine repersonalisierte Stadt besser gefallen, in der Detail und Ganzes ein real existierendes und kompliziertes Verhältnis spiegeln. Voraussetzung dafür ist eine gewisse Autonomie des Details, das nicht im Dienst an der alles umspannenden Funktion aufgeht. Gutes soll groß sein! Dies das eine Prinzip. So gut etwas auch sein mag, zu groß soll es nicht sein, vielleicht ist es ja doch nicht so gut. Dies das andere Prinzip. Je größer das Werk, desto weniger ist es gegliedert, desto standardisierter sind die einzelnen Elemente. Je größer, desto weniger Aufmerksamkeit wird den Einzelheiten gewidmet. Sie sind unterentwickelt, gleichgültig, vermitteln innerhalb des Gebäudes keine selbständige ästhetische Botschaft wie der Satz oder der Absatz in einem Roman.

Depersonalisierung und Repersonalisierung sind zwei gegensätzliche Richtungen. Die erste kommt zum Tragen, wenn der Bauherr mächtig ist, sei er eine Firma oder eine öffentliche Institution. Megalomanie schafft Formen, die über die Maßstäbe des Stadtbürgers um ein Vielfaches hinausgehen. Vom Staatssozialismus, der Möglichkeiten bot, ganze Stadtteile oder gar Städte zu planen, sind die Architekten in Versuchung geführt worden. Gegenwärtig gibt es nur noch kapitalistischen Größenwahn. Doch auch der ist ausreichend vorhanden. Je größer, desto öder.

Auf der Straße etwas zu sehen zu bekommen liegt in unserem Interesse. Die großen Einkaufszentren killen die kleinen Geschäfte und machen die Straße langweiliger. Die Zugrunderichtung der dortigen kleinen Ladeninhaber ist eine stadtfeindliche Praxis.

Auch unsere Städte sind in ihrem Sosein als Kunstwerke zu betrachten, deren Mitbesitzer wir durch visuelles Erfassen auf unseren täglichen Streifzügen sind. Die Wegstrecke, auf der du dich allmorgendlich zur Arbeit begibst und nachmittags einkaufen gehst, gehört dir.

Verfolgt der Städtebau ein Ziel, das über uns hinausweist? Wenn ja, dann wird er von irgendeiner Ambition zur Größe geleitet. Dann kann die Architektur zwar pompös sein, nicht aber intim. Gigantisches ist meist langweilig. Versuchen wir doch von Zeit zu Zeit, unsere Wohnumgebung mit neuen Augen zu betrachten, als würden wir sie zum erstenmal sehen. Um die Stadt in sich aufzunehmen, bedarf es auch des Humors, man muß sich auf das Lesen der Stadt verstehen. Sie ist nicht das Werk des Staats, nicht das der Unternehmungen, sondern das der sich darin bewegenden Individuen. Eine gute Stadt ohne freundliche Bewohner gibt es nicht.

Bauherren und Erbauer, die für ihre Vorgänger nur geringschätzige Bemerkungen übrig haben, wollen sehr wenig retten, nehmen sofortig Eingriffe vor, reißen ab, wollen eine total neue Architektur, worin es einzig um sie selbst geht, was zwar ein menschliches, wenn auch keineswegs unschuldiges Verlangen ist. Die Benutzer müssen den Ehrgeiz der Schöpfer und deren daraus vermutlich resultierende Nachlässigkeit unter Kontrolle halten. Hinsichtlich der Vergangenheit stellt sich die Frage, ob wir den früher hier Lebenden, den einstigen Erbauern der Stadt genügend Wohlwollen entgegenbringen. Achtung vor der Vergangenheit haben heißt in Wirklichkeit, Achtung vor ihren Werken zu haben, vor ihren Bauten, zu retten, was von der Vergangenheit zu retten ist, und gegen das Erbe ebensoviel Nachsicht zu üben wie den eigenen Werken gegenüber. Unverträgliche Gebäude gibt es ebenso wie unverträgliche Menschen. Die neu errichteten oder instand gesetzten Bauten bekunden der städtischen Umgebung, den Ahnen und den Nachbarn ihre Sympathie. Was ist ideal? Knallhart die

Oberhand zu gewinnen oder sich dezent einzufügen? Die Regeln des gesellschaftlichen Anstands beziehen sich auch auf die Häuser.

Die Stadt gleicht ihren Bewohnern, deren Charakter, Gemüt und Denkungsart. Ebenso wie die Menschen miteinander umgehen, so passen sich auch die Dinge einander an.

Wer sich von den eigenen Zielen nicht ganz überwältigen läßt, wer es schafft, anderen und anderem Beachtung zu schenken, wer nicht der Gefangene seiner selbst ist, für den kann der Gang zum Geschäft an der Ecke zu einem Schelmenroman werden, der all seine Sinne umgarnt. Aber dieses Einkaufen könnte auch als gleichgültige Wiederholung empfunden werden. Was einem dieser kleine Ausflug bedeutet, hängt davon ab, wovon man sich mehr angezogen fühlt: vom Standardisierten, vom Unpersönlichen, vom rein Funktionalen oder ob der Betreffende noch fähig ist, die Augen aufzumachen, seine Füße zu gebrauchen, ob er imstande ist, aus der Vielfalt der Wahrnehmungen seine kleine heutige Promenadenetüde zu komponieren. Der Reichtum des Spaziergangs hängt nicht von der Siedlungsgröße ab, sondern vom Detailreichtum.

Ist die Umwelt langweilig, werden es auch die in ihr Lebenden. Wir Menschen sind außerordentlich begabt, wenn es darum geht, aneinander Überdruß zu empfinden. Man kann Städte bauen, in denen keine Spaziergänge möglich sind, der Mensch also nicht frei ist. Umherschlendern ist eine Form der Meditation, der Selbstdarstellung. Nicht etwa eine unzeitgemäße Nostalgie. Die tagtägliche Nutzung des gemeinsamen Raums, seine Inbesitznahme, ist unser elementares Recht. Reduzieren wir die Schauplätze des Reizaustauschs, können wir geistlosere, materieller eingestellte und untertänigere Stadtbewohner produzieren. Man kann eine Stadt bauen, in der die Persönlichkeit fortwährend kurz abgefertigt wird.

Schöne und wiederbelebbare Stadtviertel sind wegrasiert worden, um Neubausiedlungen, deren Gebäude aus Fertigbauteilen hochgezogen worden sind, Platz zu machen. Der Stadtsoziologe entwickelte ein feineres Gespür dafür und konnte statistisch belegen, daß die Bewohner die zum Abriß verurteilten Häuser nicht weniger mochten als die neuen, fabrikmäßig errichteten Behausungen. Ein Stadtteil ist ein äußerst kompliziertes Lebensgefüge, das es zu schonen gilt, einfach deshalb, weil es da ist.

Technokratische Rationalität hat in Mittel- und Osteuropa fast so viele Gebäude wie der Weltkrieg vernichtet. Manchenorts sogar noch mehr. Sollten die lokalen Kulturen – nun nicht mehr im Namen des Nationalstaats, sondern unter dem Vorwand europäischer Integration oder der Globalisierung – das Niederreißen fortsetzen, so wäre das ein großes Unglück.

Die autogerechte Stadt ist für den Fußgänger langweilig. In Europa gibt es nicht so viel Platz, daß wir in der Stadtplanung den Weg der Amerikaner beschreiten könnten, die in Hülle und Fülle über Möglichkeiten verfügen. Die europäische Rationalität muß mit den Inspirationen des engen Raums und der tiefgründigen Zeit rechnen. In der Alten Welt gehen wir uns gegenseitig leichter auf die Nerven, denn es ist uns nicht vergönnt, den Abstand zueinander zu vergrößern, wie das die Nordamerikaner tun. Im Gegensatz zum Diffusen sind eher Densität und Diversität, Dichte und Vielfalt, als europäische Tradition zu betrachten, die eine verwickelte und flexible Lebensstrategie initiiert.

Die Erfahrung zeigt, daß es nicht leicht gewesen ist, auf diesem – gemessen an den anderen – kleinen Erdteil miteinander auszukommen. Unter allen Leistungen ist die Weisheit, mit deren Hilfe die menschlichen Angelegenheiten geregelt werden, die höchste, wozu die Überbrückung des Abgrunds zwischen Vergangenheit und Gegenwart gehört, die findige Behandlung des immer wieder aufbrechenden Interessenkonflikts zwischen lebendiger Stadt und Denkmal. Deshalb können wir sagen, daß die Stadt als Kunstschöpfung, als geschaffenes und entstandenes Lebensgeflecht, das Beste sei, was unsere Zivilisation hervorgebracht habe.

Sollten wir von einem fernen Kontinent auf uns selbst zurückblicken, würden wir erklären, Europäer sei derjenige, der von der Geschichte seines Wohnorts eine Ahnung habe, der in seiner Stadt sozusagen mit den Menschen alter Zeiten zusammenlebe. Europäer ist derjenige, der auf kleinem Raum vielerlei vorfinden möchte, weil er Anspruch erhebt auf die aufregende Mannigfaltigkeit menschlicher Ereignisse. Zeitkultur und Raumkultur basieren auf zwei verschiedenen Paradigmen. Das Selbstbewußtsein eines jeden ist begründet.

Dem europäischen Ideal zufolge besitzen sowohl die Wohnung als auch deren Bewohner ein Gesicht. Es ist nicht vorherzusehen, wie es sein, wie es sich gestalten wird. Gleich dem Romanleser streift der Stadtbewohner durch eine spannende und unbekannte Stadt. Gelegentlich verirrt er sich sogar, doch er hält die Augen offen, und dank dem Zufall werden ihm phantastische Begegnungen zuteil. Unerwartetes kann die Straße selbst demjenigen bieten, der dort ständig zu Hause ist. Auch alte Eheleute können sich gegenseitig Überraschungen bereiten.

Gegen den Fortbestand der schutzlosen Werke des Alltagslebens, an deren Zustandekommen viele Menschen beteiligt gewesen sind, die gemeinsam ihr weiteres Heim lebenswerter gemacht haben, kann sich das schöpferische Interesse der Architekten richten.

Sollte ein Romancier einem Architekten, den er sich lieber als sensiblen Künstler vorstellt und nicht etwa als aufgeblasenen Streber, einen Rat geben dürfen, dann würde er ihm sagen, er solle die unsichtbare Zeit, die sich manchmal ebenso materialisiere und sichtbar werde wie die Runzeln auf einem alten Gesicht, achten.

Eigene Vorstellungen rücksichtsvoll einer vorhandenen visuellen Umgebung anzupassen ist eine ebensolche Kunst, wie sich einer Gesellschaft anzuschließen und sie zu beleben, ohne sie zu dominieren. Rechtfertigen muß sich nicht das historisch Gewachsene, sondern die Veränderung, nicht das Alte, sondern von vornherein das Neue. Was aber von den Werken der zurückliegenden Zeit zu retten ist, das lohnt, bewahrt zu werden. Die Idee einer dezenten Modernisierung hat ihren Platz und Sinn. Da es zwischen Himmel und Erde wenig positivere Tugenden gibt als die Selbstbeherrschung, finden die Arbeiten sich Selbstbeschränkung auferlegender Architekten zusehends meinen Beifall. Am ehrlichsten wäre es, wenn die Planer für Menschen bauten, wie sie selbst es sind, für solche, in deren Gesellschaft sie sich gern aufhalten würden.

An erster Stelle unter den Fortbewegungsmitteln sollten in Europa auch weiterhin die Füße stehen. Laufen sollten wir also, einfach gehen ohne jeden Zweck, einzig um der Kontemplation willen. Maßstab für die Schönheit jeder bebauten Umgebung ist das Auge des Fußgängers. Aus dem Stoff seines Lebens schafft der Mensch eine Form. Vielerlei Material steht ihm dafür zur Verfügung. Angefangen vom Ziegel und vom Wort bis hin zur Zeit. Einem jeden bleibt es selbst überlassen, wie er mit dem Pfund seiner im großen und ganzen durchschnittlichen Lebenszeit wuchert. Seine Arbeit rein professionell zu erledigen, das genügt nicht. Der eigene Beruf muß künstlerisch ausgeübt werden. Wenn auf die Freizeit wenigstens ebenso viele wache Stunden entfallen wie auf die Arbeitszeit, kann die Idee von einer Stadt zur Sprache gebracht werden, die sich um die Freizeit herum organisiert. In glänzenden Zentren stürzen wir uns ins Getriebe, dann wird es allmählich ruhiger um uns, und wir gehen hinaus ins Freie, in die Natur. Die lebendigen Stadtteile sind multifunktional. Wir sind neugierig aufeinander, besessen von der Agora, den Alltag betrachten wir als Theater und Kino, wir erheben Anspruch auf einen Raum für Unterhaltung und für Einsamkeit. Aus der Zurückgezogenheit hinein in den Trubel und umgekehrt, wie wir auch zwischen der Konzentration bei Tag und dem nächtlichen Traum hin- und herpendeln. Gedränge und Leere, Innenstadt und Wiese, das sind unsere notwendigen Pole.

Außer den Architekten gibt es in einer guten Stadt noch sehr viele andere Subjekte, auch denjenigen, den es gerade dorthin verschlagen hat. In einer guten Stadt führen die verschiedenen Generationen auch nach ihrem Tod einen Dialog. In einer guten Stadt erobert die Persönlichkeit den Raum von der Standardisierung zurück, und die Bewohner schauen sich die Programme nicht nur an, sondern machen selbst welche.

Ich danke Ihnen für Ihre Geduld, meine Damen und Herren, mit der Sie sich meine Piraner Marginalien über die Stadt angehört haben, nach der es uns hungert und in der sich herumzutreiben ein Ruf an die Sinne ist, an alle auf einmal und besonders an jeden einzelnen, denn bekommen werden sie alle etwas – mit Maßen –, weshalb wir gern unser Zimmer verlassen.

Im weiteren beschäftigt mich die Frage, wo die Grenze zwischen Denkmal und Nicht-Denkmal verläuft. Eine Antwort wäre eine präzise Eingrenzung, eine andere die fließende Grenze. Wir könnten die These vertreten, die Stadt sei zusammen mit uns, mit allem, was da kreucht und fleucht, ein Denkmal. Insofern dem Denkmal eine gewisse respekteinflößende Integrität und formaler Schutz zustehen, sind wir alle miteinander Denkmäler.

Die Bewahrung der Vergangenheit ist den lokalen Gesellschaften eine Herzensangelegenheit, mitunter eine Existenzfrage, insbesondere in Landstrichen mit Minderheiten. Jedes Tor, jede Steinmetzarbeit symbolisieren Rechte. Jeder Brocken der Vergangenheit belegt frühere Anwesenheit. Selbstbestimmung und Denkmalschutz gehören zusammen. Das *Sein* einer Gemeinschaft ist auch durch ihr *Gewesen-Sein* gegeben, durch ihre Existenz in alten Zeiten, noch dazu hier an diesem geheiligten Ort. Wir sind wer, wenn wir seit Jahrhunderten hier leben.

Wenn ich in Buda, zu deutsch Ofen, im Burgviertel von Budapest, spazierengehe, erfüllt es mich mit einigem Wohlbehagen, wie sensibel dieser während der Belagerung mit tödlichem Geschützfeuer belegte und zerstörte historische Stadtteil ein halbes Jahrhundert nach Kriegsende wiederaufgebaut worden ist, obwohl dies im allgemeinen die Zeit der Armut und des ideologischen Umsichschlagens gewesen ist. Was zu retten war, wurde gerettet. Modernisierungen erwiesen sich nicht als Tabu. In den Baulücken wurden neue Gebäude errichtet, nicht ohne die gebotene ästhetische Rücksichtnahme auf die alte Bausubstanz in der Nachbarschaft. Für die allmähliche Instandsetzung des Burgviertels wurden gute Architekten und Handwerker verpflichtet.

Wenn ich in wohlhabenden Städten gut restaurierte Denkmäler sehe, stellt sich der Eindruck von Authentizität nicht ein. Zwar weiß ich, daß es sich um das Original handelt, jawohl, das hier ist das Geburtshaus des Meisters, doch es erfreut sich einer derart blühenden Gesundheit, als wäre es gerade erst erbaut worden.

Sollte der Sinn im Hervorrufen einer Illusion bestehen, darin, dem Besucher die Vorstellung zu vermitteln, durch eine alte Stadt zu schlendern? Wir suchen nach dem Erlebnis der Altstadt, sehnen uns nach dem Märchenhaften, der Zeitreise. Wirklich? Hat der Meister tatsächlich diese Treppe benutzt, werden wir ihm vielleicht sogar begegnen? Wenn meine Umgebung einige hundert Jahre in der Zeit zurückschreitet, werde auch ich als Passant mich dem anschließen. Gemeinsam betätigen wir uns, Gestalter und Publikum, um Illusionen zu beschwören. Gern möchten wir uns an einen anderen Ort versetzen, in die Vergangenheit, in die Zukunft. Erhabene Gefühle soll das Alte in uns wecken, und gern empfinden wir neben den Gegenständen, so greis wie die Welt selbst, die eigene Lebenszeit als kurz. Doch auch das ist nur ein Bild, sobald ich weitergehe. Selbst die wuchtige Marmorstatue wird nur ein flüchtiges Bild sein.

Unverändert bewahren oder neu nutzen? Unzugänglich separieren oder einweben in die natürliche Umwelt? Das tägliche Leben schafft wie zwischen Sakralem und Profanem auf die eine oder andere Weise auch Kompromisse zwischen Geschütztem und Ungeschütztem. Man kann der Meinung sein, der Kompromiß sei eine Schande, aber man kann sich darüber auch freuen.

Ist es überhaupt möglich, jedwedes Ding unverändert zu bewahren? Selbst die Größe eines Gebäudes unterliegt einem Wandel. Allein schon dadurch, daß sich die Ausmaße der umliegenden Häuser ändern. Neben einem Kirchturm beispielsweise wird ein Wolkenkratzer errichtet. Ein Gebäude übernimmt verschiedene Funktionen, gegensätzlichste Symbole halten Einzug, sich hassende Bewohner können aus- oder einziehen, das Leben und die Einstellung der Menschen können sich im Umfeld verändern, weshalb selbst ein Denkmal vom Erhabenen in die Lächerlichkeit abgleiten kann. Auch die Kunstkritik schwankt in ihrem Urteil. Was das Denkmal einst bedeutet hat, läßt sich ohne den dazugehörigen Kontext schwerlich bewahren. Von welcher Zeit ist überhaupt die Rede? Welches ist die maßgebliche, die authentische Zeit? Der Willkür der Nachwelt sind Tür und Tor geöffnet. Das sollten wir hinnehmen und uns darüber nicht den Kopf zerbrechen. Auch wir leben in einer

Epoche, und da sie vergänglich ist, wird sie alsbald schutzbedürftig sein.

Zu schützen gilt es das Original, so meinen wir, das Seltene, das Einmalige, denn ihm schreiben wir einen Wert an sich zu. Doch Geschäftsinteressen wittern die Möglichkeit, das Original zu vermarkten. Das einzige Exemplar verfügt nicht nur über einen ideellen, sondern auch einen materiellen Wert. Jedenfalls schwankt die Anerkennung der Werke in Abhängigkeit davon, welche Symbole bei den Menschen ideologisch gerade Mode sind.

Daß es unter Denkmalschutz stehende Gebäude gibt, ist gut und richtig. Tatsache ist, daß ungeschützte Bauten dem Gutdünken des Eigentümers ausgesetzt sind. Wenn ihm der Sinn danach steht, kann er sie sogar vernichten.

Ich beanstande nicht den bürokratisch geregelten Schutz. Aber ich bedauere den starren Grenzverlauf zwischen Geschütztem und Ungeschütztem, das Fehlen von auszuhandelnden Übergangsregelungen für Fälle, sozusagen für Grenzfälle, die mehrere Interpretationsmöglichkeiten zulassen. Doch selbst die These, der zufolge jeder Fall ein Grenzfall sei, wäre kein purer Unsinn. Wie dem auch sei, meine Aufmerksamkeit verirrt sich unwillkürlich zu den unzulänglichen Objekten, zu dem nicht erstklassig Schönen, zu den »Promenadenmischungen«, denen ich gern meine humoristische und mit Anteilnahme gemischte Hochachtung entgegenbringe.

Denkmalschutz, so glaube ich, ist immer ein Kompromiß zwischen lebendiger und in Bewegung befindlicher Gegenwart und zu Unbeweglichkeit erstarrter Vergangenheit gewesen. Eine Verneigung vor der Vergangenheit und eine Verneigung vor dem Heute, das morgen das Gestern sein wird.

Denkmalschutz kann doktrinär sein, indem er das kanonisierte Werk von seiner Umgebung absondert und die Zeit, so gut es geht, anhält. Dazu ließen sich ironische Bemerkungen machen, dennoch habe ich das Gefühl, alles sei so, wie es sei, gut und richtig, wenn auch ein wenig pathetisch. Denn obgleich ich das Kontinuum zwischen zu Schützendem und Ungeschütztem sehe, zwischen aristokratischen und kirchlichen beziehungsweise bürgerlichen Bauten, zwischen Privilegiertem und Gewöhnlichem, Reinrassigem und Promenadenmischung, zwischen dem Champion und dem Letzten im Wettkampf, gilt mein Mitgefühl den Benachteiligten. Allerdings billige ich wegen der Beschränktheit der Mittel das Prinzip des streng vorgeschriebenen und am Haushalt orientierten Schutzes. Zugleich hoffe ich, daß die Denkmalschützer trotzdem Partei für das Ungeschützte ergreifen, wenn auch nicht mittels amtlicher Regelungen, so doch durch Kultivierung städtischen Geschmacks und öffentliche Pädagogik.

Denkmalschutz kann ein Teil zivilen Umweltschutzes sein oder aber einfach der bürgerlichen Kultur. Orthodoxer Schutz mag überzogen sein, doch Schutz wird gebraucht. Er ist als ein Interesse der zivilen Gesellschaft zu betrachten, sofern sie wissen möchte, woher sie kommt und wer sie ist.

Vom Exil

Schrecklich, wenn es ein erzwungenes ist. Wenn man all das verläßt, was zu einem gehört, verläßt man fast sich selbst. Aber die Dinge können auch eine solche Wendung nehmen, daß man gern von hier verschwinden würde, aus dem Käfig, in dem einen Gefahren umringen und man sich angesichts der Bedrängnis wie ein Krüppel fühlt. Schrecklich, wenn es dann verboten ist.

Klar, daß man weggeht, wenn es sein muß, weil man ansonsten in Lebensgefahr schweben würde. Aus irgendeinem nicht ganz klaren Grund aber bleibt man unter Umständen. Und vielleicht überlebt man sogar. Dann hat man recht gehabt. Doch es kann auch vorkommen, daß man nicht überlebt. Und aus einem nicht ganz klaren Grund hat man vielleicht trotzdem recht gehabt.

Es gibt Emigranten, denen zum Abwägen nicht viel Zeit geblieben ist. Ihr Bleiben, das ahnten sie, würde ihren Tod bedeuten. Das war die Aussicht der Juden in Hitlers Europa. Sentimentales Festhalten an der Heimat erwies sich im allgemeinen als Selbstmord.

Ein moralisches Recht zur Emigration habe nur derjenige, dessen Leben bedroht sei, meinte der gestrenge Solschenizyn. Ich war der Meinung, daß jedermann ein Recht dazu besitzt. Mich selbst allerdings ermächtigte ich zu diesem Schritt nicht.

Die emigrierten Autoren konnten die Erfahrung machen, daß man überall zurechtkommt und sich früher oder später ein neues Zuhause schafft. Ein Schriftsteller wird an jedem Ort der Welt schreiben. Sprache funktioniert ähnlich wie Sexualität. Meisterwerke sind auch in sibirischen Holzhütten, Lagerbaracken, auf Gefängnispritschen oder während der Bombardierung unter einem Güterwaggon entstanden. Es gibt keine Regel; der großen Begabung kann keine Falle etwas anhaben, das mittelmäßige Talent dagegen verfängt sich darin.

Ein Buchtitel Albert Camus': *Das Exil und das Reich* (*L'exil et le royaume*). Dies die beiden Pole. Ich begreife diese beiden Pole – zugegeben willkürlich – als ständig präsent und zusammengehörig. Stets ist man ausgestoßen und von einem Reich umgeben. Selbst im Krankenhausbett.

Das Thema der Emigration sollte von moralischen Urteilen, die auf ihm lasten, besser befreit werden. Manch einer lehnt sogar den Begriff selbst ab. Ein Autor, der kurz vor dem Bau der Mauer von Ostdeutschland nach West-Berlin übergewechselt war, erklärte, er sei nicht emigriert, sondern lediglich umgezogen.

In der Zeit des kalten Krieges haben die Menschen von der Sache viel mehr Aufhebens gemacht, als angebracht gewesen wäre. *Gehen oder bleiben?* Damals ein schwer belastetes Thema, überfrachtet mit moralischen Phrasen. Der Weggegangene hatte »die Freiheit gewählt«, der zum Bleiben Entschlossene »hatte seiner Heimat die Treue bewahrt«. Übertreibung, Rhetorik sowohl das eine wie das andere. Emigration und Emigrant sind nicht von vornherein gut oder böse. Wie auch der Einheimische nicht. Der eine geht, und der andere bleibt. Um dieses Dilemma hat sich im Laufe unseres Lebens eine Mythologie gesponnen. Was der Literatur nicht zum Schaden gereicht.

Ein Schriftsteller befindet sich überall auf Studienreise. Sogar in seinem Arbeitszimmer. Dementsprechend fühlt er sich überall ein wenig fremd. Schuld daran sind seine Augen, der spähende Blick. Soeben kommt er vom Mond. Seine Frau betrachtet er, als sähe er sie jetzt zum erstenmal.

Behandeln wir das Thema jetzt lieber pragmatisch: Schadet oder nutzt das Exil dem Schreiben? Da der Exilierte unfreiwillig über Abstand verfügt, weiß er etwas, was der Einheimische nicht weiß. Ein wenig Weisheit verhilft ihm dazu, sich nicht darum zu kümmern, daß man ihn weder hier noch daheim sonderlich mag. Ihr Empfindungsreichtum ist trotzdem überdurchschnittlich groß. Damit sollte er sich zufriedengeben. Und überhaupt. Ist es denn so wichtig, ob die Emigration für einen Schriftsteller gut oder schlecht ist? Möglicherweise ist sie für ihn tatsächlich schlecht, seinem Buch aber tut sie gut. Auch umgekehrt ist es vorstellbar. Was gilt nun für uns?

Der Schriftsteller im Exil blickt aus der Ferne nach Hause; das Bild rundet sich zu einem Ganzen, gewinnt Kontur. Seine Sprache? Sie speist sich nicht aus der heimischen Umgangssprache, was kein allzu großes Problem darstellt, wenn wir bedenken, daß seine Sprache nicht auf die aktuell verbreiteten und alsbald wieder verschwindenden Redensarten und Klischees zurückgreift. Mit einem Wort: es füllt nur die ephemere Schicht der Sprache des Schriftstellers, deren Übersetzung schon wenige Jahrzehnte später Schwierigkeiten bereiten würde, weil das Wörterbuch nicht den rechten Weg zu weisen vermag.

Ein größeres Problem ist darin zu sehen, daß der Emigrant sprachliche Wendungen bewahrt und pflegt, die hoffnungslos veraltet und fast schon komisch wirken. Nicht einem jeden ist die klassische Strenge gegeben, die sich als zeitbeständig erweist. Die Sprache der Mittelmäßigen nimmt einen *haut goût* an, die der Außergewöhnlichen bleibt frisch. Unabhängig davon, wo der Text entsteht.

Der Verstoßene macht die Erfahrung, daß er sich nach einer fremden Gemeinschaft sehnt, daß er zu ihr gehören möchte und verletzt ist, wenn ihm das nicht gelingt oder wenn er nicht wirklich aufgenommen wird. Doch daß auch er sich seinerseits nicht wirklich auf die anderen einläßt, sollten wir nicht verschweigen. In der Kolonie, in der Gemeinschaft derer, die sich in der gleichen Nation, der gleichen Sprache und der gleichen Kultur bewegen, wird nach dem Abendessen merklich aufgeatmet, wenn sich der nette Einheimische, den sie eingeladen haben, aus Rücksicht früher als üblich verabschiedet. Nun sind sie endlich unter sich und können sich wieder in die eigene Sprache zurücksinken lassen. Das bedarf wechselseitig keiner Erklärung.

Seine Umgebung beobachtet der emigrierte Schriftsteller kühl distanziert. Die verlassene Heimat kann er als abgeschlossene Geschichte betrachten. Der Reisende erlebt einen Fortsetzungsroman. Sein Hiersein ist darin lediglich ein Kapitel. Daß er sich irgendwo niederlassen muß, verwechselt er nicht mit Schicksal. Die Geschichten des verlassenen Ortes runden sich ab, wie auch der Tod den anderen Endpunkt, den Brückenkopf des Lebenslaufs abgibt, worauf sich der Bogen dann stützen kann. Dem Schriftsteller schadet alles. Doch wenn er die Schläge aushält, schadet ihm eigentlich gar nichts. Denn der Vorteil einer jeden faktischen Situation ist identisch mit ihrem Nachteil. Begabung allerdings wendet jede Lage zum Guten. Für sie können sowohl Gefängnis als auch Krankheit etwas Positives bedeuten. Ebenso jedes Hindernis, das im Sprung genommen, überwunden wird. Wodurch das Leben ein einziger Hürdenlauf ist.

Der Exilautor neigt dazu, den zurückgelassenen Orten mythische Bedeutung zuzuschreiben. Je weiter weg von seinem Geburtsort er sich aufhält, desto eher. Das Leben des daheim gebliebenen, des von zu Hause nicht fortgekommenen Schriftstellers breitet sich in seiner nicht nachvollziehbaren Fülle in der Umgebung aus und verflicht sich überall mit ihr. Da er sich also mitten darin befindet, erkennt er die Konturen des eigenen Lebens nicht. Die Existenz des Emigranten, da er den Interessenten mehrmals davon erzählt hat, ist komprimierter und strukturierter, deshalb aber auch klischeehafter.

Dem älteren emigrierten Schriftsteller fällt es vielleicht nicht leicht, neue Freundschaften zu schließen. Auch seine Umgebung könnte etwas zurückhaltender sein. Mit einem Wort, es kann vorkommen, daß er sehr einsam ist. Was bleibt, das ist der Emigrantenzirkel, der Kreis derer, die alle in einem Boot sitzen, ihr Päckchen zu tragen haben, der Kreis derer, die durch Solidarität, Rivalität, Klatsch und Intrigen eng miteinander verwoben sind. Alles spielt sich in diesem Rahmen ab, vielleicht auch die familiären Veränderungen, der Tausch der Liebespartner, der Haß ebenso wie die Sinndeutung verwandter Seelen.

Der literarische Emigrant ist meist gezwungen, auch politischer Emigrant zu sein. Um sein Auskommen zu sichern, muß er reden, Vorträge halten, sich dem ideologischen Apparat des Aufnahmelandes anpassen. Gelegentlich mußte er an einem Frontabschnitt des intellektuellen kalten Kriegs Dienst tun. Wenn er etwas Typisches zu sagen hat, werden Hände nach ihm langen und ihn in etwas hineinziehen. Seine Ansprüche muß er zurückschrauben, sich mit einer bescheideneren Position, Wohnung und einem kleineren Bekanntenkreis zufriedengeben. Zum Dank für die Alimentation soll der Emigrant das Bild der Gastgeber von sich selbst bekräftigen.

Es gibt Emigranten, die weggehen, weil man sie sonst töten würde. Andere werden des Landes verwiesen, wieder andere verlassen das Land ihrer Geburt, weil sie dort alles für kleinkariert und provinziell halten und sich nach einer großzügigeren und verheißungsvolleren Gegend sehnen. Es gibt Menschen, die weggehen, weil sich um sie herum schwärmerischer Haß ausbreitet, irgendeine nationale, religiöse, politische Exaltation, wodurch das Gefühl des Heimischseins äußerst stark beinträchtigt wird. Andere wiederum gehen weg, weil ihnen die Wanderschaft im Blut liegt, weil sie neugierig sind, Sehnsucht nach irgendwo verspüren, nach einem anderen Punkt auf der Erde, wo Reichtum oder Armut herrschen, einerlei, nach irgendwo, wovon sie gelesen oder gehört haben, wovon sie eine Vorstellung haben.

Der professionelle Durchreisende nimmt an, daß er sich überall ausgezeichnet fühlen wird, denn sein Befinden hängt von ihm selbst ab und nicht vom Ort, an dem er sich gerade aufhält. Weder Haus noch Stadt hält der Wanderer für ausschlaggebend. Der professionelle Durchreisende gehört sich selbst und nicht etwa dem Wohnort. Emotionale Bindungen gestattet er sich zu keinem einzigen Land. Am wohlsten fühlt er sich dort, wo es für ihn am einfachsten ist, wo Verwurzeltsein mit den geringsten technischen und seelischen Komplikationen einhergeht.

Es kann sein, daß diese Lage sogar in der eigenen Stadt gegeben ist, wenn politisches Unheil die Heimkehr des Wanderers nicht mehr erschwert, eine Rückkehr dorthin, wo er, wenn er den Mund aufmacht, nicht gefragt wird, woher er kommt und ob er hier bleiben oder wieder dorthin zurückgehen will, von wo er gekommen ist. Für einen Ort, für unser Zuhause, spricht manchmal lediglich der Umstand, daß wir dort keinen Papierkrieg führen müssen, verstehen, was was zu bedeuten hat, uns über die Witze amüsieren, weil wir die Bezüge in Blitzesschnelle erfassen. Auch solche ansässigen Bürger gibt es, die nicht viel Wasser trüben wollen, keinerlei Machtansprüche stellen und von den anderen einfach nur geduldet werden wollen. Mit ihrer Wohnung halten sie es ähnlich wie mit einem Hotel, in dem sie für eine gewisse Zeit abgestiegen sind.

Wer einmal erlebt hat, eines schönen Tages in der eigenen Heimat ein Ausgestoßener, ein Rechtloser geworden zu sein, wer einmal eingesperrt worden ist, der vermag sein Verhältnis zu gleich welchem Wohnort nur als ein Provisorium zu betrachten. Wenn man ihn schon einmal hat wissen lassen, daß er für die Mehrheit ein Problem und eine Belastung sei, eine Plage und ein Unheil, eine ansteckende Krankheit und eine Krebsgeschwulst, wenn er im eigenen Land als illegaler Dämon leben mußte, dann empfindet er seine Wohnanschrift nicht mehr als gottgegebenes Schicksal. Viele Emigranten haben das Gefühl, von der Heimat, die sich als unzuverlässig herausgestellt hat, betrogen worden zu sein, weshalb das Verhältnis zu ihr ein nüchternes und objektives sein dürfe und sie ihr im weiteren keine einseitige Liebe mehr schuldig seien. Da aber von einer Liebesbeziehung die Rede ist, kann die Abkühlung überraschend in heißes Verlangen umschlagen, von brennendem Heimweh abgelöst werden.

Für den Exilanten stellt sich das Leben in vielen Geschichten dar, sofern er sich den Luxus der Erinnerung überhaupt leisten kann. Die Situation des Schriftstellers ist eine andere als die der normalen Emigranten, die besser daran tun, sich nicht allzuviel den Erinnerungen hinzugeben, sondern sich darum zu bemühen, bis über beide Ohren in die neue Welt einzutauchen. Um am neuen Ort Fuß zu fassen, kann der mitgebrachte Stoff dem normalen Emigranten bei der Eingliederung im Weg stehen.

Viele wollen den Kindern nicht einmal die Muttersprache weitergeben, insbesondere dann nicht, wenn sie aus ärmeren Ländern kommen und es sich um keine Weltsprache handelt. Ein solcher Hintergrund ist eher komisch als wünschenswert. Der Immigrant aber möchte in allem seiner Umgebung ähnlich sein. Dessen Kind will genau so sein wie die anderen, und wegen der Eltern mit ihrer schrecklichen Aussprache schämt es sich vor seinen Kameraden. Erst der Enkel wird sich seiner Fremdartigkeit brüsten, wenn er vom Akzent bis zu den Gewohnheiten fast schon ganz so ist wie die Einheimischen.

Wenn ein Schriftsteller ernsthaft arbeitet und in dieser Zeit seine Adresse ändert, weil er bedroht worden ist, dann entspricht das einer beinahe ebenso nüchternen Handlung, als wenn er sich bei Hagel unter die Dachtraufe stellt. Wenn ihn die Arbeit gefangennimmt, dann hält er sich am neuen Ort auf und zugleich auch nicht. Die Einheimischen schließen ihn nicht in die Arme? Das macht nichts. Vielleicht hat er ja keine Lust auf Umarmungen. Wenn er schreibt, will er vermutlich nur in Ruhe gelassen werden. Außerdem hofft er, für sein Geld höflich bedient zu werden.

Was die Einheimischen rührt, wirkt auf ihn unter Umständen wie eine Karikatur. Nicht nur ihm, sondern auch den anderen in der Kolonie, allen fällt das gleiche auf, und sie amüsieren sich darüber. Schriftsteller, Dichter, Bildhauer, Maler, Filmregisseur und Pilot, an einem Tisch vereint lärmen und lachen sie schallend. Eine Kolonie bilden sie. Landsleute sind sie, Mafia, Sippe, Mischpoche. Durch schrecklich viele Telefonanrufe, die gleichen Cafés und manchmal Träume, die in ein und derselben Nacht die Runde machen, sind sie miteinander verbunden. Am nächsten Morgen klingelt das Telefon, und sie können sich gar nicht genug darüber wundern, daß sie alle das gleiche geträumt haben.

Was der Emigrant, der Umziehende, wo auch immer, wiederherstellt, ist ein Teil seiner Vertrautheit. Entweder ist er zu zweit gekommen, und dann hängen er, sie sich noch stärker an die Partnerin, den Partner, oder aber sie finden sich hier und klammern sich mit beiden Armen aneinander, lieben im Bett ein anderes Land. Wenn er Glück hat, stößt er auf freundliche Bekannte, mit denen ihn geistige Komplizenschaft verbindet. Dann kann zwischen ihnen ein Unterschiedsberg stehen so riesig wie der Himalaja, sie verstehen sich trotzdem sofort, schon ein einziges Augenzwinkern genügt.

Vergebens möchte der Aus- oder Einwanderer ebenso glatt und stromlinienförmig sein wie die anderen dort. Das ist ihm nicht vergönnt. Er vermutet, daß hinter seinem Rükken über ihn geredet, daß er schlechtgemacht wird. Und es kann durchaus sein, daß das zutrifft. Wer nicht so ist wie die Mehrheit, über den wird insgeheim hergezogen. Wirklich akzeptieren werden sie ihn nie. Schön und gut, daß er die ortsübliche Sprache auf einem annehmbaren Niveau erlernt hat. Dafür loben sie ihn. Seinen Akzent und die grammatischen Fehler ertragen sie und trösten sich mit seinen sonstigen Tugenden. Doch ein längeres Zusammensein mit ihm, wozu leugnen, ist anstrengend.

Der Reisende ist komplizierter als der ansässige Bürger. Er erinnert sich daran, was früher und anderswo passiert ist, und ahnt auch, daß dereinst wieder etwas anderes kommen wird. Nur die Gegenwart verbindet ihn mit dem Ort, die Vergangenheit nicht und vielleicht auch die Zukunft nicht. Hergekommen ist er, weil in seinem Land Krieg oder Diktatur herrscht. Wie sich die Dinge daheim entwickeln werden und wie sich die lange Abwesenheit auf ihn auswirken wird, weiß er nicht. Vielleicht ist er damals mit dem Gedanken weggegangen, daß er dereinst zurückkehren wird. Doch wenn der Grund für seine Auswanderung nicht mehr existiert, wenn nicht mehr geschossen wird oder die Diktatur gestürzt worden ist, die Gefahr der Vergangenheit angehört, dann wird er vielleicht bemerken, daß ihm die Lust zur Rückkehr abhanden gekommen ist, daß er inzwischen dort heimisch geworden ist, wo man ihn aufgenommen hat. Bei einem Besuch in der alten Heimat nimmt er wahr, daß er sich außerstande sieht, zwischen dem abstoßenden Regime von gestern und der Bevölkerung, die gegen die Staatsmacht eingestellt war oder aber, im anderen Falle, zusammen mit dieser kein Unrechtsbewußtsein besitzt, einen Unterschied zu machen. Im übrigen verzeihen die Daheimgebliebenen auch ihm sein Weggehen nicht. Während sie sich hier im Lande geduckt haben, hat er sich draußen in der Fremde im

Lichterglanz geaalt. Und zu allem Verdruß zahlt er ihnen nun auch noch das Abendessen.

Wenn er in der Fremde gut durchgekommen ist, so ist das unverzeihlich. Doch wenn er den kürzeren gezogen hat, dann hat er nichts Besseres verdient. Herausgerissen aus seinem Umfeld gehört er nicht mehr wirklich zu den Einheimischen, deren übliche Voreingenommenheit er nicht teilt. Sofern es ihm gelungen ist, sich im Ausland einen Namen zu machen, wird er daheim um so weniger erfolgreich sein. Das heimische Publikum schätzt den inneren Emigranten mehr als den äußeren, den Insider mehr als den Outsider. Der Heimkehrende wird auf keiner Rangordnung mehr plaziert. An ihn sind sie nicht mehr gewöhnt, mit ihm haben sie nicht mehr gerechnet. Und da kommt er nun und stiftet Verwirrung. Am besten, man nimmt ihn gar nicht so richtig wahr.

Wenn es dem Emigranten wichtig ist, irgendwo einmal heimisch zu werden, dann muß er große Anstrengungen unternehmen, um nicht ständig depressiv zu sein. Bei trübsinniger Stimmung spürt er die Vergeblichkeit seines Hierseins: Was hat er unter diesen Menschn zu suchen, an die er sich nicht gewöhnen konnte? Ihnen gleichen will er schon nicht mehr. Seinen Akzent zu verbergen, daran liegt ihm nichts mehr. Kein Anbiedern mehr, um dazuzugehören. Er beharrt lieber darauf, ein Außenstehender gewesen zu sein und zu bleiben.

Er, der konstitutionell Außenstehende, der das, was er hinter sich gelassen hat, als eine amoralische und geschmacklose Masse empfindet, ist der echte Emigrant. Daß sie ihn um seinen Anteil gebracht, von dort verdrängt haben, entspricht einer Gesetzmäßigkeit. So hatte es kommen müssen; etwas anderes hatte er von dieser verderbten Erde nicht erwartet. Wen der Zug abtransportiert hatte, dessen Güter nahm die Nachbarschaft in Besitz. Jeder riß etwas an sich und schleppte es fort. Alles von den Geächteten Zurückgelassene ist für die Bleibenden brauchbar. Doch an die Herkunft der Sachen darf nicht gerührt werden. Nach jeder Deportation und Vertreibung stülpt sich über die Erinnerung an die Verschwundenen ein Gischtteppich. Diese Erkenntnis, nicht unter denen geblieben zu sein, mit seiner Entscheidung für das Exil eine gute Entscheidung getroffen zu haben, beruhigt den Fortgegangenen. Daheim wäre sein Leben ein einziges Fiasko gewesen. Er aber hat den entscheidenden Schritt gewagt, hat die Nabelschnur durchtrennt. Die anderen schlagen sich dort noch immer mit den alten Problemen herum, während er mit neuen Herausforderungen konfrontiert worden ist. Er hat sich erkühnt, auf den schwierigsten Wettkampfbahnen zu starten.

Einfach ist das Unternehmen wahrlich nicht. Bindet sich der Einwanderer beispielsweise durch Heirat an die neue Umgebung, dann muß er sein Vorleben innerhalb der Familie in den Hintergrund drängen. Die eigene Sprache zu sprechen ziemt sich nicht. Selbst dann nicht, wenn ihn ein alter Freund besucht, weil seine Partnerin von einer solch komplizenhaften Unterhaltung ausgeschlossen sein würde. Die Höflichkeit verlangt ein Umschalten auf die Gastgebersprache. Sollte das unterbleiben, wäre die Ehepartnerin beleidigt, weil unter ihren Augen eine Intimität stattfinden würde, zu der ihr der Zugang verwehrt wäre. Der einheimische Ehepartner unterzieht sich selten der Mühe, die Sprache des Einheiratenden zu erlernen. Jener wird sich doch nicht nach diesem richten, soll der Ankömmling sich doch gefälligst ersterem anpassen. Den verdrießt schon allein die Tatsache, daß sein Liebster, seine Liebste in die muttersprachliche Umgebung zurückfällt und dadurch förmlich auflebt, mit ausdrucksstärkerer Mimik und offensichtlichem Genuß redet, da ihm die Formulierungen jetzt keinerlei Schwierigkeiten bereiten, da er nun nicht darauf achten muß, die gewünschte Aussage in der erlernten Sprache korrekt zu artikulieren, da er nun keine Angst haben muß, sich der Lächerlichkeit preiszugeben. Jetzt, inmitten seiner Landsleute, in der vertrauten sprachlichen Umgebung kann er auf Disziplin und Vorsicht verzichten. Diese Erfahrung führt in Mischehen zu viel Gereiztheit oder eben zu Verboten: Der Ehepartner soll sich nicht in den Zauberkittel der fremden Sprache verkriechen dürfen!

Es macht nichts, wenn ein Schriftsteller Probleme hat, wenn er Reibungen mit seiner Umgebung ausgesetzt ist. Es macht nichts, wenn er sich allein fühlt. Es macht nichts, allerdings nur dann, wenn er dem gewachsen ist und nicht daran zugrunde geht. Auch ein guter Schriftsteller braucht die Unterstützung der Außenwelt, des Verlags, der Leser, braucht ein klein wenig Erfolg. Wenn ihm all das versagt bleibt, kann die Lust am Schöpferischen versiegen und der Zweifel von ihm Besitz ergreifen, ob er überhaupt zu irgend jemandem gehört. Dabei hat er seine Vergangenheit zu einer tendenziösen Fabel umgesponnen, um sein Herkommen zu rechtfertigen. Denn weggehen von dort, das mußte er. Die Ereignisse besaßen eine Teleologie, die Strömung, die ihn hier angeschwemmt, seinem Leben die Richtung gewiesen hatte. Schlimm allerdings ist es, wenn er das Verlassene undifferenziert niedergemacht hat, wenn sich der Text als allzu tendenziös erweist und der Pferdefuß mehr als sichtbar wird.

Die Emigration geht meist mit einer Deklassierung einher, mit einem sozialen Abstieg. Um sein Auskommen zu haben, muß der Einwanderer primitivere Arbeiten verrichten. Sich selbstsicher zu fühlen, dafür hat er keinen Grund. Wichtig scheinende Personen muß er durch intensiveres Lächeln, als sich von selbst ergeben würde, bestechen. Er gibt sich freundlicher, als er im allgemeinen tatsächlich ist. Vielleicht meint er, nur so auf sich aufmerksam machen zu können.

Zusammen mit seiner Depression wird der Emigrant gelegentlich vom Gefühl frostiger Absurdität befallen, denn die ernsten Angelegenheiten der Einheimischen lassen ihn manchmal verblüffend kalt, ja, die Themen der leidenschaftlich geführten Diskussionen kommen ihm sogar witzig vor. Lokale Sentimentalitäten erscheinen ihm unter Umständen als komisch. Obschon er bei ironischer Behandlung einheitlicher Feierlichkeit aus dem Kreis der Ehrwürdigen verstoßen und als spöttischer Sonderling abgestempelt werden kann, entzieht sich der scharfsichtige Schriftsteller dem herrschenden politischen Sentimentalismus. Wenn es ihm nun schon einmal gelungen ist, einer Spielart davon den Rücken zu kehren, ist es ziemlich unwahrscheinlich, daß er sich in eine andere verwickeln lassen wird. Mehr als ein interessiertes und höfliches Lächeln kann der Gast dem Geist des Ortes nicht zollen. Selten wird ein echter Schriftsteller von dem für alle Regime typischen politischen Kitsch mitgerissen.

Die Haltung des Ortsansässigen, des Verfechters der Ortsgebundenheit verführt zu zwei Fehlern: zur Prahlerei und zum Selbstmitleid. »Beobachte dich mit fremden Augen!« flüstert ihm ein Dämon zu. Dauerhaftes Verwurzeltsein geht mit Anschwellen des verletzten Ich einher, gegen das Sich-Entfernen, Reisen in die Fremde, eine nützliche Kur ist. Wenn wir aus unserem ständigen Wohnort herauskommen, haben wir keine Möglichkeit, in uns selbst zu versinken, denn dann müssen wir die Umgebung ins Visier nehmen, müssen wachsam sein. Auf Reisen schrumpft die Vergangenheit zusammen, verschließt sich, und die Gegenwart drängt sich vor sie. Reisen und das Exil nötigen uns, in der Gegenwart zu bleiben. Sie heben uns aus dem alten Hintergrund heraus und machen das Ego schlanker. Der Reisende wird unaufhörlich mit der eigenen Unwissenheit konfrontiert. Ein einheimisches Kind weiß mehr von dem betreffenden Ort als der betagte Reisende. Er benimmt sich linkischer als sonst, macht Fehler, ist aufgeregt, stellt viele Fragen. Zur Überheblichkeit hat er jetzt keinen Grund, er ist es, der um Gefälligkeiten bittet, auf andere angewiesen ist, sein Schneckenhaus verlassen hat, verletzlicher ist, den äußeren Rahmen seiner Selbstsicherheit eingebüßt hat.

Aber schreiben kann er. Irgendwo breitet er auf einem Tisch seine Utensilien aus, den Notizblock, den Füllfederhalter und die Schreibmaschine. Er setzt die unterbrochene Arbeit am Text fort oder beginnt mit einem neuen, was ihm innere Sicherheit verleiht. In der Sprache ist er zu Hause. Für die Zeit des Schreibens ist er nach Hause gegangen. Ein wichtiger Ort ist für den Schriftsteller imaginär; er trägt ihn mit sich im Kopf umher. Nährstoff für die Augen ist an unzähligen Orten zu finden. Da der Emigrant die vielen heimischen Orte, bei deren Aufsuchen ihm eine ganze Bildserie, eine Verknüpfung von Bildern wieder in den Sinn kommen könnte, nicht aufsucht, wird seine Erinnerung nicht aufgefrischt, der Bilderschatz nicht gehoben. Zur Entschädigung werden die Abwesenheit, das Weggehen, das Provisorium das Thema sein, die Komplikationen beim Errichten des Lagers, die Emigration selbst, die internationale Kolonie, der Freundes- und Bekanntenkreis von seinesgleichen an einigen Punkten der Stadt, einigen gastlichen Orten, vielleicht in der Umgebung jener Einheimischen, die als Stützpunkte der Kolonie fungieren, die eine Affinität zu jener merkwürdigen Gesellschaft bekunden.

Die Diskussion darum, was das Schreiben eher befördert, Verwurzeltsein oder nomadisches Weiterziehen, verstummt nicht. Ein und dieselbe Ortsverbundenheit können wir als Ankunft begreifen wie als vorübergehende Unterbrechung der Wanderschaft. Dennoch glaube ich allmählich, daß es einen zentralen Tisch gibt, ein Bett, einen Anblick, von wo aus sich unsere Bewegungsbahnen verzweigen. Die Orte besitzen eine Rangskala. Der eine oder andere Ort auf der Erde veranlaßt den Wanderer, ein Übereinkommen zu treffen und die Vertrautheit zu pflegen.

Manch einer ist sein ganzes Leben lang auf der Suche nach Vertrautheit, und manch einer ist sein ganzes Leben lang auf der Flucht davor. Es kommt vor, daß einer immer über denselben Ort schreibt, obwohl er sich seit Jahrzehnten anderswo aufhält. Der Schriftsteller bleibt seiner Umgebung gegenüber ohnehin etwas fremder als andere Menschen. Vertraute Fremdheit, eine geteilte Beziehung zu allem, was er bekommen und geerbt, was ihm das Schicksal auferlegt hat. Vermutlich hat er seine Spielkameraden schon in der Kindheit ironisch distanziert betrachtet. Das Verhältnis zu seiner Geburtsstadt ist ziemlich paradox. Zwar weilt er in der Ferne, trotzdem träumt er von ihr. Aus seinen Überlegungen verbannt er sie, und plötzlich findet er sich dort im Haus seiner Kindheit wieder. Das Bewußtsein ist ein großer Clown.

Das Schriftstellergewerbe hat Heilige, die mit Würde die im Exil über sie hereingebrochene Armut tragen und sich davon auch nicht sonderlich beeindrucken lassen. Sie haben die Minimalexistenz erlernt, die Techniken, wie man von Brot und Wasser leben kann. Irgendwo haben sie eine Möglichkeit entdeckt, wo es kostenloses Mittagessen gibt. Doch all ihre Kraft widmen sie dem entstehenden Buch. Diese asketische Hingabe hat in den Augen der anderen etwas Scheußliches. Schon möglich, aber das ist der Preis für die Sache. Wenn der Text gut ist, dann denkt der Leser, es habe sich gelohnt. Der Kiebitz entblödet sich nicht, kluge Ratschläge zu erteilen. Dem Autor aber steht an einer Hauswand eine hübsche kleine Gedenktafel zu: Von da bis da hat der Meister Soundso hier gelebt und gearbeitet.

Kultur des Friedens?

Der Titel ist mir vorgegeben worden. Dazu solle ich einen Text dichten. Ach ja, das werde gut laufen, dachte ich anfangs, dann aber erschrak ich. Kultur des Friedens? Was ist das eigentlich? Wenn die Kinder schön brav und aufmerksam in der Schulbank sitzen? Das mache sie aus? Doch wenn sie sich auf dem Schulhof schlagen, zeige sie sich nicht? Die Hochzeit ja, die Scheidung nein? Emsige Arbeit ja, Streik nein? Politik ja, Alltagsleben nein? Oder umgekehrt? Die eine Partei ja, die andere nein? Das eine Land ja, das andere nein? Was ja und was nein?

Sollen wir das Leben klassifizieren? Oder sollen wir besser sagen, Friedenskultur sei alles Seiende oder, bescheidener ausgedrückt: fast alles, mit Ausnahme des Tötens von Menschen, insbesondere nicht organisiertes, mit kollektivem Haß einhergehendes, unpersönliches und kaltsinniges Töten von Menschen? Und auch solches Reden nicht, das dazu führt. Instrument und Ritual des Tötens, Kleidung der Tötenden haben aus dieser Sicht nichts zu sagen. Denn worin besteht die Frage, worin der Maßstab, worin die Norm, die uns eine Richtung weisen, um die Abweichung, den Gesetzesbruch zu untersuchen?

Wozu sollten Waffen und Armeen dienen, wozu das staatliche Gewaltmonopol, wenn nicht dazu, die Gewalt nötigenfalls auch einzusetzen? *Du sollst nicht töten!* So lautet das Gebot auf der Gesetzestafel. Darunter tobt das Leben, in dem es alles gibt, auch das Töten, mit kleingewerblichen wie mit großindustriellen Methoden. Zwischen den staatlichen Gesetzen und den zehn Geboten liegt eine nicht zu überwindende Distanz.

Während vieler Jahrtausende wurden Kriege und Kämpfer verherrlicht, wurden die Zivilisation und die friedliche Rechtsordnung entwickelt. Zum überwiegenden Teil haben die Menschen ihre Kraft friedlicher Kultivierung gewidmet. Von Zeit zu Zeit allerdings sind sie kollektivem Wahnsinn verfallen und haben unter fadenscheinigen Vorwänden andere Menschengruppen angegriffen.

Getan haben sie das nicht, weil sie von Grund auf böse wären oder genetisch zum Irrsinn neigten. Vielmehr sind sie nett und nüchtern. Trotzdem leisten sie der Gewalt mit ihrer Arbeit, ihren Worten und Phantasien Vorschub. Warum? Vielleicht deshalb, weil die Hauptstraße der Ideen und Gesinnungen gerade diese Richtung eingeschlagen hat, weil gerade *das* die flutende Welle ist, die natürlich abebben, bis dahin aber Schreckliches anrichten wird.

Was *nicht* die Kultur des Krieges sei, das, so könnten wir sagen, sei die Kultur des Friedens. Doch sogleich würden wir uns in dieser Logik verirren. Denn kann in Kriegszeiten überhaupt eine Kultur des Friedens existieren? Selbst die warmen Strümpfe aus dem Paket von daheim wärmen die Füße eines jungen Mannes, der auf andere, ihm ähnelnde junge Leute schießt. Die moralische Last wird durch das Prinzip der Gegenseitigkeit nicht verringert. Die Mutterschaft oder die Kunst können nur gelegentlich in die abstrakte und unpersönliche Kultur des Krieges eingreifen, da sie abweichend von letzterer personal sind. Wo Krieg geführt wird, dort ist derjenige, der einem Gefangenen zu essen gibt, unpatriotisch und paktiert vielleicht sogar mit dem Feind. Mitgefühl ist mit dem Geist des Krieges unvereinbar. Gegenüber dem Leiden anderer, sofern sie nicht die Unseren sind, gilt es, gleichgültig zu sein. Weder Kunst noch Frieden kommen ohne Empathie aus. Auf solche Weise geraten diese beiden lockeren Vögel in den nicht zu entkräftenden Verdacht, Komplizen des jeweiligen Feindes zu sein.

Die Aussichten auf Frieden sind stets gefährdet, wenn ein

Staat irgendeine Ideologie verfolgt und seine Funktionäre unerschütterlich daran glauben, daß sie in der Welt das Gute repräsentieren. Wer demzufolge ihre Überzeugung nicht teilt, der will ihrer Meinung nach das Böse. Glauben können das die entscheidungsbefugten Politiker deshalb, weil sich Intellektuelle finden, die sie in einer derart irrigen Vorstellung bestärken. Es ist von großem Übel, wenn Politiker an einen gerechten Angriffskrieg glauben, wenn sie das Empfinden haben können, daß sie die Waffen der Gerechtigkeit und der guten Sache in Händen halten, weil sie von einer nationalen, ideologischen oder religiösen Idee beherrscht sind, die sie zur Gewaltanwendung ermächtigt und von Schuldbewußtsein befreit. In einer solchen Verfassung schlagen sie leicht zu, und nichts hemmt sie, die Kriegsmaschinerie in Gang zu setzen.

Deshalb muß die unabhängige Intelligenz nachdrücklich gegenüber jeglicher Waffenanwendung die Gewissensbisse und produktiven Zweifel hervorheben. Sonst fühlen sich die Militärs zu harten Schlägen ermächtigt. Zur Rechtfertigung der Aktionen braucht es nur eine geeignete Rhetorik. Die Vertreter der Regierung oder der Armee werden sich in voller Überzeugung der Weltpresse stellen und die wenigen Argumente bei jeder Gelegenheit wiederholen. Zu ihrem Beruf gehört ein bißchen allgemeiner moralischer Bühnenzauber, um die Effektivität des Einsatzes, die Zerstörung von Gebäuden, Brücken, Energie- und Nachrichtenzentralen sowie die Vernichtung mobiler, vermutlich militärischer Zielpunkte mit selbstsicherer Heiterkeit demonstrieren zu können.

Die Bürger der entwickelten Länder schätzen in zunehmendem Maß den Wert des einzelnen und vertrauen der Technik immer mehr. Die Einigung mit anderen Bevölkerungsteilen darf nicht unter Anwendung von Waffen zustande kommen, denn früher oder später wird jede gewaltsame Dominierung der Gesellschaft wegschmelzen, jede Okkupation, jede kleine, schwärmerische, fanatische Gruppe, die auf dieser symbolischen Herrschaft besteht, sich als nicht haltbar erweisen. Obwohl sie bei der Mehrheit des Besatzervolkes eine Zeitlang gerechtfertigt werden kann, wird die Mehrheit ihrer eigenen radikalen Minderheit plötzlich überdrüssig und gehorcht ihr nicht mehr. Dann gerät die herrschende Minderheit in eine Lage, die schlechter ist, als sie gewesen wäre, hätte sie nicht die Macht usurpiert. Denn es kann sein, daß die Minderheit, nachdem sich das Glück gewendet hat, vertrieben wird. Die ethnischen Säuberungen kehren sich um, und die überlegene Ethnie wird infolge einer militärischen Wende selbst Opfer ethnischer Säuberungen und muß fluchtartig Haus und Hof verlassen.

Die Kunst macht auch die nicht-ideologische Seite des Krieges sichtbar, schenkt dem Opfer Beachtung, den Verlusten, und vermag im Gegner den Menschen zu erkennen. Obwohl es Ausnahmen gibt, dürfen wir im allgemeinen behaupten, daß die Schriftsteller nicht kriegsbegeistert gewesen sind und ein Auge für das Leid gehabt haben. Großer Kunst wohnt von vornherein das Gift des Universalismus inne, sie ist Trägerin eines allgemeinmenschlichen Elements. Jeder hat Vater, Mutter, Kinder, eine Liebste, einen Liebsten, Kummer. Da die Literatur genau davon handelt, kann sie sich nicht in Staatsgrenzen einsperren lassen.

Selbst Sprachgrenzen sind keine Grenzen. Kunst kann Spuren nationaler Einflüsse aufweisen, ist aber auf keinen Fall nationalstaatlich. Echte Kunst kann nicht Dienerin einer Regierung sein, stets ist sie etwas anderes als von den Herrschenden gewünscht. Und dieser Unterschied *sui generis*, das unabhängige Abweichen bis hin zur Konfrontation, muß respektiert werden.

Ohne eine unabhängige Intelligenz bleibt der Frieden unbeständig und besitzt keine zuverlässige Stütze. Worin besteht die Moral der Ballade von den Schrecken des 20. Jahrhunderts? Unter anderem darin, daß die Emanzipation des friedenstiftenden Denkens ein endloser Prozeß und nicht einem System mit einem Endzustand gleichzusetzen ist. Nach der Wende von 1989 könnte man sich mit dem Argument, es gebe keine Zensur mehr und die Redefreiheit sei gewährleistet, zurückziehen. Doch wenn sich die Schriftsteller nicht einmischen, werden es andere tun. Keine Angelegenheit, in die nicht irgend jemand hineinreden würde. Wenn die Klarblickenden die Augen verschließen, dann wird die liberale Demokratie weniger liberal sein, kann die Presse von ideologischen Wellen überschwemmt werden, die kollektiv als Zensur funktionieren.

Die Kultur des Friedens beginnt damit, daß wir die Existenzberechtigung der verschiedenen Werke und Wahrheiten nebeneinander akzeptieren, ist also identisch mit dem Respekt vor dem Pluralismus. Modell der Kultur des Friedens ist in dieser Hinsicht eher die Kunst als irgendeine Religion, denn die Kunst hat noch keinen Krieg angezettelt, die Religionen um so eher. Da Individualität in der Welt des Ästhetischen den Vorrang genießt, vermag die Kunst nie mit kriegerischen Regierungen übereinzustimmen und noch weniger mit den verschiedensten Tyranneien. Die Kunst transzendiert stets das Politische oder das Religiöse. Nationale, religiöse und politische Extremisten tauchen in jeder Kultur auf, wüten dort und setzen den Staat unter psychischen Druck. Keine Kirche, keine religiöse oder soziale Idee, deren radikale Anhänger ihre Maschinenpistole nicht lieben würden. Die Taliban-Milizen, die iranischen Revolutionsgardisten, die chinesischen Kulturrevolutionäre, alle möglichen radikalen Nationalisten im ehemaligen Jugoslawien und die separatistischen Guerillaorganisationen schießen und sprengen gern im Namen Gottes, der Nation und der Revolution. Heutzutage geschieht das Töten vor allem unter Berufung auf den nationalen Widerstand, eine Ideologie, die bei den Verlierern der Globalisierung auf fruchtbaren Boden fällt.

Der dritte Weltkrieg könne von keiner Seite als gerechter Krieg geführt werden, und er würde keinen Sieger haben, schrieb ich 1963. Das war damals in Budapest eine Häresie, heute ein Gemeinplatz. Anders ist die Situation, die Erfahrung haben wir gemacht, mit den kleinen, den lokal begrenzten Kriegen, die – wenigstens scheinbar – zu gewinnen sind. Auch diese Kriege beginnen für gewöhnlich damit, daß der eine Gegner zurückschießt. Denn immer gibt es Verrückte und Nervenschwache, die ihre Waffe abfeuern. Und damit tritt der *casus belli* ein, wenn sie die Gelegenheit beim Schopfe packen wollen, wenn sie irgendeiner Seite zeigen wollen, daß man mit ihnen so nicht umspringen kann. Immer finden sich junge Hitzköpfe, von deren Gedanken zur Tat nur ein kurzer Weg führt. Was sonst sollten sie tun? Sie werden sich schlagen, denen einen Denkzettel verpassen, eins überbraten, zeigen, was Sache ist.

Was für Menschen sind diese glatzköpfigen Jugendlichen, die auch in Berlin aufmarschieren und imstande sind, als Gruppe einen Schwächeren zusammenzuschlagen? Es scheint ein deutsches Spezifikum zu sein, daß diese Helden, abweichend von ihren Kollegen in anderen Ländern, allabendlich nicht einmal vor Mord zurückschrecken, worin sich die Hemmungslosigkeit dieses latenten nationalen Radikalismus artikuliert. Wahrscheilich geht auch ihnen der Begriff der nationalen Identität oft über die Lippen, das Zauberwort sämtlicher xenophoben bewaffneten Aktionen. Der mitteleuropäische radikale Nationalismus, der im Krieg eine Niederlage erlitten und im deutschen Nationalsozialismus am zügellosesten Gestalt angenommen hat, kehrt hier und da bei den Urenkeln, die den kriegerischen

Ruhm der Ahnen wiederaufleben lassen wollen, zurück. Wer bereit ist, das Gesicht eines Menschen mit Stiefeln zu bearbeiten, der möchte bewußt moralische Grenzen überschreiten, er unternimmt eine Art Ausbruch: Er behandelt den anderen als restlos zu vernichtendes Material, gefühllos, begegnet uns mit kaltblütiger Gleichgültigkeit, in der Überzeugung, das sei so in Ordnung, denn der Fremde müsse getötet werden, damit er nicht hier sei, sonst würde er sich vermehren, und wenn nichts dagegen getan werde, könnte er die Oberhand gewinnen.

Wäre ich ängstlicher, könnte ich denken, die Xenophobie, die Fremdenfeindlichkeit, die nationale Feindseligkeit, sei ansteckend, denn unter den Psychosen ist die Paranoia meines Wissens als einzige infektiös. Bisher hat organisierter kollektiver Haß überall zur Diktatur geführt. Wo der Nicht-Einheimische vor offener Gewalt Angst haben muß, wo sich eine Menschengruppe ermächtigt fühlt, die Moral, die Anspruch auf die Achtung vor dem anderen Menschen erhebt, und das Gesetz, das die Anwendung von Gewalt unter Strafe stellt, auszuklammern, dort gibt es keine zuverlässige bürgerliche Zivilisation. Wenn dem nicht-deutschen Reisenden in Deutschland von spontan sich zusammenrottenden Banden Gefahr droht, dann kann auch dem deutschen Reisenden im Ausland Gefahr drohen. Der Zweite Weltkrieg hat gezeigt, daß die Nicht-Nazis unter den Folgen wenigstens ebenso zu leiden hatten wie die Nazis. Die blutigen Ereignisse des vergangenen Jahrzehnts auf dem Territorium des einstigen Jugoslawien unterstreichen die gleiche Lehre. Auch dort hatte die passive Mehrheit, die die Gewalt tolerierte und jahrelang dagegen nicht effektiv auftreten konnte, die Konsequenzen für die Taten der Radikalen zu tragen.

Daß – dank der Wende von 1989 – keine Atomraketen auf unsere Städte gerichtet sind, daß die Gefahr eines Weltkriegs und damit einhergehend einer fast totalen Vernichtung gebannt ist, ist für jeden ein Gewinn. Daß kein gewaltsamer kollektiver Tod auf uns lauert, ist zur Jahrtausendwende etwas Neuartiges. Wir haben das Recht auf unseren eigenen Tod und unser eigenes Leben zurückgewonnen. Wir sind zu keinem Satellitenschickal verurteilt, sind weder anderen Staaten noch dem eigenen vollkommen ausgeliefert. Folglich bleibt uns nichts weiter übrig, als Bürger zu werden, die für ihr eigenes Schicksal und das ihrer Mitbürger nicht nur prinzipielle Verantwortung tragen, sondern auch an den Entscheidungen teilnehmen müssen. Der allgemeine und der individuelle Stil unserer Städte ist Resultat unseres Tuns. Dieser Stil kann beanstandet werden, Tatsache aber ist, daß die Wende unblutig erfolgt ist und es auch weiterhin nicht nach Blutvergießen aussieht.

Frieden, so können wir sagen, ist nicht nur die augenblickliche Abwesenheit von Krieg, sondern etwas mehr, etwas Zuverlässigeres, nämlich *Freundschaft*, eines der höchsten menschlichen Güter. Zur Liebe genügt ein einziger Mensch, zur Freundschaft aber bedarf es auch eines anderen. Freundschaft ist eine wechselseitige Beziehung. Ich kann sogar mehrere Freunde haben, und es ist auch denkbar, daß die zusammenkommen. Dann kann eine einzige Person Knotenpunkt eines ganzen Freundesnetzes sein. Eine non-personale Freundschaft gibt es nicht, wie auch eine universal ausgerichtete Liebe fragwürdig ist, etwa der Ausruf der Präsidentschaftskandidaten am Ende einer Rede: *I love you all.*

Eine gute Gesellschaft ist durch viele paarweise oder in Gruppen sich manifestierende freundschaftliche Beziehungen miteinander verbunden. In einer schlechten Gesellschaft kann man nicht einmal dem Freund vertrauen, weil der einen vermutlich anschmiert. Der Gegensatz von Freundschaft ist Verrat. Wofür es keine Rechtfertigung gibt.

Verraten wir jemanden, müssen wir uns dafür bis in den Tod schämen.

Abstrakter Argwohn lastet in der Despotie bleiern auf jeder Person. Wenn alle Macht in der Hand eines einzelnen liegt, dann muß der unaufhörlich daran denken, daß das den anderen mißfällt, daß auch sie nach der Macht streben, das heißt, daß sie im tiefsten Herzensgrunde seine Todfeinde sind. Und wenn sie es *subjektiv* nicht sein sollten, dann sind sie es – unter Anwendung von Stalins flexibler Distinktion – *objektiv.* Allein angesichts ihrer Situation und ihrer Beziehungen können sie schließlich zu Feinden werden. Stalin ließ seine Freunde einsperren, weil er ihnen mißtraute. Oder er veranlaßte die Inhaftierung der Ehefrauen seiner Anhänger, um die Ehemänner auf die Probe zu stellen, ob sie sich beklagen, ob ein Privatgefühl über die Treue zur Partei siegt. Die Peinigung von Freunden bereitete ihm und seinen über weniger Macht verfügenden Epigonen besonderen Genuß.

Das Spiel mit den anderen resultiert aus der Beklommenheit, aus der Angst, daß in dem Moment, da sich das Blatt wendet, der Freund das gleiche Spiel spielen und mit dem armen guten Tyrannen ebenso umspringen wird. Wenn es sich nun schon einmal so ergeben habe, daß entweder ich mit deinem Leben spiele oder du mit meinem, dann wolle doch lieber er es sein, der spiele, denkt sich der normale Despot. Na, und erst recht der wahnsinnige! Das Schwärmen für den Führer ist keine Freundschaft. Es kann auch ein Engagement in einer anderen Richtung bedeuten, eine Aufforderung zum Haß. Dich liebe ich, ergo töte ich ihn.

Vor 1989, im *Ancien régime*, in der alten Ordnung, folgte nach dem Begriff der Opposition ein Komma, dann als Apposition das Wort: Feind. So etwa: Die Opposition, ein Feind... Die Politische Polizei in Diktaturen späht und schnüffelt immer nach Feinden und vermutet, daß Satan sich auch in loyalen Bürgern verstecken könnte.

Prinzipientreuer Verrat allerdings ist keineswegs ein Monopol von Despotien, von totalen Diktaturen. Diese Schande ist auch der Logik des demokratischen Kapitalismus nicht fremd. Wenn sich der Mitarbeiter durch einen anderen ersetzen läßt, muß er entlassen werden. Ist das etwa kein Verrat?

Jedenfalls bedeutet die streng instrumentale Betrachtung, die sich von persönlichen Gefühlen nicht leiten läßt, das Gegenteil von Freundschaft. Großunternehmerische und politische Schonungslosigkeit setzt sich über Mitleid prinzipiell hinweg. Das beginnt bereits dann, wenn die Überlegenheit spürbar gemacht, der andere gegängelt wird, ihm jovial bedeutet wird, du bist in meiner Hand – Freude des kleinen Ichs. Da sich nun die kleinen Iche bei weitem in der Mehrheit befinden, wird die Gängelei so bald nicht verschwinden.

Die Globalisierung besitzt ihre Feinde. Wer warum zu den Verlierern gehört? Der eine aus eigenem Verschulden, der andere ohne eigenes Verschulden. Wem Arbeit und Existenzgrundlage wegen eines kleinen Mehrgewinns entzogen werden, weil die Produktionsstätte verlagert wird, der ist verzweifelt, nachdem er sich seines Ausgeliefertseins bewußt geworden ist. Nur selten gelingt es ihm, ebenso mobil zu werden wie das Kapital, das vor seiner Nase verduftet ist. Eine Minderheit mausert sich zu erfolgreichen Teilnehmern am Wettbewerb. Sie werden häufig genannt, sie werden gelobt und kritisiert, sie stehen im Vordergrund des öffentlichen Interesses. Von den Verlierern ist selten die Rede. Und wenn, dann auch nur nebenbei. Sie allerdings empfinden ihre Situation als eine ungerechte Plage.

Die demokratischen oppositionellen Bewegungen im Osteuropa vor 1989 funktionierten als freundschaftliche Gemeinschaften, die auf persönlicher Solidarität basierten. Alle Künstlergruppierungen, alle Künstlertische waren von manchmal dramatischen Freundschaften durchwoben. Diese Inseln, abgesehen von den eventuellen Spitzeln, wirkten in einer Gesellschaft, in der sich die dominierende Masse in Gehorsam gegenüber der Obrigkeit erging, als erfrischende Antikörper.

Eine gute Gesellschaft, das nehme ich gern an, ist diejenige, die von freundschaftlichen Fäden durchzogen wird. Ein kluger Politiker denkt nicht, die Gesellschaft zerfalle in zwei feindliche Gruppen. Eine Partei, eine Regierung signalisieren durch ihre Haltung, welches ihr Ideal ist. Auch ungewollt verraten sie durch ihren Redestil, wie sie die menschlichen Beziehungen sehen. Eine rücksichtslose Partei will eine rücksichtslose Gesellschaft.

Das Kriterium für eine kreative Begabung besteht darin, ob sie in den verschiedensten Zusammenhängen einen geistreichen Ausgleich, neue Bündnisse und Kooperationen zustande bringen kann. Die *neue Politik* sucht nach einem Konsens, der Grundlage für einen möglichen Kompromiß zwischen gegensätzlichen Interessen und Standpunkten. Etwas Gutes ist die Europäische Union deshalb, weil sie sich gegen niemanden richtet und die individuellen Besonderheiten der Menschen, Regionen, Länder und Nationen in Europa anerkennt. Die europäische Integration macht die Besonderheit zum Thema, hält sie der Kontemplation und Reflexion für würdig, erklärt, daß sie der Pflege wert sei.

In der Geschichte der Friedensstiftung sind rot markierte Festtage initiative und brückenschlagende Gesten: Sadat in Jerusalem, Brandts Kniefall vor dem Ghetto-Denkmal in Warschau, de Gaulle schloß Freundschaft mit Adenauer, Reagan mit Gorbatschow etc.

Wie wichtig es doch für ein Kind ist, daß es seinen Kameraden aus dem Kindergarten einen Freund nennen darf! Selbst ein Tier kann es als seinen Freund bezeichnen. Sogar eine Kinderethik gibt es, deren Sanktion in der Erklärung zu sehen ist: »Du bist nicht mehr mein Freund.« Sofern es eine Achtung vor der Würde des Kindes gibt, kann die Eltern-Kind-Beziehung im wesentlichen Freundschaft sein. Die Kultur des Friedens oder des Krieges beginnt in der Familie.

Zur Freundschaft bedarf es der Demut. Die eigenen Interessen und die Pflege unserer Eitelkeit müssen wir hintansetzen. Durch unsere Phantasie müssen wir uns in Konfrontation zu uns in die andere Seite hineinversetzen. Ohne Empathie gibt es nicht nur keine Freundschaft, sondern auch keinen Frieden. Da die politische Gewalt, mit anderen Worten: die Kultur des Krieges, sich weder in Budapest noch in Berlin, wo ich oft weile, zu einer siegreichen Seuche auswachsen konnte, da eine neue Torheit nicht alle Köpfe erobert hat, erlaube ich mir, jeden Vormittag zu schreiben, wozu ich Lust habe. Ich spreche mir selbst Mut zu, daß nämlich Schreiben und die Akademie der Künste dem Frieden näher stehen als dem Krieg.

Obwohl wir uns noch nie persönlich begegnet sind, empfinden wir für Komponisten, bildende Künstler, Architekten, Schriftsteller und andere Künstler Freundschaft, wenn uns ihre Arbeit gefällt. Der Leser schließt mit dem Autor Freundschaft, nimmt ihn an, denkt an ihn, stellt ihn sich vor, verzeiht ihm, lacht ihn aus, bedauert ihn, verehrt ihn, lebt mit ihm. Echte Kunst ist ausstrahlende und persönliche Solidarität gegenüber jedem einzelnen Wesen.

Als ich Tolstois Werke in zehn dicken Bänden auf ungarisch lektorierte, nachdem ich eine Auswahl aus seinem Tagebuch getroffen hatte, hatte ich das Gefühl, sein Freund zu sein. Für ihn sollte alles möglichst gut sein, damit er geliebt würde. Das wollte ich. Ein Entgelt vom toten Meister erwartete ich nicht. Nicht er schuldete mir etwas, sondern ich ihm. Er hatte das Seine getan, den ersten Schritt, hatte mir mit seinen Büchern die Hand entgegengestreckt. Freundschaft beruht auf Ebenbürtigkeit. Auch der Autor stellt sich einen ebenbürtigen Leser vor, jemanden, der ihn versteht.

Was ist die Kultur des Friedens? Vielleicht etwas, das nicht beim Namen genannt werden muß. Was wir täglich tun, ohne es als solches zur Kenntnis zu nehmen. Ihrerseits beispielsweise, meine Damen und Herren, jene zivilisatorische Leistung, daß Sie sich diese vielleicht etwas zu lang geratene Erörterung höflich angehört haben. Dafür darf ich Ihnen meine Anerkennung zollen.

Der dritte Blick oder
Betrachtungen eines Antipolitischen

In Europa voneinander lernen? Was? Einander kennen lernen, uns selbst erkennen. Wer sind wir eigentlich auf diesem schnell zu überfliegenden Kontinent, auf dem die Siedlungsdichte und die Dichte der Werke außergewöhnlich hoch ist? Es bedurfte einer ereignisreichen und mehr oder weniger genau erforschten Geschichte von mehreren tausend Jahren, um allmählich zu begreifen, daß Verschiedenheit kein Kriegsgrund ist. Vor einem Jahrhundert herrschten in Europa Frieden und wirtschaftlicher Aufschwung. Von der Zukunft versprachen sich die Menschen viel. Das folgende 20. Jahrhundert dann stand im Zeichen von Krieg und der Angst davor.

Die Vorväter, die martialischen Helden, ließen sich von einem starren Entweder-Oder leiten, von Strenge, Verletztheit und Kampfentschlossenheit. Sich selbst bestimmten sie in Konfrontation zu anderen Menschengruppen. Das Hauptübel erblickten sie stets im Nachbarland, in der benachbarten Nation und im Nachbarstaat.

Uns bedroht kein gewaltsamer, kollektiver Tod. Das ist neuartig. Nun sind wir gezwungen, uns von Staatsknechten in Bürger zu verwandeln, die für sich selbst und für das Schicksal anderer Verantwortung tragen. Jedermann hängt vom anderen ab. Die Macht ist nicht wirklich mächtig.

Jede Gesellschaft ist geprägt durch das herrschende Bild vom Menschen, davon, wie ein Mensch, der unseren Zeitgenossen und uns gefällt oder nicht gefällt, der mehrheitlichen Auffassung zufolge sein sollte. In Ländern, in denen sich der bürgerlich-demokratische Wandel verzögert hatte, wurde die gesamte Gesellschaft von militärisch-bürokratischem Geist durchdrungen. Das Militär bestimmte nicht nur das Ethos, sondern auch die Ästhetik. Der schönste Schritt war der Paradeschritt, das Bein mit durchgedrücktem Knie auf- und niederschwingend. Selbst Handwerker und Kaufleute mit einer Melone auf dem Kopf beherrschten diese Gangart. In Kolonne angetreten, umklammerten sie den Spazierstock wie ein Schwert. Grimmige Generäle waren Inkarnationen höchster Autorität. Ein großes Kunststück der Generäle zu Beginn des 20. Jahrhunderts. Noch schien der Krieg keine Absurdität zu sein. Große Geister feierten die Erneuerung durch Blutvergießen, das Heldenopfer. Die Kriegsberichterstattungen über die Verluste des Feindes waren ihnen ein besonderer Hochgenuß. Daß wir uns wechselseitig selbst vernichteten, war ein marginaler Gedanke. Die auf dem Schlachtfeld errungenen Tapferkeitsmedaillen strahlten auf einem Samtkissen in der Vitrine bürgerlicher Wohnungen. Wenn sich ein Bürger etwas Höheres als sich selbst vorstellte, dann überantwortete er sein Leben oder zumindest sein Gewissen dem Truppenkommandeur. Der sollte über ihn auf Leben und Tod verfügen.

Nachdem schon Millionen gefallen waren, stellte sich die Ernüchterung ein. Ein neues Ideal aber war noch nicht in Sicht. Die Militäruniform wurde vom Gewand paramilitärischer Kampfentschlossenheit abgelöst, von der Maskerade und dem aggressiven Wörterbuch des Parteisoldaten. Das Ideal des Bürgers wurde in die Rumpelkammer verbannt. Und man konnte noch von Glück reden, wenn es lediglich als lächerlich abgetan wurde und nicht als feindlich galt. Der auf das Piedestal gelangte politische Kämpfer war ein ästhetisches Objekt geworden, eine rätselhafte Figur, ein Romanheld. Sowohl die Nationalsozialisten als auch die kommunistischen Sozialisten schöpften für ihr Unternehmen, für die

Liquidierung des unabhängigen Bürgertums, reichlich aus dieser Ikonographie.

Normale, für anständig gehaltene Menschen billigten das Töten, wenn die Angehörigen einer zum Feind erklärten Menschengruppe von den Unseren beseitigt wurden.

Wenn es einen Feind gibt, dann ist er überall, nicht nur außen, sondern auch im Inneren. Also muß das Volk von ihm gesäubert werden. So entstand das Ideal des Kämpfers, der das Land nach innen wie nach außen schützt: die Politische Polizei, der Sicherheitsdienst. Argwöhnisch beobachtete sie, was geredet wurde, ob nicht giftiges Material des äußeren und inneren Feindes auftauchte. Wenn der aufrüstende und kämpferische Staat der höchste Wert ist, bedeutet Patriotismus bedingungslose Hingabe an die Obrigkeit, und dann begeht auch der Anzeigende eine religiöse Tat. Jene Regime, die 1989 ihren Geist aufgegeben haben, hielten bis zuletzt mit mehr oder weniger großer Entschlossenheit an der Ordnung dieser Ideale fest.

Tastend suchen unsere Zeitgenossen nach Menschenidealen. Kein Mensch ist von der inneren Notwendigkeit der Suche nach einem Lebenszweck befreit. Auf die eine oder andere Weise kämpft jeder gegen das Erlebnis der Nichtigkeit. Dadurch wird der reflektierende Mensch, der Entscheidungen treffen kann und zu wählen imstande ist, zu einer Musterpersönlichkeit. Proportional dazu wächst die Freiheit des einzelnen, die mit neuen Abhängigkeiten einhergeht: mit der weichen Knechtschaft in Form einer Abhängigkeit von der Mode und mit jener beklommenen Selbstverliebtheit, die leicht an die Stelle äußerer Disziplin tritt. Jetzt ist es nicht mehr die Geheimpolizei, die bei den Bürgern Gehirnwäsche betreibt, sondern die als Abfolge von Moden dahinwogende Oberflächlichkeit.

Gäste unserer Ahnen sind wir hier in Europa, und als Zugabe haben wir einen interessanten Erdteil bekommen, den es zu hegen und zu pflegen gilt. Wir sind gehalten, ihn in gutem Zustand weiterzugeben. Bürger ist, wer sich selbst eine Aufgabe stellt, wer floriert, um geben zu können, und wer selbst entscheiden möchte, wofür er sein Geld ausgibt. Da so viele religiöse oder säkulare Vorschläge existieren, versucht er zu verstehen, ob in ihnen ein gemeinsamer Wert steckt. Einer, so scheint es, ist vorhanden: die Würde des Menschen. Die leicht zu verletzen ist und die auch ein kleines Kind schon verteidigt. Der Schutz der menschlichen Integrität ist jene geistige Grundlage, die eng verknüpft ist mit der jüdisch-christlichen und der griechisch-römischen Tradition. Heroismus? Die Menschenwürde zu verteidigen, unsere eigene und die der anderen, die kollektive Menschenwürde, das entspricht eher nur dem guten Geschmack und dem Anstand oder einem instinktiven Impuls.

Nehmen wir an, der Europäer des 21. Jahrhunderts ist ein freundliches und vernünftiges Wesen. Sollte er zum Beispiel mit dem Jahrhundert gleichaltrig sein, also erst unlängst geboren sein, fällt uns diese Annahme nicht schwer. Dieses brave Baby will nicht töten. Es ist klug genug, nicht zu kämpfen und sich statt dessen in der Praxis des Verstehens zu üben. Ein ausgeglichener Säugling: Er sieht die Menschen der Tat und des Gedankens. Mit ihren Einseitigkeiten. Der Betrachtende, der Visionär hält Distanz zu den Affären und Interessen. Der Mensch der Tat hingegen begreift die Tat als Selbstzweck. Für sein Handeln macht er höhere Mächte verantwortlich, denn ihn interessiert der unaufhörliche, entschiedene Vollzug. Die Religion der Tat hat sich in den Kriegen vorgestellt.

Aber wenn kein Krieg ist, dann wird der Soldat zum Spitzenmann, dann ist der Soldat ein internationaler Polizist, ein bezahlter Arbeitnehmer. Die Kämpfer wandeln sich zu

Corporate Warriors. Die Firma ist ihr ein und alles. Doch was wollen die Mitarbeiter der fusionierenden Weltfirmen eigentlich wirklich, sie, die in jedem Augenblick über identische Informationen verfügen? Sie versuchen, ein Gleichgewicht zwischen Ruhe und Spannung herzustellen. Da sie einseitig sind, wären sie gern ein wenig vielseitig. Einerseits haben sie Angst davor, nicht mobil genug zu sein, andererseits bedauern sie, daß sie angesichts der großen Eile keine Zeit haben, zur Besinnung zu kommen und die Dinge gründlich abzuwägen. Die erfolgreichen jungen Leute wollen nicht langweilig sein, doch nicht ohne Grund fürchten sie sich vor dieser Gefahr.

Daß die Künstler in der Vermessenheit, zu schreiben, zu malen, zu komponieren und zu spielen, was ihnen der Augenblick suggeriert, am weitesten gegangen sind, ist nicht auszuschließen. Die ästhetische Einstellung sucht nach einem Halt, nach mythischen Gestalten, in denen wir unser ersehntes Selbst erkennen können. Es gibt sie, jene Persönlichkeiten, von denen die maßgeblichen Fragen gestellt werden, einige Dutzend Namen, denen die Fachwelt Beachtung schenkt. Sie empfehlen irgendein Modell, oft sich selbst, als Verhaltensmuster.

Die Eliten sind für die in der Gesellschaft verborgenen Begabungen verantwortlich. Weise wäre ihr Handeln zu nennen, würden sie für die Kultur ebenso viele Mittel aufwenden wie für die Armee. Es kann nicht schaden, uns daran zu erinnern, daß es Worte und keine Waffen waren, die die Mauer zu Fall gebracht haben. Qualität, Hochachtung vor dem Vortrefflichen, das ist Europas Chance.

Ein kollektives und absolutes Maß gebe es nicht, in der eigenen Umgebung sei alles zulässig, behauptet die postmoderne Intelligenz kühl. Wenn das Axiom Werterelativismus heißt, dann liegen die Wertekollektionen während des saisonalen Ausverkaufs in den Kaufhäusern kreuz und quer durcheinander, dann ist die Tatsache, daß die Despotien töten, nicht störend, obschon sich der offensichtliche Sachverhalt schwer leugnen läßt, daß wir lieber leben als sterben wollen, daß wir uns tagtäglich für das Leben entscheiden und uns wünschen, unser Verlangen werde auch von anderen respektiert. Wir betteln also, man möge uns nicht töten, foltern, einsperren, aussperren, bedrohen, verleumden, wir bitten inständigst darum, die grundlegenden Menschen- und Bürgerrechte nicht zu verletzen.

Alle Menschen zu lieben ist eine überzogene Forderung. Realistischer ist ein anderer Vorschlag: *Was dir unlieb ist, das tue auch deinem Nächsten nicht, dies ist die ganze Thora, alles andere ist nur Erklärung.* So sagte der alte jüdische Gesetzeslehrer Hillel, als er darum gebeten wurde, das Wesen der Thora, der fünf Bücher Mose, zusammenzufassen. Es hat den Anschein, als besäßen unsere Werte dennoch ein stabiles Fundament. Selbst der entschiedenste postmoderne Ideologe kann zwischen einem anständigen Menschen und einem Schurken unterscheiden. Insbesondere wenn er vom Verhalten der anderen Seite betroffen ist. Unser Gefühl, ob der andere gut oder schlecht ist, funktioniert ebenso instinktiv wie das Schließen der Augen, wenn sich unserem Auge etwas nähert.

Wem es noch nicht in den Sinn gekommen ist, daß die zerbrechliche Konstruktion Europas die eigene Sicherheit erhöht, der dürfte persönlich-existentiell noch nicht bedroht gewesen sein. Europa als Konstruktion ist dazu bestimmt, die jahrtausendealte Tradition blutiger Kämpfe nicht fortzusetzen.

Wenn wir sagen, dieses oder jenes diktatorische Regime hat die Bevölkerung unterdrückt, und nur mittels Unterdrückung konnte es existieren, sagen wir nicht ganz die Wahrheit. Denn es hat eine aktive und einflußreiche Minderheit gegeben, die diese Diktatur unbedingt gewollt hat. Die Aggressivität der Sprache und die für alles angebotenen einfachen Lösungen haben die verunsicherte Mehrheit für sie eingenommen. Nach einer gewissen Zeit, nach einem halben Jahrhundert vielleicht, hat sich die Gesellschaft des Regimes entledigt. Nach der Wende sind Gesellschaften und Individuen darum bemüht, die verinnerlichten Regime zu veräußerlichen, von sich zu weisen und vergessen zu machen, wie heimisch sie darin gewesen sind. Dabei scheuen sie nicht davor zurück, sich kleiner zu machen, als es der Wirklichkeit entspricht, sich als Opfer, Unterdrückte und nicht als Subjekt, sondern als machtloses Objekt darzustellen, indem sie sich im Rückblick selbst den Zustand totaler Passivität andichten. Das entspricht einer geschickten Anpassungsoperation, auch wenn es die Realität nicht deckt.

Zu Europa sind schon viele Worte gefallen. Es ist zu einer offiziellen Ideologie geworden. Sie haben sie zur Kenntnis genommen und sind ihrer überdrüssig geworden. Deshalb hat dieses Projekt verschiedene Emotionen gegen sich hervorgerufen. In den Augen vieler junger Menschen ist die europäische Integration als eine Station der Globalisierung unsympathisch geworden. Viele entscheiden sich für das Ideal einer engeren Gemeinschaft, die die Erlösung bietet. Gegen die große für die kleinere. Nur für unsere. Für die Nation, die Ethnie oder die Religionsgemeinschaft. Statt für das große Ganze für den kleinen Teil, den selbstverliebten, entschlossenen und unversöhnlichen Partikularismus, die unausbleibliche Antithese zum Universalismus.

Jede Behauptung kann verneint werden. Auf die religiöse oder konstitutionelle These von der Gleichheit der Menschen gibt die heidnisch-antidemokratische These von der Ungleichheit der Menschen eine Antwort. Heidnisch ist die Stilisierung des *Wir*, der Glaube an die Überlegenheit eines

Volkes, einer Klasse oder einer Religion. Überlegenheit setzt Unterlegenheit voraus.

Jeder neue Radikalismus tritt in Aktion, weil er eine Chance erblickt, den offiziellen Schein zu widerlegen. Die Phraseologien und die Taktiken wandern. Sie besitzen die Fähigkeit, von rechts nach links und von links nach rechts überzuwechseln. Stets findet die Gewalt die ihr entsprechende Ideologie. Die Antipathien des rechten Radikalismus gegenüber dem Establishment der liberalen Demokratie und des internationalen Kapitalismus sind gegenwärtig nicht weniger heftig als die Antipathien des linken Radikalismus in den sechziger und siebziger Jahren.

Ihr als einzig richtiges begriffene Herrschaftsbild verbinden die verschiedensten Fundamentalismen mit Selbstisolierung und Rechtfertigung von Gewalt. Der Begriff vom befreiten Territorium stammt aus dem Wörterbuch linksextremer Guerillabewegungen. Die radikalen nationalistisch-separatistischen Bewegungen erreichen innerhalb der Staaten eine Diffusion der Gewalt. Macht erringt derjenige, der Waffen besitzt, präziser formuliert: eine bewaffnete Bande hinter sich hat. Die neue Gewalt will eine Teilung der Souveränität. Ein Teil soll bei den Behörden bleiben, der andere Teil soll den Sturmabteilungen, den bewaffneten Guerillakämpfern gehören. Zwischen beiden soll sich eine stillschweigende Kooperation herausbilden. Darin besteht das neofaschistische Ziel.

Der Guerillero ist ein photogenes Phänomen. Die Maschinenpistole steht den Männern gut zu Gesicht. Wenn er will, kann er einen anderen Menschen durch eine Fingerbewegung ins Nichts hinüberschnippen. Das wäre nicht einmal dem Ministerpräsidenten möglich. Der Kämpfer spielt mit Puppen. Die Menschen der feindlichen Seite betrachtet er als Marionetten. Die wechselseitige Verrohung läßt den

Startschuß gerechtfertigt erscheinen: Entweder bist du es, der jetzt tötet, oder aber du wirst getötet.

Es gibt einen dritten Blick. Er beobachtet die Kämpfer. Dann gibt er dem Unterlegenen zu trinken. Der dritte Blick gilt bei den beiden um den Sieg Ringenden dem Verlierer. Preis und Schaden der Aktion. Der dritte Blick ist der Standpunkt des Opfers.

Literatur und Kunst sind der dritte Blick. Ist ein Schriftsteller nicht halb blind, dann sieht er das menschliche Umfeld der politischen Phrasen, auch den Zusammenhang mit den sonstigen Sätzen, die dem Redner von den Lippen gehen. Die vielen Dummheiten entgehen ihm nicht. Zusammen damit bewertet er die Worte, deren Benutzer. Denn derjenige, der über den dritten Blick verfügt, möchte niemandem auf den Leim gehen. Wenn er nun schon seine Augen benutzt, durchschaut er die feierlichen Hochstapler und verweist den Humbug auf seinen Platz. Der dritte Blick erkennt die Gefahr, daß jemand verwundet werden könnte, wo geschossen wird. Ja, sogar noch viel Schlimmeres kann passieren. Also ist es besser, nicht zu schießen.

In vielen Rollen wird der dritte Blick von Berufs wegen praktiziert: Schiedsrichter, Moderatoren, Richter in Zivilprozessen, Kindergärtnerinnen, Mütter et cetera. Das europäische Wunschbaby, sofern es meinen Rat beherzigt, geht in Gedanken die Alternativen durch, wohin es auf den verschiedenen Wegen gelangen könnte, berechnet die voraussichtlichen Kosten der vorgeschlagenen Aktionen. Tun kann es das deshalb, weil es die wichtigste Kenntnis erworben hat: die Menschenkenntnis.

Beispiel und Lehrer sind ihm der ganze Erdball, die ganze Geschichte. Doch um die sehr verehrten Repräsentanten der Europäischen Union zufriedenzustellen, schöpft es insbesondere aus den kleinen europäischen Nachbareinheiten. Die Literatur und der gute Leser stehen dem Standpunkt des Opfers nahe. Sie erkennen die Fehlbarkeit der Großen. In der Sache sehen sie die menschliche Person. Sie ahnen, was der auf dem zur Ruhe gekommenen Schlachtfeld zurückgelassene Verwundete zwischen Toten und Sterbenden unter den Sternen fühlt. Wie beispielsweise Fürst Andrej Bolkonskij in *Krieg und Frieden.*

Die Foren der Öffentlichkeit stehen den Aktivisten offen. Doch die reißen sich nicht um die empathischen und ungebundenen Bürger, die um Verständnis und Klarblick bemüht sind. Ich will nicht übertreiben, obschon das dritte Auge selten das des Herrschers ist. Aber es kann auch nicht behauptet werden, daß es keinerlei Macht besäße. Wer uns durchschaut, der ist mächtiger als wir. Klarblick ist Macht.

Auch wenn den Menschen mit dem dritten Auge sentimentales Krakeelen geniert, ist sein Blick dennoch nicht notwendigerweise kalt. Gerade deshalb ist es ja ein drittes Auge, weil es sämtlichen Akteuren Mitgefühl entgegenbringt. Wenn Kinder sich streiten und gegenseitig beleidigen, hat die Mutter für das eine wie für das andere Verständnis und bedauert ein jedes. Sie wünscht sich, daß sie nun endlich wieder miteinander spielen.

In der Politik entspricht das der Philosophie der neuen Mitte, dem Neozentrismus. Keinem Verschließen der Augen, sondern dem Überblicken des Konflikts, dem fiktiven Erleben, dem Dämpfen der Schwingungen, dem Friedensschluß. Niemand hat ein ewiges Anrecht auf das Zentrum. Da die Schaukel hin- und herschwingt, befindet sich einmal der eine und dann wieder der andere in der Mitte. Das *Rote Kreuz*, *Amnesty International* und *Médecins sans Frontières* sind immer zugegen. Sie werden sicher niemanden bombardieren. Die Mitte ist jener Ort, an dem Kompromisse und Dialoge möglich sind.

1988 lehrte ich in Colorado Springs europäische Romanliteratur. In der Nähe, am Fuß von Schneegipfeln, standen in einer saftig grünen Landschaft Felssäulen. Im Garten der Götter, wie die Indianer sagten. Diesen Namen hatte sich die berückend schöne Landschaft damit verdient, daß die sich befehdenden Stämme hierher kamen, um Markt abzuhalten, sich zu vergleichen oder zu heiraten. Einen Menschen zu töten war hier verboten. Doch wenn sie den Ort verließen, dann war es etwas anderes.

Der Garten der Götter ist die friedenstiftende Mitte, in der dem Menschen auf der Stirn ein drittes Auge wächst. In den unterschiedlichsten Konflikten besteht eine Chance für die Aufgaben des dritten Blicks. Damit ist ein neues Feld für Aktivitäten gegeben. Das könnte *par excellence* die europäische Arbeit im 21. Jahrhundert sein. Internationale Sozialarbeit im großen wie im kleinen, Verknüpfung von Klarblick und Hilfe.

Prinzipiell könnten verschiedenste national-ethnische Konflikte vor ein unparteiisches europäisches Friedensgericht gebracht werden. Wenn innerhalb der Staaten und politischen Gemeinschaften annähernd Rechtsverhältnisse herrschen, warum muß dann jene zwischenstaatliche Barbarei aufrechterhalten werden, für die Töten innerhalb des Staates verboten ist, zwischen den Staaten jedoch nicht?

Die pessimistischen Betrachter der Vorgänge auf dem Balkan sind zur Schlußfolgerung gelangt, daß in einer derart multiethnischen Region der Frieden durch eine Großmacht von außen sicherzustellen ist, wie sie mit dem Osmanischen oder dem Habsburger Reich gegeben war. Entweder zwangsweise friedliches Zusammenleben unter der Reichsherrschaft oder Zerstückelung, die nie ein Ende nehmen wird. Denn sobald entsprechend dem Selbstbestimmungsprinzip, das auch von der politischen Gemeinschaft des Westens anerkannt wird, weitere Nationalstaaten entstehen, die über militärische Souveränität verfügen, wird, da auch sie ethnische Minderheiten haben, die gleiche Idee, die den vorherigen Nationalstaat zustande gebracht hat, etwas später das Programm der erwachenden ethnischen Minderheit sein. Sie kann eine Strategie verfolgen, die sie durch bewaffnete Guerillatruppen unterstützt und im nachhinein von der internationalen Gemeinschaft absegnen läßt.

Die internationale demokratische Gemeinschaft hätte die Möglichkeit gehabt, die neuen politischen Gemeinschaften einzig unter der Bedingung anzuerkennen, daß sie die Beachtung der Menschen- und Minderheitenrechte in der Verfassung und in der Praxis zu garantieren haben, daß sie mit Hilfe von legalen Kompromissen oder gar unter internationaler Gerichtsbarkeit ihre materiellen Verhältnisse zu regeln haben, und zwar ebenso wie Eheleute im Zuge des Scheidungsverfahrens. Sofern es die internationale Gemeinschaft versäumt hat, diese mit den westlichen Normen übereinstimmenden Voraussetzungen einzufordern, trägt sie für die ethnischen Bürgerkriege und deren traurige Folgen partielle Verantwortung.

Die Entscheidungsträger der internationalen Gemeinschaft haben das Grundprinzip akzeptiert: das Entstehen weiterer und kleinerer Nationalstaaten. Was mit ethnischer Homogenisierung einhergeht. Sie haben also eine internationale Struktur akzeptiert, deren unausweichliche Folge die wechselseitige, mit allen Mitteln durchgeführte und als ethnische Säuberung bezeichnete Barbarei der Vertreibungen gewesen ist. Dabei sind alle Nationen sowohl Täter als auch Opfer geworden.

Die so zustande gekommenen Staaten sind ständig der Versuchung ausgesetzt, provinzielle, nationalistische Obrigkeitsstaaten zu werden, die Presse zu reglementieren und im kulturellen Leben eine ausdrückliche nationale Rhetorik einzufordern. Die uneingeschränkte Durchsetzung ethnischer Homogenisierung bedeutet somit Selbstisolierung und Isoliertsein, offiziell gefördertes kollektives Selbstmitleid und Ressentiments. Um in die Nachbarländer zu gelangen, müssen die Bürger schier unüberwindliche bürokratische Hürden nehmen. Früher existierende und normal funktionierende Verkehrs-, Fernmelde-, Wirtschafts-, Finanz-, kulturelle und ganz einfach persönliche, zwischenmenschliche Verbindungen reißen ab. Das führt dazu, daß einzelne, die starrsinnig an solchen Kontakten festhalten, von der inneren, durch Radikale geweckten Paranoia, die mit der unsicheren und übereilt zugesprochenen Identität einhergeht, als potentielle Vaterlandsverräter geächtet werden.

Dieser Prozeß ist bis auf den heutigen Tag wirksam. Die verantwortlichen Repräsentanten der internationalen Gemeinschaft werden Tag für Tag mit den nicht erwarteten Konsequenzen der eigenen Kurzsichtigkeit konfrontiert. Das könnte sie veranlassen, den europäischen Entscheidungsmechanismus zu überdenken.

Die neue Gefahrenquelle ist nicht unbedingt ein Krieg zwischen den Staaten, sondern in deren Innerem. Ermöglicht wird er durch das Auftreten neuer bewaffneter Souveränitäten innerhalb international anerkannter Grenzen. Alle möglichen lokalen Gemeinschaften können sich Waffen besorgen. Sie neigen dazu, ihre kleine lokale Diktatur auszubauen. Den nationalen Kämpfern gefällt es, wenn die von ihnen begründete Herrschaft hemmungslos ist. Ethnische Diskriminierung befremdet sie nicht. Auch nicht die Einschüchterung der eigenen Leute. Manchmal nicht einmal Terroraktionen.

Für die Stellungnahmen der westlichen Gemeinschaft

waren einmal Passivität und ein andermal Umsichschlagen charakteristisch. Die bis auf den heutigen Tag unterschiedlich bewertete Luftaktion der NATO gegen Jugoslawien ist geschehen. Meine dagegen vorgebrachten früheren Argumente möchte ich hier nicht wiederholen. Ich gebe mich mit der Bemerkung zufrieden, daß es auch diesmal nicht gelungen ist, was von vornherein zu ahnen war: den gordischen Knoten mit dem Schwert zu lösen. Die politisch-moralischen Implikationen stellen die öffentliche Meinung Europas vor unveränderte Probleme. Die Stadt eines NATO-Mitglieds zu bombardieren ist verboten. Die Stadt eines Nicht-Mitglieds mit den damit einhergehenden unvermeidlichen Menschenopfern dagegen nicht? Nicht einmal der Mörder darf in Europa von Gesetzes wegen getötet werden. Nun plötzlich soll es erlaubt sein, in einem gewiß europäischen Land durch »Kollateralschäden« auf beliebige Weise Unschuldige zu töten, um einem erbärmlichen Staatsoberhaupt, das ohne das Bombardement von seinem Volk vielleicht noch früher gestürzt worden wäre, eine Verwarnung zu erteilen? Hätte man sich genügend Zeit genommen, müßten die einzelnen Akteure nicht nachträglich vor einen internationalen Gerichtshof geschleppt werden, sondern hätten präventiv gründliche und multilaterale Verhandlungen über den Konflikt selbst geführt werden können. Unter scheinbarem Handlungszwang fällen die Regierungen übereilte Entscheidungen, ohne deren wahrscheinliche Konsequenzen zu sehen beziehungsweise sehen zu können.

Die zur Verfügung stehenden Instrumente bestimmen unser Handeln. Besitzen wir einen Federhalter oder eine Schreibmaschine, versteigen wir uns schlimmstenfalls zur Formulierung eines Textes. Aber wenn wir großartige Waffen haben? Wer wollte nicht zeigen, was er kann? Freilich nur um der Ordnung willen.

Nicht seine militärische, sondern vor allem seine wirtschaftliche und kulturelle Leistungsfähigkeit macht Europa zu einer beachtlichen Macht. Die achtziger Jahre waren noch die Zeit der bipolaren Weltordnung. Die neunziger Jahre sind zur Periode der unipolaren Weltordnung geworden, zur *Pax americana.* Jetzt müssen wir uns vermutlich auf die Herausforderungen einer multipolaren Welt vorbereiten. Es gilt, eine Balance zwischen mehreren Polen und mehreren Standpunkten zu finden. Die Regie des Wettkampfes gestaltet sich schwieriger, wenn es mehrere starke Teilnehmer gibt.

Es ist ein Traum, ein keineswegs absurder Traum, daß der dritte Blick als zivile intellektuelle Körperschaft ohne Exekutivgewalt, durch die in ihr tätigen Personen, eine Autorität gewinnt, die die regierenden Mächte nachdenklich stimmen könnte. Gibt es derartiges in unserer nach Autorität suchenden Zeit, wird das über die gebildete öffentliche Meinung in die Arbeit der Regierungen einsickern. Die Verknüpfung und Erhaltung der europäischen Werte, die den Entscheidungen Orientierungshilfe bieten, ist eine Aufgabe der europäischen Intellektuellen.

Europas geistige Macht besteht darin, daß diese sich nicht auf die Schwarz-Weiß-Logik zurückzieht. Durch Vereinfachung unseres Denkens, durch Konversion zur Schwarz-Weiß-Anschauung laufen wir Gefahr, auf die Macht komplexer Sicht zu verzichten, auf das Beste, worüber wir verfügen. Zu relativ komplizierter Betrachtungsweise ist unser Kontinent fähig, weil er aufgrund seiner Struktur die reale Vielgestalt der Welt akzeptieren muß.

Europas Strategie: Personifikation der formalen Verhältnisse, wechselseitiges kulturelles Heimischwerden, Inanspruchnahme und Gewährung von Gastfreundschaft allüberall. Statt kollektiver Okkupation Einzelbesatzungen oder in kleinen Gruppen. Noch dazu in einer Weise, daß sich die »Heimgesuchten« darüber freuen und die Beziehungen, von denen die Nationen durchdrungen werden, in kulturerotischen Gefilden verankern. Wir können von der sensuellen Kommunikation der Europäer sprechen: mittels Geschmack und Betrachtung, vielleicht von Kunstwerken.

Der europäische Zusammenschluß wird nicht durch die gemeinsame Erklärungen der Regierungen erreicht. Eher gilt: Beschlossen worden ist, was bereits in Gang gekommen ist. Die europäische Literatur hat es schon seit langem gegeben, noch bevor irgend jemandem die friedliche und freiwillige politische Assoziation der europäischen Nationen in den Sinn gekommen wäre. Goethe sprach in einem Zwergstaat von Weltliteratur. Ergreifend der Gedanke, daß der große Kosmopolit über Italien nicht hinausgekommen ist. Die europäische Integration ist keine äußere Norm, sondern die Lesart des Bestehenden.

Für die Säuglinge von heute wird es ein Gemeinplatz sein, daß die großen Kulturwerte Europas ihr Eigentum sind. Das Gefühl, all dies gehört uns, erweitert wohltuend unser Bewußtsein. Was du gelesen hast, das gehört dir, sagte der Lehrer.

Bereitwillig erkenne ich an, daß Europa von den Bankiers gemacht wird. Auch von den Musikern, den Fußballern oder den liebesbereiten Sommer- und Winterurlaubern. Aber mit besonderem Nachdruck will ich die eigentlichen Weber Europas loben, die Übersetzer, die den Leser auch dann zu einem kundigen Europäer machen, wenn dem die Möglichkeit fehlt, ausländische Autoren im Original zu lesen.

Im Wissen darum, daß die beständigsten internationalen Beziehungen die Kulturkontakte sind, können die Regierungen deren Existenz grundlegend erleichtern oder erschweren. Gelegentlich drängt sich dem unbefangenen Betrachter der Eindruck auf, daß die Damen und Herren Politiker bei der Verteilung von Steuergeldern dazu neigen, den Damen und Herren Künstlern gehörig die Meinung zu geigen. Auch durch die Aufteilung des Staatshaushalts kann man jemanden Mores lehren.

Mehr als alle anderen sind die Künstler den Launen des Marktes ausgeliefert. Von den ehemaligen Klassenkameraden können diejenigen, die am ehesten grauen Mäusen ähneln und im öffentlichen Dienst gelandet sind, ein sorgenfreies Leben führen. Die bunten Vögel sollen getrost um ihr Glück kämpfen und auf Anerkennung und den günstigen Wandel der Mode warten. Die Kulturpolitik der Staaten ist nicht durchdacht. Die politischen Klassen halten es für selbstverständlich, daß sie die Gebenden und die Künstler die Empfänger sind. Alles andere ist lebensnotwendig, alle Amtsgebäude sind unentbehrlich. Doch über den Institutionen der Kunst schwebt der Schatten eines Verdachts, der des Luxus. Im Kampf der Interessen unterliegen die Künstler. Sagen wir um angemessene Renten. Denn die Künstler verhalten sich still und setzen ihre Arbeit auch dann fort, wenn sie damit eigentlich nichts verdienen. Dabei wäre es für die Regierungen keineswegs eine Schande, wenn ein Künstler, der sich als solcher bewiesen hat, in seiner Existenz beispielsweise ähnlich abgesichert wäre wie ein Gymnasiallehrer.

Europas Integration ist in großem Maße eine Sprachenfrage. Gehörte ich zu den Verantwortlichen, würde ich das gegenseitige Erlernen der Sprache des Nachbarn vorantreiben und neben dem als *Lingua franca* benutzten Englisch den Unterricht mehrerer anderer Fremdsprachen. Unseren Erdteil würde ich mit jungen Gastlehrern als Sprachvermittler übersäen. Im allgemeinen sind wir ziemlich sprachunkundig. Das trifft selbst auf die Besten unter uns zu, auf die Bürger der nordwesteuropäischen Demokratien und auf die Angehörigen der sprachlichen Minderheiten, die gezwungen waren, auch die Sprache der Mehrheit zu erlernen. Betroffen macht mich der Schutz von Einsprachigkeit als Menschen- oder Minderheitenrecht, obschon ich den Anspruch auf muttersprachliche Bildung für absolut berechtigt halte. Wahrscheinlich werden Eltern und Schulen dereinst bemüht sein, ihre Kinder in einem noch am ehesten lernfähigen Alter in verschiedene Sprachgemeinschaften Europas zu schicken, weil das eine lohnende Investition zu sein verspricht.

Der Zusammenhalt der Ungarn in den einzelnen Ländern wird durch die Sprache gewährleistet; ungarische Literatur gibt es nur eine, unabhängig davon, wo sie entsteht. Sprachliche Zusammengehörigkeit ist flexibler und zeitigt ein weniger ausschließendes und aggressives Nationalbewußtsein als beispielsweise religiöses. Deshalb fällt es den Ungarn nicht leicht, ihre südlichen Nachbarn zu begreifen, die zwar die Rede des anderen verstehen, dennoch aber aufeinander losgegangen sind. Nun fangen sie allmählich und behutsam damit an, die Literatur des jeweils anderen, ihre gemeinsame südslawische Literatur, vorerst nur an der Universität, später dann auch an den Gymnasien wieder zu unterrichten.

Die Europäische Union bringt den sprachlichen Minderheiten Vorteile. Denn die politischen Grenzen zwischen den Mitgliedsnationen werden es schwer haben, sich als Sprachgrenzen zu behaupten. Subjekt soll nicht der Staat sein, sondern das Individuum, der Bürger, dem in seiner einmaligen, muttersprachlichen Wirklichkeit Achtung entgegenzubringen ist.

In der Benutzung der Muttersprache ist dem Menschen der Genuß größter seelischer Bewegungsfreiheit gegeben. In der Muttersprache kann er sich ungezwungen aalen. Doch im Wechsel von einer Sprache zur anderen können wir uns vervielfältigen. Auch das birgt eine große Anziehungskraft in sich.

Gäste sind wir und zugleich auch Gastgeber. Darüber nachzudenken lohnt. Diese Zweiheit wird innerhalb eines in der Union verbündeten Europa bleiben. Deshalb erscheint es ratsam, die Wechselbeziehung, den Sittenkodex von Gast und Gastgeber bis in die kleinsten Details zu erlernen. Es tobt der transeuropäische Verhaltenswettbewerb. Selbst im Ausland sind wir daran beteiligt. Alle sind wir Botschafter unseres Landes. Sich zu benehmen wissen, Anpassungsfähigkeit und Wahrung der eigenen Würde, das ist Zivilisation.

Als Arbeitshypothese gehe ich davon aus, daß sämtliche europäischen Staaten früher oder später, doch nicht in allzu ferner Zukunft Mitglieder gemeinsamer politischer, wirtschaftlicher und Sicherheitsstrukturen sein werden, dank deren etwas zum Vorschein kommen wird, was es bisher noch nicht gegeben hat: eine mehrschichtige Nation neuen Typs, worin die im engeren und weiteren Wortsinn verstandenen Zugehörigkeiten der einzelnen aufeinander abzustimmende Realitäten sein werden.

Wir sind ein Versuchslabor. Die Grundlagen sind fertig. Was wir daraus machen, ob wir ein flexibles Europa schaffen, das an allem seine Freude haben wird, was individuell und selten ist, was es nur dort gibt, wo es sich befindet, was in den Bereich des Lebensästhetischen gehört, das bleibt uns überlassen. Ein Europa, das absolut nicht jener Karikatur ähnelt, die eine bürokratische Standardisierung hervorbringen könnte, würde diese allein und ungehindert funktionieren.

Wie kann nicht nur der Euro, sondern auch die europäische Kultur mit ihrem großen Variantenreichtum ein Teil des Selbstbewußtseins der verschiedenen Nationen angehörenden Europäer werden? Das ist die Frage der nahen Zukunft.

Da dem europäischen Zusammenschluß kein erhebliches kulturell-religiöses Hindernis im Weg steht und da auch der Osten Europas eine demokratische Entwicklung eingeschlagen hat, stellt sich infolge des stufenweisen Abbaus der Unterschiede zwischen Ost und West darüber hinaus die große Frage: Wie kann Europa sein Verhältnis zu den Kulturen des Islam regeln? Es fällt ins Auge, daß sowohl im Kaukasus als auch auf dem Balkan die muslimischen religiös-nationalistischen Kämpfer aufgetaucht sind, für die der Heilige Krieg nicht nur Lebensstrategie, sondern Lebensgrundlage ist. Verzichteten sie darauf, würden die Guerillabewegungen in einer verhandlungsbereiten Demokratie, in einem Rechtsstaat ausgeschaltet werden. Wohin werden die säkularen Europäer mit den Islamisten gelangen? Werden sie diese in die Sphäre ökonomischer Transaktionen einbeziehen können? Die bewaffneten Konflikte in Südosteuropa sind durch die religiösen Unterschiede stark motiviert worden. Auch die christlichen Kirchen trugen dazu bei, dem Chauvinismus Nahrung zu geben.

Im 20. Jahrhundert hat sich der romantische Glaube, der Verwegenere, der Barbarischere werde siegen, hartnäckig gehalten. Das hing mit der Überzeugung der Eliten zusammen, die sich um die Verantwortung drückten und Schuld empfanden, weil sie der Überzeugung waren, gut sei, was sich unten befinde, und damit, daß die Basis den Überbau bestimme, der Instinkt den Verstand. Die Gebildeten glaubten, sich vor den Ungebildeten schämen zu müssen, als seien diese moralisch etwas Besonderes. Dann zeigte sich, daß es nicht an dem ist und auf längere Sicht der Zivilisiertere den Sieg davonträgt.

Europa wird sein, was es ist, wenn es ein Kontinent des Lernens sein wird. Der Zwang zum Lernen ist durch die Verschiedenheit unseres Erdteils gegeben. Durch die Vielfalt wird auch unser Denken mehr oder weniger zur Aufnahme pluralistischer Muster gezwungen. Die geistige Herausforderung wirkt sich auch auf die praktischen Leistungen anspornend aus. Unseren Hoffnungen zufolge werden die Europäer des 21. Jahrhunderts das Unbekannte nicht als fremd und noch weniger als feindlich begreifen. Voneinander zu lernen ist zusehends etwas Individuelles und geht über die Stereotypien der Nationen hinaus. Wir erlernen die Klischees, um sie korrigieren zu können. Jede Person ist unermeßlich komplizierter als die nationalen Auto- und Hetero-Stereotype. Allesamt sind wir auch für uns selbst genommen ein rundes Ganzes. Dort, wo wir zu Hause sind und wo die Gemeinschaft mit allen Kindern von neuem beginnt. Jenem Bündel gegenüber, das das nationale Erbe ausmacht, ist jedes Neugeborene zugleich rechtmäßiger Erbe und korrektive Antithese.

Die Sorge um Europa und die Katze der Nachbarin haben Platz in unserem Kopf, ohne daß das ein Widerspruch wäre. Die biegsame europäische Mentalität gestattet ein Umschalten vom Allgemeinen zum Persönlichen, vom Globalen zum Lokalen. Und letztendlich ist diese Pendelbewegung auch erfrischend. Vermutlich werden wir die europäische Dialektik zwischen westlicher Schnelligkeit und östlicher Langsamkeit erlernen.

Wir stehen als Menschheit am Beginn eines unendlichen Prozesses der intensivierten Kommunikation. Das elektronische Weltnetz hat die körperliche Bewegung der Menschen nicht vermindert. Die *E-mailenden* besuchen und treffen sich. Die Entwicklungen überschlagen sich. Das können wir bestätigen, zur Kenntnis nehmen, darüber nachdenken. Aber konkret beschleunigen oder verlangsamen können wir sie nicht.

Im Entstehen begriffen ist die europäische Gesellschaft und einhergehend damit ein mehrgeschossiger Nationenbegriff, was bedeutet, daß jemand, weil er Europäer ist, deshalb nicht weniger Schwede, Portugiese oder Ungar sein muß. Europa ist nur eine Treppe. Die zu bewältigende Aufgabe ist unendlich. Die europäische Integration hat sich verspätet. Als Hauptadresse ist sie erst dann ins Programm aufgenommen worden, als der sich auf den gesamten Globus ausdehnende Verkehr bereits in vollem Gang war und die durch uns verursachte Gefährdung der ganzen Erde als bedrückendes Problem nicht mehr geleugnet werden konnte. Die europäische Perspektive erinnert lediglich daran, daß es auch eine Weltperspektive gibt.

Die sich in Europa Verbindenden werden durch eine imaginäre Kraft zusammengehalten, durch ein sich erweiterndes Eigentümerbewußtsein, den Ruf nach Grenzenlosigkeit. Was zugleich auch Verunsicherung und Ängste wecken kann. Wenn wir nicht wissen, wo unsere Grenzen sind, wenn das, was angeblich uns gehört, zu groß ist, dann ist die regressive Versuchung, uns in etwas sicherem Kleinen zu verkriechen, groß.

Es gibt einen Beruf: den des Zuschauers. Es tut nicht gut, wenn auf der menschlichen Bühne die eine Seite einen totalen Sieg erringt. Der dritte Blick des Zuschauers ist weder neutral noch teilnahmslos. Er befindet sich mitten im Geschehen, ist allerdings bemüht, es diszipliniert auch von außen zu sehen. Die Methodik der Soziologie nennt diese Haltung »teilnehmende Beobachtung«. Wie viele entscheiden über die Fernsehnachrichten und wie viele Agierende werden gezeigt? Und wie viele sehen zu? Mit einem Wort, wir Zuschauer sind mehr Personen. Der Zuschauer verfolgt die Partie und hat zu den Dingen seine eigene Meinung. Der Zuschauer geht einer anständigen Arbeit nach, will nicht die Rolle der Akteure und Redakteure übernehmen. Aber getäuscht zu werden, das mag er auch nicht. Ich bemühe mich, ein selbstbewußter Zuschauer zu sein und das Interesse des Zuschauers zu artikulieren, so daß das Vorige und all das, womit ich das Bisherige fortsetze, auch weiterhin als Antipolitik eines Romanschriftstellers zu deuten ist. Mit Ihrer freundlichen Erlaubnis wiederhole ich: Lange verweilt der dritte Blick nicht auf denjenigen, die schießen, sondern auf denen, die getroffen werden. Der dritte Blick ist die Herausforderung des Geistes.

Drucknachweise

1. Es war einmal eine Revolution, in: *Stern*, Hamburg 1997
2. Die Erweiterung der Mitte: Vortrag in London beim Österreichischen Kulturinstitut, 1998
3. Ein Budapester in Washington über Berlin: Vortrag in Washington an der Johns Hopkins University, Deutsches Institut, 1999
4. Die Freiheit des Erinnerns, in: *Die Zeit*, Hamburg 1999
5. Rapport vor dem Parlament: Rede vor dem Kulturausschuß des Deutschen Bundestages, 1999
6. Rede in Sachsenhausen zum 55. Jahrestag der Befreiung des Konzentrationslagers, 2000
7. Aphorismen zur Beständigkeit der Juden: Konferenz jüdischer Autoren, San Francisco 1997
8. Deutsche und Russen. Deutsch-russische Konferenz, Potsdam 1999
9. Braucht Zukunft Erinnerung? Donau-Konferenz, Passau 1999
10. Kunst und globaler Dialog: Eröffnungsvortrag zum »Globalen Dialog«, Expo 2000, Hannover 2000
11 Die Stadt als Denkmal: Denkmal-Seminar, Potsdam 2000
12. Vom Exil: Goethe-Institut, Konferenz zur Vertreibung der Schriftsteller, Mexico City 2000
13 Kultur des Friedens: Konferenz zum Thema Frieden an der Technischen Universität, Berlin 2000
14. Der dritte Blick: Alfred-Herrhausen-Gesellschaft, Frankfurt am Main 2001

Geschichte und Politik in der edition suhrkamp Eine Auswahl

Hannah Arendt revisited. »Eichmann in Jerusalem« und die Folgen. Herausgegeben von Gary Smith. es 2135. 320 Seiten

Stephen Bronner. Augenblicke der Entscheidung. Übersetzt von Petra Willim. es 1981. 247 Seiten

Marie-Janine Calic. Der Krieg in Bosnien-Hercegovina. Ursachen – Konfliktstrukturen – Internationale Lösungsversuche. es 1943. 256 Seiten

Lorraine Daston. Vom Nutzen und Nachteil der Historie für die Wissenschaften. es 2199. 80 Seiten

Kurt Eisner. Zwischen Kapitalismus und Kommunismus. Herausgegeben und mit einer biographischen Einführung versehen von Freya Eisner. Mit Abbildungen. es 1982. 311 Seiten

Europa im Krieg. Die Debatte über den Krieg im ehemaligen Jugoslawien. es 1809. 157 Seiten

Richard J. Evans. Im Schatten Hitlers? Historikerstreit und Vergangenheitsbewältigung in der Bundesrepublik. Übersetzt von Jürgen Blasius. es 1637. 283 Seiten

Fluchtpunkt Europa. Migration und Multikultur. Herausgegeben von Martina Fischer. es 2062. 248 Seiten

NF 315/1/11.00

Juan Goytisolo
- Ein algerisches Tagebuch. Übersetzt von Thomas Brovot. Mit Abbidungen. es 1941. 120 Seiten
- Landschaften eines Krieges: Tschetschenien. Übersetzt von Thomas Brovot. es 1768. 110 Seiten
- Notizen aus Sarajewo. Mit zahlreichen Abbildungen. Übersetzt von Maralde Meyer-Minnemann. es 1899. 140 Seiten
- Weder Krieg noch Frieden. Palästina und Israel heute. Übersetzt von Thomas Brovot. Mit Fotos. es 1966. 108 Seiten

Ludolf Herbst. Das nationalsozialistische Deutschland. Herausgegeben von Hans-Ulrich Wehler. 1933-1945. Die Entfesselung der Gewalt: Rassismus und Krieg. NHB. es 1285. 495 Seiten

Alfred Herzka. Kuba. Abschied vom Kommandanten? es 2061. 258 Seiten

Die Hexen der Neuzeit. Studien zur Sozialgeschichte eines kulturellen Deutungsmusters. Herausgegeben von Claudia Honegger. Mit 15 Abbildungen. es 743. 393 Seiten

Wolfgang Hoffmann-Riem
- Kriminalpolitik ist Gesellschaftspolitik, es 2154. 240 Seiten
- Modernisierung von Recht und Justiz. Eine Herausforderung des Gewährleistungsstaates. es 2188. 368 Seiten

Dick Howard. Die Grundlegung der amerikanischen Demokratie. Übersetzt von Ulrich Rödel. es 2148. 450 Seiten

Konrad H. Jarausch. Die unverhoffte Einheit. 1989-1990. es 1877. 416 Seiten

NF 315/2/11.00

Judentum im deutschen Sprachraum. Herausgegeben von Karl E. Grözinger. es 1613. 435 Seiten

Ketzer, Zauberer, Hexen. Die Anfänge der europäischen Hexenverfolgungen. Herausgegeben von Andreas Blauert. es 1577. 285 Seiten

Ekkehardt Krippendorf. Kritik der Außenpolitik. es 2139. 240 Seiten

Kritisches Wörterbuch der Französischen Revolution. Herausgegeben von François Furet und Mona Ozouf. Zwei Bände. es 1522. 1712 Seiten

André Leroi-Gourhan. Die Religionen der Vorgeschichte. Paläolithikum. Übersetzt von Michael Bischoff. Mit Abbildungen. es 1073. 171 Seiten

Christian Meier. Die Ohnmacht des allmächtigen Diktators Caesar. Drei biographische Skizzen. es 1038. 287 Seiten

Oskar Negt/Alexander Kluge. Geschichte und Eigensinn. Drei Bände. Mit zahlreichen Abbildungen. es 1700. 1249 Seiten

»Niemand zeugt für den Zeugen«. Erinnerungskultur und historische Verantwortung nach der Shoa. Herausgegeben von Ulrich Baer. es 2141. 278 Seiten

Frank Niess. Die europäische Idee – aus dem Geist des Widerstands. es 2160. 260 Seiten

Ostdeutsche Biographien. Lebenswelt im Umbruch. Herausgegeben von Rainer Zoll unter Mitarbeit von Thomas Rausch. es 2078. 416 Seiten

NF 315/3/11.00

Politik ohne Projekt? Nachdenken über Deutschland. Herausgegeben von Siegfried Unseld. es 1812. 494 Seiten

Schattenseiten der Globalisierung. Rechtsradikalismus, Rechtspopulismus und separatistischer Regionalismus in westlichen Demokratien. Herausgegeben von Dietmar Loch und Wilhelm Heitmeyer. es 2093. 544 Seiten

Bernhard Schlink. Heimat als Utopie. es-Sonderdruck. 48 Seiten

Alessandro Silij. Verbrechen, Politik, Demokratie in Italien. Übersetzt von Ulrich Hausmann. es 1911. 389 Seiten

Der Spanische Bürgerkrieg. Eine Bestandsaufnahme von Manuel Tuñón de Lara, Julio Aróstegui, Angel Viñas, Gabriel Cardona, Joseph M. Bricall. es 1401. 708 Seiten

Standort Europa. Europäische Sozialpolitik. Herausgegeben von Stephan Leibfried und Paul Pierson. es 2021. 400 Seiten

Dietrich Staritz. Geschichte der DDR. 1949-1989. Aktualisierte Neuausgabe. NHB. es 1260. 350 Seiten

Hans-Peter Ullmann. Das Deutsche Kaiserreich 1871-1918. NHB. es 1546. 308 Seiten

Paul Veyne. Foucault: Die Revolutionierung der Geschichte. Übersetzt von Gustav Roßler. es 1702. 84 Seiten

Vom Ewigen Frieden und vom Wohlstand der Nationen. Dieter Senghaas zum 60. Geburtstag. Herausgegeben von Ulrich Menzel. es 2173. 640 Seiten

NF 315/4/11.00

Von der Risikogesellschaft zur Chancengesellschaft. Herausgegeben von Erwin Teufel. es 2209. 300 Seiten

Was hält die moderne Gesellschaft zusammen? Herausgegeben von Erwin Teufel. es 1977. 340 Seiten

Der Zusammenbruch der DDR. Soziologische Analysen. Herausgegeben von Hans Joas und Martin Kohli. es 1777. 325 Seiten

Eine kleine Geschichte ...

Eine kleine Geschichte Brasiliens. Von Walther L. Bernecker, Horst Pietschmann und Rüdiger Zoller. es 2150. 368 Seiten

Kleine Geschichte Haitis. Von Walther L. Bernecker. Unter Mitarbeit von Sören Brinkmann und Patrick Ernst. Mit Abbildungen. es 1994. 220 Seiten

Eine kleine Geschichte Polens. Von Rudolf Jaworski, Christian Lübke. Michael G. Müller. es 2179. 384 Seiten

Eine kleine Geschichte der Schweiz. Der Bundesstaat und seine Traditionen. Von Manfred Hettling, Mario König, Martin Schaffner, Andreas Suter, Jakob Tanner. es 2079. 322 Seiten

Eine kleine Geschichte Ungarns. Von Holger Fischer und Konrad Gündisch. es 2114. 302 Seiten

NF 315/5/11.00